Dr. med. Eschwey · Mit natürlichen Heilweisen helfen

D1865503

Mit natürlichen Heilweisen helfen

ein Erfahrungsbericht nach
33jähriger ärztlicher Praxis

von Dr. med. Hans Eschwey

Verlag Jungjohann · Neckarsulm

Zuschriften und Kritiken an:
Dr. med. H. Jungjohann, Postfach 1252, 7107 Neckarsulm

Alle Rechte vorbehalten

1. Auflage Oktober 1984

Nach dem Urheberrechtsgesetz vom 9. Sept. 1965 in der Fassung vom 10. November 1972 ist die Vervielfältigung oder Übertragung urheberrechtlich geschützter Werke nicht gestattet. Dieses Verbot erstreckt sich auf die Vervielfältigung für Zwecke der Unterrichtsgestaltung - mit Ausnahme der in den §§ 53, 54 URG ausdrücklich genannten Sonderfälle -, wenn nicht die Einwilligung des Herausgebers vorher eingeholt wurde. Als Vervielfältigung gelten alle Verfahren einschließlich der Fotokopie, der Übertragung auf Matrizen, der Speicherung auf Bändern, Platten, Transparenten und anderen Medien.
Wie allgemein üblich, wurden Warenzeichen bzw. geschützte Namen (z.B. bei Pharmapräparaten) nicht besonders gekennzeichnet.

Copyright 1984 Verlag Jungjohann - 7107 Neckarsulm

Herstellung: Heidelberger Reprographie Andreas Grosch GmbH,
Seestraße 72, 6904 Eppelheim-Heidelberg

Meinen Mitarbeitern und Helfern
aus dem Familienkreis im Dienste
der Gesundheit, die mich auch bei
der Fertigung dieses Rückblicks
auf in 33 Jahren Erlebtes und
Gelebtes unterstützt haben,
herzlichen Dank. Besonderen Dank
Frau Ruth Prager für die schönen
Heilpflanzenzeichnungen.

Mannheim, im Sommer 1983

Inhalt

Medizinstudium und Freizeit

Im Wasser ist Heil

Krankheit und Heilung

Physiotherapie

Die Krankheiten unserer Zeit

Infektabwehr

Bakterielle Infektionen

Naturheilverfahren Helfen – Heilen – Heute

Strömungen der Medizin und erlebte Heilkunst über 3 Jahrzehnte Nachkriegszeit sollen sich hier vergegenwärtigen. Umfangen von Gedanken des berühmten Satzes zu Beginn der Aphorismen aus dem Corpus Hippokraticum, welches eine Sammlung wissenschaftlich-medizinischer Abhandlungen aus dem fünften und vierten Jahrhundert vor Christus aus der Heilkunst griechischer Kultur darstellt:

„Kurz ist das Leben, lang die Kunst;
der rechte Augenblick ist rasch entflohen.
Die Erfahrung ist trügerisch und das Urteil schwer."

Erinnerungen an hervorragende historische Gestalten einer Heilkunde drängen sich auf. Die Spuren ihres Wirkens sind noch nicht verwischt, aber inzwischen breiter geworden. Sie haben sich teilweise sogar vertieft und sind so zu Spurrillen geworden neben Pfaden und Wegen auf unwegsamem Boden.

Die moderne Medizin entwickelte sich erst im letzten Jahrhundert zu einer exakten Wissenschaft und verzeichnete dann in einigen Jahrzehnten größere Fortschritte als in Jahrtausenden zuvor. Sie stützt sich auf das medizinische Experiment. Wissenschaftlichkeit und Technologien bilden ihr Fundament. Die meisten gefährlichen Seuchen der Menschheit früherer Zeiten konnten so mit Hilfe der Naturwissenschaften ausgerottet werden. Diese naturwissenschaftliche Medizin hat schließlich in den letzten hundert Jahren die Lebenserwartung der Menschen verdoppelt. Sie ist heute in der Lage, ganze Organe auszutauschen oder durch künstliche Prothesen zu ersetzen. Sie kann schließlich in Erbstrukturen eingreifen, wodurch die Wunschvorstellung der Schaffung eines neuen Menschen, bewirkt durch ärztlich-medizinische Forschungsarbeit, näherrückt. Aber welches Idealbild eines Menschen verlangt diese utopische Schöpfung?

Durch menschliche Verhaltensfehler breiten sich neue Zivilisationsseuchen aus. Besonders auch durch den Versuch der Loslösung des Individuums von der Schicksalsverbundenheit mit der lebendigen Mitwelt und die allmähliche Zerstörung der lebensnotwendigen Umwelt. Bescheiden sind die Erfolge der

Bemühungen, durch Reparatur und Rekultivierung die Schäden, welche durch die Industrie- und Konsumgesellschaft im Laufe von nur wenigen Jahren angerichtet wurden, wieder rückläufig zu machen. Eine Heilung könnte nur durch eine kompromißlose Beschränkung des die elementaren menschlichen Lebensbedürfnisse (Wasser, Luft, Erde) zerstörenden Wirtschaftswachstums eingeleitet werden.

Schon um 1850 hatten Physik, Chemie und Technik zu einer Trennung der Universitätsmedizin von den bis dahin geltenden Heilsystemen geführt. Doch war das ganze 19. Jahrhundert hauptsächlich von der Naturheilkunde und den erfolgreichen Heilern Hufeland, Prießnitz, Schroth und Kneipp geprägt. Danach kam noch Dr. Oskar Bircher-Benner (1867–1939). Damals wurden große Reformbewegungen der Lebensführung durch gesunde Ernährung, körperliche Aktivierung und Gesundheitserziehung eingeleitet. Bei den chronischen Zivilisationsleiden der Gegenwart kommen ihre Methoden, welche eine Eigenleistung des Patienten zur Wiederherstellung seiner Gesundheit fordern, in der modernen Medizin wieder voll zur Geltung.

Die Naturheilkunde hat Wurzeln in Medizinsystemen der großen alten Kulturen. Sie ist deshalb auch Erfahrungsheilkunde, weil sie sich neben natürlicher Lebensreize Wasser, Wärme, Kälte, Nahrung und Ausscheidung auch empirisch gefundener antiker Heiltechniken erinnert.

Mit dem Wandel der Krankheiten in der heutigen Industriegesellschaft ist die Rückbesinnung auch auf früher schon bewährter Methoden erforderlich. Die kritische Prüfung geschieht dann in der täglichen Praxis. So läßt sich z.B. moderne Technik der Neuraltherapie herleiten aus der von den Chinesen gefundenen Urpolarität des Yin-Yang bei der Akupunktur. Wir finden sie im elektrischen Plus-Minus und magnetischen Nord-Süd-Phänomen. Aber dürfen wir uns anmaßen, alles begreifen und erklären zu können? Die ehrlichen Bemühungen um tiefere Erkenntnisse müssen andauern.

Lehrjahre

Die schon etwas milde Wärme der Herbstsonne überströmt noch einmal stärker den Hahnberghang in der Nähe Heidelbergs mit einem langen Abschied von diesem lieblichen Tag. Die Sonnenstrahlen leuchten hier in den Abend, über den Fluß, der tief im Tal im Schatten dahinfließt. Wenige Schritte weiter sprudelt eine Quelle. Das eiskalte Wasser des Moselbrunnens hat Heilkraft. Nachdenken und zurückdenken läßt sich gut hier an diesem Platz, mit dem ich mich fast so lange verbunden fühle wie mit meinem Beruf.

Schon immer gilt mein besonderes Interesse den neuen und alten Heilmethoden. Die Naturheilverfahren und die Erfahrungsheilkunde fanden in den ersten Nachkriegsjahren, als ich meine Praxis begann, wieder eine gewisse Beachtung. Es gab viel Gelegenheit, sich weiterzubilden. Anziehungspunkte waren ärztliche Kongresse, auf denen Kollegen ihre reichen Erfahrungen, großes Wissen und ihr noch bedeutenderes Können dem Lernbegierigen zu vermitteln suchten. –

Die Grundlagen des ärztlichen Wirkens, nach langer Lehre schließlich auch als Heilkunst zu bezeichnen, wurden schon in den Kriegsjahren gelegt. Den durch Krankheit oder Verwundung in Not geratenen Menschen galt bedingungslos die Pflicht zur bestmöglichen Hilfe. Zuerst im Sanitätsdienst der Luftwaffe in den besetzten Ostgebieten, wo sich, wenn auch nur in begrenztem Umfang, außerdem Möglichkeiten fanden, kranken Zivilpersonen, die zum Teil bei uns arbeitsverpflichtet waren, Medikamente zu verschaffen oder ihnen durch kleine chirurgische Eingriffe zu helfen. Mit meist einfachen Heilmaßnahmen und dem Einsatz von nur wenig Medizintechnik konnten hilfebedürftige Kranke wieder gesunden. Wahrscheinlich blieb solches Wirken in dankbarer Erinnerung.

Als der Krieg zu Ende ging, versuchte die Kriegsmarine mit ihren letzten Transportschiffen die Rettung Verwundeter und Kranker über die Ostsee, was ihr auch in großem Umfang gelungen ist. Als Hilfsarzt mit dem aufopferungsbereiten Pflegepersonal auf der „Pretoria“ meine Pflicht zu erfüllen, war das größte Erlebnis im Dienst der Heilkunst gleich zu Anfang meiner ärztlichen Tätigkeit.

In den Nachkriegsjahren erfolgte die klinische Ausbildung, darauf die Weiterbildung besonders in der freien Praxis. Es waren Jahre ohne materiellen Lohn im Dienste der damals etablierten Ausbildungskliniken, ohne geregelte Arbeitszeit, mit permanenter Verpflichtung und Verantwortung dem kranken Menschen gegenüber. Die Therapie war organorientiert, vom monokausalen Denken beherrscht und stammte aus den zuletzt gewonnenen naturwissenschaftlichen Erkenntnissen. Die wirklichen Lehrjahre aber fielen in die Zeit der aufblühenden Industriegesellschaft, später besser als Konsum- und Anspruchsgesellschaft bezeichnet. Mit dieser Gesellschaft wandelten sich auch die Krankheiten. Sie wurden vornehmlich bestimmt durch falsche Verhaltensweisen, eine gestörte Mit- und Umwelt und somit dem Verlust des Gesundheitsbewußtseins. Mit dem völkischen, gesellschaftlichen und familiären Verfall ging schließlich eine moralische Abwertung auf allen Lebensgebieten einher. Zudem waren die eigentlichen Ursachen von nur sehr wenigen Krankheiten bekannt. Wie sollte der kritische Arzt in der freien Praxis da kausale Therapie betreiben, wollte er sich nicht damit zufrieden geben, ausschließlich die Krankheitssymptome zu kurieren. Diese Überlegungen und die ihnen zugrunde liegenden, früher gemachten Erfahrungen führten auf den Weg zu einer Heilkunst, auf dem es viele Spuren aus alten Zeiten mit bewährten, noch nicht vergessenen Methoden gibt. – Das Wirken des modernen Arztes vollzieht sich dann wieder ausschließlich im Dienste der Gesundheit: Mehr Gesundheitserziehung der Patienten und weniger Krankenbehandlung mit dem Ziel körperlicher und seelischer Reaktivierbarkeit in der sozialen Umwelt.

33 Jahre in den Spurrillen der Heilkunst!

In dieser Nachkriegsepoche scheinbar unbegrenzten Wirtschaftswachstums und der Vision eines materiellen Wohlstands für alle, dominierte in der modernen Medizin der permanente Fortschrittsglauben an Diagnose und Therapie auf der Basis der angewandten Naturwissenschaften. Die Fakten gesellschaftlicher Umwertung schufen aber neue psycho-sozio-somatische Bedingungen für Krankheitsentstehung und Behandlung. Deutlich wird damit die Zukunftsproblematik, daß bereits heute 85% der Bundesbürger an den Folgen von Zivilisationskrankheiten sterben. Die neue ärztliche Aufgabe heißt Gesundheitserziehung zur Gesundheitsbildung für eine gesundheitsfördernde Lebensführung des Patienten. Daran sollen sich politische, gesellschaftliche und pädagogische Institutionen maßgeblich beteiligen. Braucht man etwa, weil die Krankheiten sich ändern, auch andere Ärzte?

Am Anfang stand wie so oft das Erlebnis. Ein Kollege, Arzt für Orthopädie, demonstrierte 1949 anläßlich eines Therapiekongresses an Kranken seines Fachgebietes eindrucksvolle Beeinflussungen von akuten und chronischen Schmerzzuständen. Einem mich begleitenden Freund und mir war Neuraltherapie bereits ein Begriff. Wir hatten früher schon die Brüder Huneke kennengelernt und arbeiteten auch nach der von ihnen angegebenen Methode. In unserer nächsten Sprechstunde konnten wir übereinstimmend mit der von Schachtschneider gezeigten neuraltherapeutischen Technik Heilwirkungen beobachten. Wir besprachen die neue Behandlungsmethode und folgten der Einladung zu einer weiteren Fortbildungsveranstaltung. –

Als ich mir noch ein Zubrot zum kleinen Praxiseinkommen verdienen mußte, hatte ich das Glück, auf dem Lande einen älteren Kollegen manchmal wochenlang in umfangreicher Hausarzttätigkeit vertreten zu dürfen. Ich war oft Tag und Nacht im Dienst, in der Sprechstunde oder auf Hausbesuchen, mit dem Fahrrad oder Moped. Am selben Ort gab es keine Fachärzte, nur ein weiterer praktischer Arzt hatte sich niedergelassen. Man kannte zu jener Zeit auch nicht die Einrichtung eines Notdienstes. Dies bedeutete sozusagen eine Fundgrube für Diagnose und Therapie, eine Möglichkeit, täglich Entscheidungen zu treffen, Verantwortung zu tragen und Erfahrungen zu sammeln.

Eines Tages kam eine Patientin zu mir, die seit langem wegen fast unerträglicher Rückenschmerzen ohne Erfolg behandelt worden war. Die damals 34-jährige Frau, Mutter von 3 Kindern, fuhr wegen dieser Beschwerden auch oft in die Stadt zu Fachärzten. Ein Nervenarzt verordnete ihr schließlich sogar Opiate. Aber diese Frau war nicht schmerzmittel- und drogensüchtig, wie man aus ihrem Medikamentenkonsum hätte schließen können. Sie kam wegen ihrer bisher kaum beeinflußbaren Schmerzen im Rücken. Die neue Patientin sollte mein erster Fall für die „neue" Neuraltherapie werden. Das von Huneke beschriebene Sekundenphänomen trat auf, die Frau war erstmals sofort während der ersten Behandlung ohne Schmerzen. Es dauerte Monate, bis ich sie wieder sah. Nach langer Zeit hatte sich der Schmerz wieder bemerkbar gemacht, jedoch nicht so stark. Schmerzmittel brauchte sie nicht. Neuraltherapeutische Maßnahmen halfen der Patientin wieder. So ging es weiter über Jahre: Immer wieder Befreiung von den schubweise auftretenden Rückenschmerzen, von den später abwechselnd sich einstellenden Schulter-Armbeschwerden, den Knie-, Hüft- und Ischiasschmerzen. Befreiung durch die Neuraltherapie, ohne Medikamente oder Spritzen. Die Intervalle des gesundheitlichen Wohlbefindens wurden immer länger, die Schmerzattacken kürzer und weniger heftig.

Eines Tages, ca. 20 Jahre nach der ersten Begegnung mit der Patientin, erscheint ihre Tochter, im gleichen Alter wie damals die Mutter, mit Rückenschmerzen gleicher Lokalisation. Massagen, Bäderkuren, Bestrahlungen und Medikamente waren bisher nicht in der Lage gewesen, die Schmerzen zu lindern. Bei gleicher Therapie ließ sich ein ähnlicher Krankheitsverlauf beobachten. –

„Vor die Therapie haben die Götter die Diagnose gestellt", meinte ein angesehener Hochschulprofessor. Es soll hier der rheumatische Formenkreis im weitesten Sinn angesprochen werden. Rheuma ist ein Sammelbegriff vieler Leiden ohne einheitliche Ursache, mit denen die Menschheit seit ihrem Bestehen geplagt wird. Der Begriff Rheuma stammt von den alten Griechen, und wir können ihn mit „Fließkrankheit" übersetzen. Sie glaubten, krankmachende Stoffe würden im Körper herumfließen und wären in der Lage, sich in den verschiedensten Organteilen zu lokalisieren. Der griechische Arzt Galen, 130 n. Chr., verstand darunter schmerzhafte Erkrankungen der Gelenke, Muskeln, Nerven und Sehnen. Vor Galen war bereits mit Hippokrates, 460–377 v. Chr., eine wissenschaftliche Medizin begründet worden, welche die Heilweise der Priester ablöste. Im goldenen Zeitalter Griechenlands leiteten die hippokratischen Schriften, als Sammlung wissenschaftlich-medizinischer Abhandlungen aus dem fünften und vierten Jahrhundert v. Chr., die Strömung einer Heilkunst ein, deren Lehren bis ins 16. Jahrhundert n. Chr. gültig waren:

> *Gesundheit ist ein Zustand vollkommenen Gleichgewichtes, Krankheit entsteht, wenn dieses Gleichgewicht gestört wurde, was zu einer falschen Zusammensetzung der Körpersäfte führen muß.*

Erfahrungsheilkunde

Die Chinesen wenden das Gesetz vom Gleichgewicht der Kräfte in ihrer Akupunkturheilkunst seit ca. 4000 Jahren an. Gesundheit bedeutet ein Yin-Yang-Gleichgewicht, wobei Yin das weibliche und Yang das männliche Prinzip verkörpert. Mit der aktivierenden Goldnadel und der beruhigenden Silbernadel ist es möglich, über die Organmeridiane den Kräfte- bzw. Energiestrom im menschlichen Organismus so zu steuern, daß ein Spannungsausgleich zur Heilung führen kann. Akupunktur ist wohl die älteste bisher beschriebene Form der Neuraltherapie. Sie ist eine Heilmethode, die ohne Medikamente die Fehlsteuerung von Organen und Organsystemen im menschlichen Organismus beseitigt und die dadurch erzeugten Krankheiten heilen kann. Akupunktur wurde auch zu Beginn unserer Zeitrechnung in Indochina, Korea und Japan angewendet. Seit ca. 100 Jahren wird chinesische Akupunktur in Frankreich von Ärzten ausgeübt, nachdem diese durch Fernostreisende schon vor 300 Jahren in Europa bekannt geworden war.

Dieses Jahrtausende alte fernöstliche Heilprinzip ist noch heute unverändert anwendbar, wobei auch seine geistig-philosophischen Grundlagen ebenso noch gelten. „Die Akupunktur behandelt überhaupt keine Krankheiten, sie verändert nur die Kraftströme im kranken Menschen“, so sagte es der chinesische Präsident des Weltkongresses für Akupunktur. Man braucht bei der Akupunktur die Ursache der Krankheit nicht zu kennen. Für die energetischen Phänomene reichen jedoch neurophysiologische Erklärungsversuche der heutigen naturwissenschaftlichen Medizin nicht aus.

Erstaunlich ist, daß Forscher aus der westlichen Medizin punktuelle Korrelationen zwischen Haut- und Schleimhautpunkten und Organfunktion ebenfalls gefunden haben. 1883 entdeckte Pawlow die Gesetzmäßigkeit des sogenannten „bedingten Reflexes“ und prägte den Begriff „Ganzheitsmedizin“.

Um die gleiche Zeit wiesen Mackenzie, Voltolini und Fließ Beziehungen der Nasenschleimhaut zum Urogenitaltrakt nach. 1893 fand Head die segmentale Verschaltung von innen und außen. Bei modernen Vorstellungen von kybernetischen Kommunikations- und Fließsystemen werden zukünftige wissenschaftliche Erklärungsmöglichkeiten größer.

1925 beobachtet Dr. Ferdinand Huneke zufällig einen Heileffekt, die sekundenschnelle Dauerheilung eines schweren Migräneleidens nach Einspritzung eines Novocainpräparates, das sogenannte Sekundenphänomen. Nach weiteren Heilerfolgen in Zusammenarbeit mit seinem Bruder Walter erfolgte 1928 die Veröffentlichung der neuartigen Technik in der Zeitschrift „Medizinische Klinik" unter dem Titel „Fernwirkung der Lokalanästhesie". Nach Hunekes Lehre von der Neuraltherapie ist es möglich, die verschiedensten, bisher unbeeinflußbaren Krankheiten durch gezielte Ausschaltung neuraler Störfelder zu heilen. Trotz der Erfolge mit gezielten Impletol-Injektionen weigerte sich die wissenschaftliche Medizin jahrzehntelang, diese Form der gefundenen Neuraltherapie anzuerkennen. Der russische Forscher Speranski konnte aber 1940 anhand von Tierversuchen durch seine Neuralpathologie die Erkenntnis gewinnen, daß bei der Entstehung und Heilung von Krankheiten das Nervensystem eine beherrschende Stellung einnimmt. Im Sekundenphänomen nach Huneke sah man danach einen nervengesteuerten organbiologischen Entstörungsvorgang. Der Wiener Prof. Pischinger hat später die neuraltherapeutischen Heilvorgänge nach seinen Forschungen über das „Zelle-Milieu-System" wissenschaftlich untermauert. Er sieht das interstitielle Bindegewebe, das jede Zelle des Organismus umfließt und erreicht, in der Mittlerrolle im Störfeldgeschehen der Krankheiten. In ihm vollziehen sich wichtige Lebensfunktionen des Organismus wie Zellatmung, Durchblutung, Regulierung des Wasser- und Mineralhaushaltes usw.

Seit der Akupunkturheilkunst im alten China bis heute werden die verschiedensten Techniken der Neuraltherapie mit Erfolg ausgeübt. Allein über Reize an sogenannten Neuralpunkten der Haut, die aus der Erfahrungsheilkunde stammen, lassen sich fehlgesteuerte Organe und Organsysteme beeinflussen und Krankheiten heilen.

Bei der von Schachtschneider angegebenen und von mir modifizierten Methode werden an den Neuralpunkten, die Organbeziehung haben müssen, Hautquaddelungen mit einer hochverdünnten Mistellösung (Plenosol) vorgenommen. Vorübergehend kann man dabei Hauterscheinungen beobachten. Es spielt für die Heilung keine Rolle, wie lange die Krankheit besteht. Allein eine

Reaktionsbereitschaft bzw. eine Reaktionsfähigkeit des Organismus ist Voraussetzung zur Beseitigung der Fehlsteuerung und Beeinflussung des Leidens. Als Naturheilverfahren unterstützt die Neuraltherapie das Selbstheilbestreben des Organismus. Die Behandlungsmaßnahme kann sich nur in Richtung Gesundheit auswirken und das gestörte Gleichgewicht im Körper wieder herzustellen helfen, was schon im klassischen Griechenland als erstrebenswerter Zustand galt. Im China der Akupunktur stand darüber noch das Gesetz vom universellen Gleichgewicht.

Wir versuchen mit der Neuraltherapie eine ursächliche Behandlung bei Leiden des rheumatischen Formenkreises, u.a. bei Wirbelsäulensyndromen und degenerativ-arthrotischen Gelenkerkrankungen und ersparen dem Patienten oft die Operation. Beim Heuschnupfen kommen wir ohne schädliche Medikamente aus, die allergische Übererregbarkeit schwindet von Jahr zu Jahr. Akute und chronisch rezidivierende Nebenhöhlenerkrankungen heilen aus. Man sollte Neuraltherapie grundsätzlich überall dort einsetzen, wo Besserung durch Normalisierung der Organdurchblutung zu erwarten ist. Die verstärkte Durchblutung der Augenbindehaut ist als intensive Augenrötung sofort beim Einstich am entsprechenden Organpunkt der Gesichtshaut zu beobachten. Oft spüren die Kranken unmittelbar eine Änderung oder ein Verschwinden der Beschwerden. Bei der Migräne hat der Neuraltherapeut in 25% der Fälle einen Heilerfolg, bei weiteren 50% entfällt die gewohnte Einnahme starker Schmerzmittel. Berichtet der Patient, daß seine Schmerzen sich nicht bessern, muß das Störungsfeld im psychischen Bereich angenommen werden. Hier kann Autogenes Training oder Hypnose die Fehlsteuerung beseitigen helfen.

Wirbelsäulensyndrome

Manchmal ist es wirklich „ein Kreuz mit dem Kreuz". Am schwierigsten wird die Therapie dort, wo der Kreuzschmerz Ausdruck einer psychosomatischen Störung ist. Dabei sind die objektiv feststellbaren Muskelverspannungen und Fehlhaltungen sichtbarer Ausdruck gehemmter und unterdrückter Gefühle. Der Schmerz signalisiert Angst, täuscht fortgeleitete Organkrankheit vor, verbindet sich mit Depression, stört den Schlaf.

Eine solche Betrachtungsweise konnte natürlich nicht in einer Zeit erwogen werden, in welcher, führend in Amerika, das Organspezialistentum dank neuer naturwissenschaftlicher Erkenntnisse sehr erfolgreich war. 1933 operierten dort erstmals zwei Neurochirurgen Patienten wegen Ischias, indem sie die krankhaft veränderte Bandscheibe entfernten. Die rheumatische Verursachung der Wirbelsäulenerkrankungen wollte man von dieser Zeit an nicht mehr anerkennen. Die neue Waffe gegen das sogenannte Bandscheibenleiden war die Operation.

Bisher hatte man nach der hauptsächlich für das Rheuma geltenden Herdlehre verdächtige Zähne und Mandeln entfernt. Nach dem 2. Weltkrieg operierte man schließlich auch in der Bundesrepublik massenhaft Bandscheiben aufgrund von Befunden, die die Röntgenologen mit einer immer ausgefeilteren Technik lieferten. Die vorher von der Hochschulmedizin als Scharlatanerie bekämpfte Chiropraktik durfte dann bald als Lückenbüßerin bei den vielen Mißerfolgen therapeutisch eingesetzt werden. Sie wurde als neue Medizintechnik in die Hände der entsprechenden Organspezialisten gelegt und ihnen als fachärztliches Privileg durch die Sozialversicherung abgesegnet. Man traute den Spezialisten eine manuelle Technik zu, deren wirkliche Grundlage damals noch nicht verstanden wurde. Die Streckapparate, Gipskrawatten, Korsette, Glissonschlingen und Spezialrepositionsliegen kamen auf Krankenkassenkosten zum Einsatz.

Es dauerte noch in die heutige Zeit, bis die Erkenntnis sich durchsetzen konnte, daß die erhobene Organveränderung nicht die Krankheit, sondern allenfalls ein Faktor im Krankheitsgeschehen ist. Nach Dr. Reckeweg lagern sich z.B. auch durch Schweinefleischverzehr sogenannte sutoxische Schleimstoffe, Hyaluronsäuren und Fettstoffe des Schweines besonders an Schwachstellen im Bindegewebe ab und bringen es zur Aufquellung. Die lokale schmerzhafte Entzündung ist eine Abwehrmaßnahme des Organismus dagegen. Man beobachtet lokale Zirkulationsstörungen mit Ernährungsstörungen um die Wirbelsäule, mit Muskelverspannungen und Nervenirritationen, zum Teil bis in die Beine, Arme und in den Kopfbereich. Dagegen müssen wir heute davon ausgehen, daß es sich bei dem Röntgenbefund der sogenannten Osteochondrose immer um natürliche Verschleißerscheinungen ohne Krankheitswert handelt. In einer Studie konnte man feststellen, daß 95% aller Röntgenbefunde wegen Kreuzschmerzen für die Therapie nutzlos waren.

Körperliche Fehlhaltungen bei Wirbelsäulensyndromen lassen sich durch dauernde Haltungskorrekturübungen nach Alexander günstig beeinflussen mit den drei Vorsatzformeln: Kinn herein, Brust heraus, Bauch herein. Fehlhaltungen, die hauptsächlich aus dem unbewußt – seelischen Bereich kommen, können durch das tägliche Autogene Training beseitigt werden.

Die heute so zahlreich vorkommenden Wirbelsäulensyndrome und damit zusammenhängenden Organstörungen müssen sicher im wesentlichen dem rheumatischen Formenkreis zugerechnet werden. Wegen der scheinbaren Kompliziertheit der Wirbelsäulenleiden hierzu noch die Worte eines Schweizer Autors: „Über die eigene ungesunde Lebensweise regt sich heute kaum ein Patient auf, und die Tatsache, daß jeder die weitaus größte Verantwortung für seine Gesundheit selbst tragen muß, interessiert niemanden. Dabei hat sich das menschliche Rückgrat über Jahrmillionen durch Belastung und Anstrengung geformt. Es braucht daher dauernde Beanspruchung und wird durch Trägheit schwach. Bei den meisten Patienten handelt es sich gar nicht um organische Schäden der Wirbelsäule, sondern um muskuläre Insuffizienzen, bei denen die psychische Einstellung zur Arbeit entscheidender ist als der organische Befund."

Rheumatische Beschwerden sind eine Domäne der neuraltherapeutischen Verfahren. Wir können die Chiropraktik dazu rechnen, nachdem falsche Meinungen bezüglich der Verlagerung bzw. des Aus- oder Einrenkens von Wirbeln eigentlich nicht mehr bestehen sollten. Palmer, ein Laienheiler aus den USA, baute die Chiropraktik, deren Handgriffe er aus Überlieferungen kennengelernt hatte, 1895 zu einem Heilsystem aus. Chiropraktoren, über lange Zeit in amerikanischen Schulen ausgebildet, behandeln dort jährlich Millionen Kranke. Ihre Annahme von Wirbelluxationen und deren Beseitung muß nach den heutigen Erkenntnissen fallengelassen werden. Chiropraktik ist eine Heilkunst mit Handgriffen in vegetative Lebensvorgänge im neuraltherapeutischen Sinn. Sie ist Heilung durch Handlung. Durch die Handgriffe kommt es zur Entspannung der Muskelverkrampfung und Normalisierung der Durchblutung, das vorher gehemmte Bewegungsspiel in den kleinen Wirbelgelenken wird wieder frei. Es verschwinden dann oft Symptome wie Kopfschmerz, Morgenmüdigkeit bei niedrigem Blutdruck, Schwindel, Gesichtsblässe usw. Der untragbare Zustand für die Wirbelsäule kann nur dann noch als Ischias oder Kopfschmerz weiter bestehen, wenn außerdem ein bewußter oder unbewußter psychischer Störfaktor vorhanden ist. – Erweitern wir wieder unser eingeengtes, auf die veränderte Bandscheibe und das Zwischenwirbelloch gerichtetes ärztliches Blickfeld.

Als drittes neuraltherapeutisches Prinzip, das sehr effektiv die beschriebenen Heilmaßnahmen ergänzt, kann die Schröpfkopfbehandlung angesehen werden. Wie Akupunktur und Chiropraktik stammt sie aus der Erfahrungsheilkunde und ist eine der ältesten Heilweisen (Mesopotamien 3500 v. Chr., Ägypten 2000 v. Chr., Indien, Griechenland usw.). Schröpfen half auch den Eingeborenen Afrikas und Südamerikas bei der Dämonenaustreibung. Man benutzte ursprünglich als Gerät ein Büffelhorn, dessen Spitze vorher abgebrochen worden war. Durch Ansaugen der Luft aus dem auf die Haut aufgesetzten Horn erzeugte man einen Unterdruck. Später waren Glasglocken in Gebrauch, unter die man eine Flamme hielt. Während des Krieges konnte ich in der Ukraine beobachten, wie als Hausmittel bei Beschwerden im Bauch Gläser über brennende Kerzen gestülpt wurden, in die sich die Haut unter Bildung von Blutergüssen hineinzog. Weite Verbreitung fand bei uns im Mittelalter das blutige Schröpfen in den Baderstuben, wobei die Haut vorher mittels eines mit Klingen versehenen Schneppers oberflächlich geritzt werden mußte. Diese örtlichen Aderlässe kamen aber dann allmählich in Mißkredit, als mit dem blutigen Schröpfen manchmal Krankheiten, unter anderem auch Syphilis, übertragen wurden.

Ableitung des Schädlichen und Fremden auf die Haut durch Erzeugen von Hämatomen oder Verbrennungen war Erfahrungsheilkunde und Neuraltherapie. Bei modernem Einsatz der Schröpfgläser als Ergänzung anderer neuraltherapeutischer Maßnahmen wird die Haut der zu behandelnden Körperregion zuerst mit Gleitsalbe eingerieben. Durch eine Spiritusflamme, die durch Entzünden eines vorher in Brennspiritus getauchten Wattebausches erzeugt und unter das Schröpfglas gehalten wird entsteht ein Vacuum, welches die Haut nach schnellem Aufsetzen des Glases unter blauroter Verfärbung hineinzieht. Durch Verschiebung der Schröpfköpfe, meist sind es mehrere, z.B. über der verspannten Rückenmuskulatur tritt eine Hautverfärbung bei Blutergußbildung in der gesamten so behandelten Region auf. Im Verlauf einer Woche resorbiert der Organismus die Blutzerfallsprodukte wieder, was wie Eigenblutbehandlung wirkt.

Die Eigenblutbehandlung ist eine Umstimmungsmethode, eine sogenannte unspezifische Reiztherapie. Zu den sehr wirksamen Umstimmungsmaßnahmen zählen wir auch Fasten und Ernährungsbehandlung, Überwärmungstherapie und die Kneippschen Anwendungen, Klimakuren im Hochgebirge und an der Nordsee. Bei der Eigenblutbehandlung lösen die körpereigenen Blutzerfallsprodukte örtliche Gewebsstoffwechsel- und auch Allgemeinreaktionen aus. Wir beobachten eine Kapillarerweiterung und bessere Gewebsdurchblutung. Es kommt durch den unspezifischen Reiz auf das ganzheitsbiologische Grundsystem zur Förderung des natürlichen Selbstheilungsbestrebens des Organismus. –

Außer der Hämatombildung erfolgt durch das Verschieben der angesaugten Schröpfgläser im Unterhautzellgewebe eine Auflockerung. Ich bin mir bewußt, daß es eine ungeheuerliche Behauptung ist, daß mit gekonnter Schröpftechnik auch die Wirkung einer guten Bindegewebsmassage bei geringstem Zeitaufwand erreicht werden kann. An diesem Punkt muß ich deshalb hier Frau Elisabeth Dicke ehrend erwähnen, die 1929 durch Heilung von Krankheit als Selbsterlebnis auf dem Wege der Beobachtung natürlicher Lebensvorgänge zu ihrer Bindegewebsmassagemethode fand. Sie entdeckte veränderte Zonen der Körperoberfläche, von denen auch die einzelnen Organe beeinflußt werden konnten, nämlich durch „Massage reflektorischer Zonen im Bindegewebe."

In China kannte man 4000 Jahre v. Chr. die Moxibustion, bei der Heilkräuter (Schafgarbe, Artemisarten) auf bestimmten Hautbezirken abgebrannt wurden, wodurch kleine Brandwunden entstanden. Der moderne Arzt ist in der Lage, uralte Erkenntnisse für ein erfolgversprechendes Heilbemühen heute mitzuverwerten, besonders bei Kranken mit akuten und chronischen schmerzhaften Leiden, mit Störungen von Organsystemen, die vom vegetativen Nervensystem automatisch gesteuert werden. Eine Domäne dieser Methoden stellt die Behandlung des „oberen und unteren Kreuzes" dar (das ist der Hals-Nacken-Schulterbereich und die Lendenwirbelsäulen-Kreuzbeingegend), also bei Krankheiten des rheumatischen Formenkreises.

Rheumakrankheiten

In der medizinischen Fachliteratur sind Rheumakrankheiten im engsten Sinn nur die chronische Polyarthritis, das akute rheumatische Fieber sowie die sogenannten Kollagenosen. Für 80% aller Kranken mit Rheumatismus bedeutet dieser Begriff eine funktionelle Bezeichnung, wie sie schon antike Kulturen kannten, und ist keine medizinisch wissenschaftliche Diagnose. So werden ca. 300 rheumatische Erkrankungen aufgeführt, bei denen wechselnde schmerzhafte Störungen im Bewegungsapparat bestehen. In der Bundesrepublik soll es 20 Millionen Rheumakranke geben. 200000 Berufstätige streben jährlich wegen Rheumatismus vorzeitige Invalidisierung an. Bei den meisten Patienten in der Allgemeinpraxis können wir schon bei der ersten Befragung (Anamnese) eine Disposition zu Rheuma feststellen. Sie geben an, wiederholt früher schon unter Schmerzzuständen, zum Teil in verschiedenen Körperregionen, gelitten zu haben. Fast immer gibt es auch Rheumatiker in ihrer Familie. Man bekommt einen Hexenschuß, Ischias, einen Schulter-Armschmerz, plötzliche Schmerzzustände in Sehnen, Muskeln, Nerven und Gelenkbereichen, wie andere Leute Erkältungskrankheiten. Es ist ein schubweises Auftreten der Beschwerden zu beobachten. Die Schübe kommen manchmal in kurzen Intervallen, oft gibt es dazwischen auch Pausen von mehreren Jahren, so daß man von chronisch rezidivierenden Leiden bei dazu vorhandener Disposition sprechen kann. Sogenannte rheumatische Schädlichkeiten wie Durchnässung, Unterkühlung, Überanstrengungen und Überforderungen körperlicher oder auch nervlich-seelischer Art sind in der Lage, einen neuen Schub auszulösen. Im allgemeinen bringen die Patienten, die in die Sprechstunde kommen, eine langjährige Krankheitsvorgeschichte mit. Aber was sie tatsächlich vorweisen, sind die Berichte zahlreicher eingehender Untersuchungen nach dem letzten Stand der Medizintechnik, manchmal mehrerer Organsysteme und von früher durchgemachten Krankenhaus- und Kuraufenthalten. Erschreckend ist dabei oft die Diskrepanz zwischen dem Untersuchungs- und Behandlungsaufwand, nicht zu reden von der bisher geringen Eigenleistung des Kranken zur Wiederherstellung seiner Gesundheit. Warum konnte diesen Menschen trotz Einsatzes der modernsten Untersuchungsmethoden bisher nicht besser geholfen werden und ihnen kein Weg der Rückkehr zur körperlichen Leistungsfähigkeit und seelischen Gesundheit gezeigt werden? Müssen wir nicht den Hauptgrund darin suchen, daß die erst nach Jahrzehnten zählende klinische und theoretische Rheumaforschung zu keinem für die Betroffenen befriedigenden Ergebnis gelangen konnte? Die Ursachen und Entstehungsfaktoren entzogen sich der bisher geübten mechanisch stofflichen Betrachtungsweise, und infolgedessen war auch eine kausale Therapie unmöglich. Wegen der Schmerzen und der damit verbundenen Störungen, seiner Krankheitsängste und der Beeinträchtigung des Wohlbefindens, suchte der Rheumakranke zu allen Zeiten Hilfe. Wir begleiten ihn dann manchmal ein Arztleben lang.

So fand ich eines Samstags früh in meinem Wartezimmer eine jammernde und weinende Frau vor. Sie erzählte, sie habe wegen der Schmerzen im rechten Bein schon die vergangene Nacht kaum geschlafen, mußte deshalb immer wieder aufstehen und im Zimmer umhergehen, obwohl ihr auch das nur wenig Linderung gebracht habe. Die Schmerzen seien während der letzten Tage allmählich im Kreuz aufgetreten, verbunden mit einer gewissen Steifigkeit, schließlich immer stärker geworden und ins rechte Bein gezogen. Deshalb könne sie nun nicht, wie geplant, am Wochenende nach Hause in den Odenwald fahren. – Die junge Frau, deren Mann im Krieg gefallen war, verdiente in der Stadt ihren Lebensunterhalt als Köchin in einem größeren Betrieb. Sie lebte mit ihrer kranken Mutter zusammen in einer Wohnung. Dort hatte ich schon öfters die alte, körperlich behinderte Frau, die seit vielen Jahren an Polyarthrose mit schweren Gelenkdeformierungen und dadurch bedingten Bewegungseinschränkungen und Schmerzen litt, besucht. Die Patientin war geistig noch rüstig, voll gesunden Humors mit einer positiven Lebenseinstellung. Zu ihrem früheren Hausarzt hatte sich während der chronischen Krankheit ein langjähriges herzliches Vertrauensverhältnis entwickelt, und sie sprach gern darüber. Die Tochter selbst bedurfte keines ärztlichen Beistandes, und mein Vorgänger hatte ihr wohl wegen der stattlichen Erscheinung den Beinamen „Germania" gegeben. Auch das erzählte mir die Mutter. Seit jenem Samstag im Jahre 1953 ist sie nun auch meine Patientin geworden. Anfangs hatte ich es leicht mit der Frau, die so heftig über Ischiasschmerzen im rechten Bein klagte. Wir kannten uns schließlich schon. Die erste Untersuchung ließ mir die volle „diagnostische Abklärung", wie es im Medizinerjargon heißt, am Wochenende nicht vordringlich erscheinen. Etwas schwierig gestaltete sich nur die Lagerung auf dem Bauch. Man ist wohl etwas überempfindlich, wenn man früher immer gesund gewesen ist. Die Abtastung des Rückens, jegliche Körper- und Beinbewegung, vor allem die Hautquaddelung der Neuralpunkte im Kreuz und am rechten Bein wurden von heftigen Schmerzäußerungen der Patientin begleitet. Meine damalige Meinung von der Überempfindlichkeit mancher Menschen bei der Behandlung konnte erst revidiert werden, als ich das akute Lumbalsyndrom mit jahrelangen Rezidiven als Selbsterlebnis mit allen Erscheinungen und Beschwerden kennenlernte. – Wohl mehr noch als aus den eigenen Fehlern und Erfahrungen kommt es in der Heilkunst darauf an, auch aus den Fehlern, Irrungen und Versäumnissen derer zu lernen, die vor uns waren und ständig mit uns sind. – In angstvoller Erwartung geschah dann die ergänzende, von mir vorher angekündigte und erklärte Schröpfkopfbehandlung. Diese wichtige Zusatzbehandlung der Neuraltherapie, besonders bei rheumatischen Erkrankungen mit Lokalisation im Wirbelsäulenbereich (Cervikal-Schulter-Arm-Syndrom, Lumbal-Ischias-Syndrom) wird, so traf es auch für unseren Fall zu, sofort als erleichternd empfunden. Ein angenehmes Wärmegefühl stellt sich ein. Ergänzende chiropraktische Lockerung des Wirbelgelenkspiels trägt zur Entkrampfung der vorher zirkulationsgestörten Muskulatur um die Wirbelsäule bei. Aber diese Entspannung folgt der Neuraltherapie auch automatisch im Nachtschlaf. Durch therapeutisches Handeln mit dem Versuch, in gestörte Selbstregulationsmechanismen des Organismus positiv einzuwirken, konnte durch die unmittelbar eintretende Schmerzlinderung auch die notwendige Bewegungsmöglichkeit in Richtung Heilung eingeleitet werden.

Aber was heißt hier Heilung? Frau Hofer hat den ersten sie so sehr beeindruckenden Schub eines schmerzhaften Rheumas erlebt. Die Anlage dazu war von der Mutter vererbt. Fragen wir die Patientin nicht, was für sie untragbar geworden ist, und wodurch gerade jetzt dieser erste Ischiasschmerz ausgelöst wurde. Ihr wäre es wahrscheinlich auch nicht bewußt. Vielleicht Abkühlung nach langem Stehen und Schwitzen am Kochherd. Man kann auch als Arzt nur Vermutungen darüber anstellen, manchmal schuldigen wir mechanische Vorgänge an wie plötzliche Körperbewegungen, Tragen schwerer Lasten oder gar Infekte. Die Ursache der Rheumakrankheiten kennt die wissenschaftliche Medizin bis heute nicht, trotz riesiger Fortschritte in der Erforschung und Erkenntnis biologischer Vorgänge durch Physik und Chemie, im Labor und am Organismus.

Wie voraussehbar findet sich eines Tages unsere Ischiaspatientin wieder ein. Diesmal fuhr ihr der Schmerz morgens beim Aufstehen aus dem Bett wie ein Blitz ins Kreuz. Nur mühsam konnte sie die Praxis aufsuchen. Neuraltherapie und Schröpfen mit Kurzwellenbehandlung waren die Maßnahmen, unter denen es der gewissenhaften, fleißigen Frau möglich war, ihren verantwortlichen Posten im Betrieb auszufüllen. Selbstverständlich ist die Patientin auch nach den derzeit geltenden Regeln der Medizin untersucht worden. Frau Hofer klagte nun noch über zeitweises Unbehagen in der Herzgegend, die Krampfaderbeine schwollen besonders bei warmer Witterung bis zum Abend unter zunehmender Schwere und einem Müdigkeitsgefühl an. Im privaten Lebensbereich der Patientin traten Veränderungen ein. Hochbetagt starb die Mutter, von ihren Schmerzen erlöst. Dann breitete sich nach der Tagesarbeit Einsamkeit in der stillen Wohnung aus. Von einem Erkältungsinfekt konnte sich Frau Hofer kaum erholen. Der Reizhusten dauerte wochenlang, sie klagte über Müdigkeit, Appetitlosigkeit, Schlafstörungen und Nachtschweiße mit Hitzewallungen. Der Antrieb fehlte besonders morgens, die Stimmung war niedergeschlagen. Jede Begegnung in der Praxis begleitete anfangs weinerliches Klagen, erst dem Gespräch folgte ein zaghaftes Hoffen. Als die Patientin ihre Arbeit wieder aufnehmen wollte, trat im rechten Unterschenkel eine sehr schmerzhafte Venenentzündung auf. Es war schwierig, sie so zu aktivieren, daß sie die nötigen Gehübungen mit dem Kompressionsverband machte. Aus der Nachbarschaft kam Hilfe. Ein alleinstehender Rentner entwickelte sich zum treuen Lebensgefährten. In der warmen Jahreszeit konnte man jetzt zusammen größere Spaziergänge, Ausflüge, ja sogar Urlaubsfahrten machen. Ein späterer Kuraufenthalt mit Radonbädern brachte dann den gesundheitlichen Aufschwung, es gab lange keine Rheumaschübe mehr. Leider war das Glück nicht beständig. Eines Tages starb der Partner unerwartet an einem Herzinfarkt. Verantwortliche Arbeit im Betrieb füllte nach wie vor den Alltag aus. Nur selten noch kamen Rheumabeschwerden. Bei Schmerzen im Hüft-, Knie- oder Knöchelgelenk konnte in der Praxis meistens schnell geholfen werden. Ein Schulter-Armsyndrom war länger dauernd, erforderte jedoch keine Unterbrechung der Berufstätigkeit. Schließlich aber häuften sich die Krankheitsschübe wieder, so daß deshalb eine vorzeitige Invalidisierung eingeleitet werden mußte. Es waren jetzt, wie damals bei der Mutter, überall degenerativ arthrotische Gelenkprozesse festzustellen, auch im Bereich der gesamten Wirbelsäule. Dazu kamen Herz-Kreislaufstörungen mit Krampfaderleiden und zunehmende Depressionen. Die durch die Leiden geförderte treue Verbundenheit bewirkte ein solches Vertrauen, daß es jahrelang keine schwierigen Behandlungsprobleme gab. Es gelang leicht, die rezidivierenden Ischiasschmerzen, den Schulter-Arm-Schmerz, der auch auf der anderen Seite auftrat, das Halswirbelsyndrom usw. mit neuraltherapeutischen Maßnahmen zu beseitigen. Bei der Depression ging es nicht ohne Psychopharmaka. Zum Zeichen ihrer Dankbarkeit überraschte die Patientin mich dann zu meiner genüßlichen Freude mit den Proben ihrer Koch- und Backkunst wie Dampfnudeln, Karthäuserklößen mit Weinsoße, Christstollen und Weihnachtsgebäck.

Seit 7 Jahren ist Frau Hofer inzwischen Rentnerin. Ihr Leben und ihr Tagesablauf vollziehen sich im Rahmen einer Gesellschaft, in der materielle Lebensqualitäten angestrebt und erreicht werden, im Grunde hergeleitet aus Zeiten existentieller Unsicherheit. Mit den gewonnenen, sozialpolitisch geförderten materiellen Errungenschaften verlor aber diese Gesellschaft sittliche Werte und fast alle traditionellen Bindungen. Der Mensch glaubt, so unabhängiger und freier leben zu können. Wissen wir aber, ob diese Verhaltensnormen nicht verborgen als geheime Sehnsüchte in unserem Unterbewußtsein lauern, wo im Traumschlaf die Regeneration des Organismus über die Lebensnerven sich vollzieht? – Es geht gut, wie wir uns das doch täglich gerne bestätigen. Belastungen und Folgen von Gesundheitsstörungen wenden andere von uns ab, so glauben wir.

Der Mensch unserer modernen Industrie- und Leistungsgesellschaft hat sogar ein Recht auf Gesundheit als Ausdruck körperlichen, seelischen und sozialen Wohlbefindens. Wir sind gewohnt, von Krankheit befallen, von ihren Störungen bald wieder befreit zu werden. Überfällt sie uns aber unverhofft, hält sie uns gefangen, so fliehen wir oft auf Auswegen in die Irrwege eines Labyrinthes. Es ist in der Vorweihnachtszeit, als die Patientin, deren Befinden nun schon langjährig unsere Anteilnahme erweckt, einen telefonischen Hilferuf sendet. Wegen gräßlicher Ischiasschmerzen im rechten Bein, unfähig aufzustehen, verlangt sie einen Hausbesuch. Mit Schmerzmitteln, Psychopharmaka, Neuraltherapie und energischer Aufforderung zu Gehübungen gelingt es in den nächsten Tagen in der Praxis, die von Depression begleitete Ischialgie zu heilen. Die angstvolle Stimmung bleibt, während ich selbst meine Vorbereitungen für den Winterurlaub treffe. Ich rate dringend zur Einnahme der Antidepressiva, verbiete längere Bettruhe am Tag und empfehle Kurzwellenbehandlung. Nach meiner Rückkehr aus dem Urlaub fand ich Frau Hofer mit einer Ischialgie im anderen Bein und schwerster Depression vor. Antirheumatische Tabletten, Zäpfchen und Spritzen der gerufenen Notärzte hätten die Schmerzen besonders in der Nacht nur ungenügend beeinflussen können. Sie fühle sich auch so allein und wolle ins Krankenhaus. Wie befürchtet mußte sie dort monatelang stationär behandelt werden (Bettruhe, Stufenbett, Einreibungen, Packungen, Schwimmen, Gymnastik, Röntgenreizbestrahlungen und Medikamente). Schließlich entschloß man sich dort zur Operation des festgestellten Bandscheibenprolapses. Normaler Heilverlauf, Entlassung mit Antidepressiva und Depression. Weitere Klagen über Kreuz- und Beinschmerzen kamen. Mit viel Mühe gelang es, der Patientin klar zu machen, daß die Behandlung daheim nun wieder so einzusetzen habe, wie bei den ersten furchtbaren Kreuzschmerzen 1953, nämlich mit Neuraltherapie, Gehübungen usw. Bis zum vorgesehenen Heilverfahren mit hydrotherapeutischen und physikalischen Aktivierungsmaßnahmen wurde sie dann reise- und kurfähig. Inzwischen kamen außer fieberhaften Infekten auch wieder Rheumaschübe im Hüftgelenk, im Nacken-Schulter-Armbereich und wiederholt ein akutes Lumbalsyndrom. Wie schon Jahrzehnte vorher genügten medikamentenfreie neuraltherapeutische Behandlungen und leichte Psychopharmaka, unterstützt von konzentrativen Entspannungsübungen nach J.H. Schultz.

Psychosomatik

Über Beschwerden an der Wirbelsäule wird in der Sprechstunde einer Allgemeinpraxis sehr häufig geklagt. Es ist oft eine Diskrepanz zwischen dem dargebotenen Krankheitsbild und den objektiven Untersuchungsbefunden festzustellen. Einerseits machen fortgeschrittene degenerative Wirbelsäulenveränderungen keinerlei Rückenschmerzen, andererseits kommen die Patienten mit einer leid- und schmerzbeladenen Vorgeschichte ohne objektiven Organbefund. Wohl unbewußt vermitteln sie so oft schon bei der ersten Untersuchung den Eindruck schwieriger Kranker, die bisher keine Heilung fanden. Dies kann bis zu einer Aussage gipfeln: „Herr Doktor, ich habe es seit 15 Jahren mit den Bandscheiben, bin auch schon an der Lendenwirbelsäule operiert, war fünfmal im Heilverfahren und bin deshalb schon umgeschult und als Schwerbeschädigter eingestuft." Die Untersuchungen ergeben, daß man bei Patienten mit chronischen Rücken- und Rheumaschmerzen mit der Möglichkeit psychosomatischer Störungen rechnen muß. Oft sind sie der unbewußte Ausdruck von Überforderung, beruflichen, sozialen oder sexuellen Versagens, also äußerer Schwierigkeiten. Von 22 an der orthopädischen Universitätsklinik Frankfurt am Main nach Bandscheibenoperation untersuchten Patienten waren nur drei beschwerdefrei. Man muß also heute eine noch strengere Indikationsstellung für Bandscheibenoperationen stellen, und die therapeutischen Bemühungen um ein in der Regel rheumatisches Krankheitsgeschehen dürfen nicht durch ein mechanisches Denken blockiert werden."

> *„Der Rheumapatient aber muß wieder lernen, bis zu einem gewissen Grad mit dem Schmerz zu leben, gegebenenfalls auch unter Einsatz von Psychopharmaka"* (Miehlke).

Als Heidelberger Student hörte ich zum erstenmal von einem Krankheitsfall von Ischias, der seelisch bedingt war, in einer Vorlesung von Prof. Viktor Frhr. von Weizsäcker (1886-1957). Er lehrte eine „neue" Heilkunde von der Psychosomatik. Ich weiß, daß ich seinen Ausführungen auf Grund meiner damaligen Medizinkenntnisse keinen Glauben schenken konnte. Drei Jahrzehnte später beträgt der Anteil der Patienten mit psychosomatischen und psychovegetativen Störungen in meiner allgemeinärztlichen Sprechstunde manchmal bis zu 70%. Die festzustellende vegetative Labilität reicht meist zurück bis in die Kindheit und besteht auch im schmerzfreien Intervall fort, wobei die innere Verspannung sogar depressive Züge aufweisen kann. Es ist sehr schwierig und erfordert viel Geduld und Zeit, diesen Patienten zu helfen. Ungeduldig erscheinen sie selbst mit ihrem unerträglichen plötzlichen Schmerz, können deshalb in der Praxis nicht warten oder zu Hause morgens aus ihrem Bett aufstehen. Erklärlich, daß solchen Kranken im allgemeinen als Notfällen dann starke antirheumatische Schmerzmittel verabreicht werden. Erklärlich, daß sie dann die routinemäßig ablaufende Diagnostik der Spezialisten durchlaufen, schließlich die verschiedensten Therapien erfolglos erleben bis zur Bandscheibenoperation. Leider erst danach wird eine medikamentöse Psychopharmakatherapie in klarer Erkenntnis der sonst ausweglosen Situation für erforderlich gehalten. Auch diese scheitert mit Sicherheit an der Bereitschaft der Mitwirkung des Patienten, wenn es nicht gelingt, das Vertrauen in die Richtigkeit der nun beabsichtigten Behandlung zu erringen, fühlt sich der Hilfesuchende doch ausschließlich körperlich krank. Ein Erfolg kann nur dem Behandler in seinem Heilbestreben beschieden sein, der den vielfältigen, vorher in Gang gesetzten Diagnostik- und Therapiemaßnahmen nun ein Ende bereitet. Beim psycho-somatischen Syndrom wird es nie gelingen, die ursächlich jahrelange Entwicklung bis in die unbewußte Gefühlswelt zurückzuverfolgen. Wir können registrieren, daß es etwa um ein migräneartiges Leiden geht, bei dem eine erbliche Disposition nachgewiesen ist, bei dem Wetterfühligkeit oder hormonelle Zyklusschwankungen vordergründig erscheinen. Die Patienten klagen auf Befragen über Schlafstörungen, Anfälle von nächtlichem Herzrasen, Angst, ihnen fehlt morgens der Antrieb, am Tag plagt sie dann eine innere Unruhe. Die oft nicht zugegebene Verstimmung wird vom Kranken ursächlich auf das Schmerzsyndrom bezogen. – Der Schmerz ist immer ein Eigenerlebnis, objektiv nicht meßbar, ein psychologisches, verbunden mit einem körperlichen Geschehen, beim Kreuzschmerz verknüpft mit der rheumatischen Krankheit. Die Bedeutung des beim Menschen hochdifferenzierten Nervensystems mit seinen ausgedehnten Verbindungsleitungen, Empfangs-, Sende-, Schaltstellen und Zentralen ist kaum zu ermessen. Das ursprüngliche, das vegetative Nervensystem ist seit Jahrmillionen bei allen tierischen Lebewesen bis zum Einzeller hinab bereits ausgebildet. Nach unserem heutigen wissenschaftlichen Verständnis stellt es beim Menschen eine komplizierte Anlage von Regelkreisen dar, mit wichtigen Schaltstellen, den fünf großen Nervenplexus. Verbindungen bestehen zum Zentralnervensystem im Rückenmark, Zwischenhirn und Stammhirn, dort im Zusammenhang mit anderen Lebenssystemen. In den im ganzen Organismus zusammenhängenden Regelkreisen des vegetativen Nervensystems registrieren zahlreiche Meßstellen wichtige Daten und Werte für unsere Organfunktion als Grundlage für die automatische Steuerung. Diese unsere Lebensnerven sind noch sicherer und noch weniger störanfällig als die modernen, oft auch mehrfach abgesicherten technischen Systeme, z.B. in Raumfahrt und Raketentechnik. Erst mit der Höherentwicklung des Nervensystems, als sich vor ca. fünfzigtausend Jahren der bewußte Verstand bildete, konnte das System fremdgestört werden. Die Gefühlswelt konnte, mehr und mehr über das bewußte Erleben, von der Verwurzelung im Primitivsystem, dem Instinkt, gelockert, eine Schwachstelle für die Entstehung der psychosomatischen Krankheiten bilden. Es bestehen so, wie schon der russische Physiologe Pawlow nachweisen konnte, naturgesetzmäßige Abhängigkeiten zwischen Leib und Seele. Die deutschen Philosophen

Kant und Hufeland vertraten bereits die Ansicht, daß es der Macht des Geistes möglich sein müsse, körperlicher Krankheiten Herr zu werden. Sie erfaßten damals ein Prinzip, das erst heute für uns wissenschaftlich erklärbar und therapeutisch anwendbar geworden ist. Der Weg bis hierhin führte von den Theorien des unbelebten Magnetismus zum tierischen Magnetismus Messmers und die alte und neue Schule von Nancy, wobei Coué besonders erwähnt werden muß mit seinen erfolgreichen Bemühungen um die Erziehung der Patienten zur Selbstsuggestion. Vom aktiven Denken und Handeln zum passiven Geschehenlassen, vom Bewußtsein zum Unterbewußtsein trafen heilende Impulse die Steuerung der Lebensvorgänge. Sigmund Freud (1856–1939) erfaßte mit dem Heilprinzip der Psychoanalyse krankmachende Störfelder im Unterbewußtsein als Ursache seelischer und psychosomatischer Erkrankungen. Das Bewußtmachen und Aufdecken dieser ins Unterbewußte verdrängten krankmachenden Erlebnisse ist ein aus der Seele aufsteigender Vorgang. Aber ins Unbewußte absteigende Versenkungs- und Entspannungsübungen gewinnen in der Heilkunst unserer Tage wegen der einfacheren Methoden mehr an Bedeutung. Sie stützen sich auf wissenschaftliche Beobachtungen der Wechselbeziehungen zwischen Leib und Seele (Hirnstrommessungen, Schlafforschung). Es sind Hypnose und das aus der Hypnose abgeleitete Autogene Training. –

Bewußte und unbewußte Spannungszustände, solche, die wir uns erklären können und solche, die wir in uns noch nicht einmal wahrnehmen, beeinflussen unser Wohlbefinden, Lebensgefühl und unsere körperliche Gesundheit nachteilig. Wir sind nicht mehr mit unserem eigenen Wesen vertraut, die natürliche Anlage zur gelösten Selbstentspannung ist den an sie gestellten Anforderungen nicht mehr gewachsen. Unser vegetatives Nervensystem wird vorwiegend durch Umwelteinflüsse immer mehr fehlgesteuert, wodurch praktisch alle Lebensvorgänge in uns betroffen sein können. Das materielle Denken beherrscht den Alltag. Der viel zu rasch sich entwickelnden Industrialisierung und Motorisierung mit der schädlichen Beeinträchtigung unserer biologischen Umwelt, dem Lärm, der Hetze und Unruhe ist das vegetative Nervensystem nicht genügend angepaßt. Wir stören es durch unser Verhalten bei der Nahrungsaufnahme (falsche Ernährung, Überernährung), durch Mißbrauch von Genußmitteln, durch mangelnde körperliche Betätigung. Diese Störungen erscheinen dann als nervliche, seelische und körperliche Erkrankungen. Mit Erfolg bekämpft die moderne wissenschaftliche Medizin viele dieser Krankheiten medikamentös. Doch immer wieder müssen neue Mittel eingesetzt werden gegen neue Krankheitssymptome. Wir erkennen mehr und mehr die Nachteile dieser Medikamente wie Gewöhnung, Sucht und schädliche Nebenwirkungen auf Organsysteme.

Spannungszustände in uns werden oft schon durch die natürliche Ruhe und den Nachtschlaf aufgelöst. Oft aber sind die inneren automatischen Regulationsstörungen so bedeutend, daß wir keinen natürlichen Schlaf mehr finden können. Der mit Hilfe von Schlafmitteln erzeugte Schlaf bringt jedoch, wie Forschungen mittels Hirnstrommessungen bewiesen haben, keine genügende Entspannung und Erholung. Der Medikamentenschlaf kann sogar zu neuen vegetativen Störungen führen.

Es ist das große Verdienst des Berliner Nervenarztes Prof. J.H. Schultz vor 50 Jahren, aus der Hypnose, einem Bewußtseinszustand zwischen Wachen und Schlafen, eine erlernbare Übungsmethode der natürlichen Selbstentspannung entwickelt zu haben, das Autogene Training, um Fehlsteuerungen in unserem Unterbewußtsein anzugehen. 1920 beobachtete er hypnotisierte Patienten. Diese berichteten ihm immer wieder über ein Schweregefühl und über Wärmeempfindungen. Seine Annahme, daß eine zentrale Umschaltung im Sinne einer Allgemeinentspannung und körperlichen Erholung ähnlich wie im natürlichen Schlaf stattfindet, ist heute durch die elektrische Hirnstrommessung bewiesen. –

Wir kennen im indischen Joga schon uralte Meditationsübungen, in die Körper, Geist und Seele, die Wirbelsäule, das Denken, Fühlen, Atmen und Schlafen einbezogen sind und welche zu gesunder Lebensform führen. Religiöse Gebets- und Kulthandlungen zu allen Zeiten müssen erwähnt werden. Das sind Strebungen nach leiblich-seelischer Harmonie in einer von Geist und Verstand nicht mehr begreifbaren, höheren und universellen Ordnung.

Die Selbstübung der Konzentrativen Entspannungstherapie ist unter Anleitung eines darin ausgebildeten Therapeuten in einer Übungsgruppe leicht erlernbar. Hierbei gelangt der Mensch in einen Bewußtseinszustand zwischen Wachen und Schlafen. Dieser Zustand besteht in der Nacht im Traumschlaf während der fünf Schlafperioden etwa 2 Stunden. In dieser Zeit regenerieren sich bei uns die automatisch gesteuerten Organsysteme wie Herz- und Kreislauf, Atmungsorgane, Verdauungsorgane, Hormonsysteme usw. Der gesunde Mensch wacht morgens erholt und regeneriert, für aktive körperliche und geistige Leistung bereit, auf. Werden aber Fehlsteuerungen von Organsystemen im Traumschlaf nur unvollkommen ausgeglichen, haben wir die Möglichkeit, uns durch diese einfache Übung in den Zustand einer Selbsthypnose, wie er im Traumschlaf besteht, zu versetzen. Im Autogenen Training gelingt uns die Entspannung zugleich körperlich und seelisch. Wir werden wieder mit dem eigenen Ich vertraut. Versetzen wir uns also täglich in diesen Zustand! Der Schlaf wird sich bald wieder natürlich, ohne Mittel, ganz von selbst einstellen. Die Herzaktion wird ruhig und regelmäßig ablaufen. Blutdruckschwankungen gleichen sich allmählich aus, die Gliedmaßen werden besser durchblutet, ja selbst schwere Schmerzzustände lassen sich erfolgreich beeinflussen. Größere Leistungsfähigkeit und Konzentration sind erreichbar. Für das Autogene Training nehmen wir eine entspannte Körperhaltung im Sitzen oder im Liegen ein und schließen die Augen. Wir haben uns sieben kurze Sätze eingeprägt, die während der Gruppenübung vom Übungsleiter vorgesprochen werden. Zu Hause, beim Selbsttraining, soll man sich diese Formeln nur in Gedanken vorsagen. Wir versuchen lediglich, uns dabei ihren Sinn vorzustellen bzw. zu erfühlen, sonst nichts. Durch die häufige Wiederholung jedes Satzes 1 bis 2 Minuten lang üben wir konzentriert die Selbstentspannung: „Ich bin ganz ruhig". Dieser Satz wird mehrfach wiederholt, um ganz abzuschalten und andere Gedanken zu verdrängen. Dabei versuchen wir, uns in eine entspannt ruhige Lebenssituation zu versetzen oder ein Ruhemotiv optisch oder akustisch vorzustellen. Diese selbstgewählte Ruhevorstellung soll bei späteren Übungen möglichst die gleiche bleiben. Nach dieser Ruheeinstellung denken wir: „Der rechte Arm wird schwer und versuchen zu empfinden, wie der rechte Arm deutlich schwerer wird und schließlich ganz schwer auf der Unterlage aufliegt. Daraus folgt die nächste Formel: „Der rechte Arm strömt warm." Ein warmer Strom fließt von der Schulter zur Hand und in die Finger, und dieses Wärmeempfinden haben wir unmittelbar danach auch im anderen Arm und in den Beinen bis zu den Füßen und zu den Zehen. Wir unterstützen diese Empfindung durch die Zusatzformel: „Arme und Beine strömen ganz warm". Immer Wiederholung, damit wir nicht abgelenkt werden. „Es atmet" heißen dann die Worte, die wir öfter wiederholen. Unbewußt, automatisch, vom vegetativen Nervensystem gesteuert, können wir atmen, aber wir können auch bewußt ein- und ausatmen. Bei der Atemformel versuchen wir durch bewußt entspannte, oberflächliche Atmung den eigenen inneren Lebenshauch zu empfinden. „Es atmet, es atmet ..." Unseren Herzschlag vermögen wir nicht bewußt zu verändern. Wir denken und fühlen aber und hoffen durch die konzentrative Entspannungsübung: „Das Herz schlägt ganz ruhig", daß wir die Ruhe zum Herzen hinlenken können. Vegetative Störungen der Herz-Kreislauffunktion verschwinden hierdurch. Zuletzt wollen wir uns mit dieser Formel auf eine zentrale Schaltstelle unseres vegetativen Nervensystems konzentrieren: „Das Sonnengeflecht strömt warm". Wir vertrauen uns der inneren Strömung und Steuerung unserer Lebensnerven an und schalten damit die Störfaktoren in uns aus. „Das Sonnengeflecht strömt warm“. In der Magengegend, in der Tiefe verspüren wir schließlich eine angenehme, strömende Wärme. Im Zustand der inneren Versunkenheit und Ruhe können wir nun abends oder bei der Mittagsruhe verharren, d.h. einfach weiterruhen und schlafen oder, wenn wir noch nicht schlafen, die Formeln von vorne bis zum Sonnengeflecht langsam wiederholen. An Schlafen wollen wir dabei jedoch nicht denken. Machen wir Autogenes Training am Tage, so lösen wir uns unmittelbar danach aus der inneren Versunkenheit. Wir denken alle Formeln in umgekehrter Reihenfolge und kürzer, d.h. ohne Wiederholung. Also: „Das Sonnengeflecht bleibt warm, das Herz schlägt ganz ruhig, es atmet, der rechte Arm wird wieder kühl, der rechte Arm wird wieder leicht, ich bin ganz ruhig.“ Damit wir wieder frisch für den Alltag sind, winkeln wir nun ruckartig beide Unterarme an, mit der Formel: „Arme fest“, dann tief einatmen, Augen auf, Arme ruckartig mehrmals ausstrecken.

Fehlsteuerungen aus dem psychischen Störbereich lassen sich so bei einer gewissen Bereitschaft des Kranken zur Eigenleistung für die Wiederherstellung seiner Gesundheit auf dem Weg der Selbstbehandlung beseitigen.

Theorien – Therapien

Die Praxiserfahrung der letzten Jahrzehnte hat gelehrt, daß die Krankheiten, mit denen wir uns heute zunehmend zu beschäftigen haben, psychosomatisch-soziale Krankheiten sind. Häufig sehen wir die Kranken erst, nachdem sie erfolglos gleichzeitig oder nacheinander Körperteile, die nach ihrer Meinung gerade erkrankt waren, von den entsprechenden Organspezialisten oder gar Superspezialisten untersuchen und behandeln ließen. Sie erwarten zuerst wieder ein gründliches check up mit viel persönlicher Zuwendung. Die wenigsten sind dann aber bereit, von dem vom Zeitgeist geprägten materiellen Anspruchsdenken an das stets ohne Eigenleistung Machbare zu lassen. Das geht bis zum bestellbaren Wunder auf Krankenschein für ein in den Massenmedien beschriebenes natürliches Heilverfahren oder Naturheilmittel. Wir Ärzte werden zukünftig immer mehr genötigt, um noch erfolgreich wirken zu können, unser Betätigungsfeld aus der Tiefe der Grundlage hervorragender naturwissenschaftlicher Erkenntnisse von Lebensvorgängen wieder in die Breite und in den Blickwinkel unserer großen Lehrer und Heiler zu verlegen. Mit Ludolph Krehl müssen wir übereinstimmen: „Krankheiten als solche gibt es nicht, wir kennen nur kranke Menschen.“ Hüten wir uns vor Fehlinterpretationen gewonnener wissenschaftlicher Erkenntnisse und Befunde, daraus abgeleiteter Theorien und dann fixierter Denkgewohnheiten! Lernen wir doch endlich auch aus der jüngsten Geschichte der Medizin! Fast unglaublich ist es, daß eine 1909 wissenschaftlich begründete Fokaltheorie, heute von bösen Zungen als Fokus-Pokus-Therapie apostrophiert, mit ihren unhaltbaren Thesen bis vor kurzem noch Hochgelehrte, auch internationale Forschungsgesellschaften, Ärzte und Patienten in ihrem Bannkreis hielt. Auch konnte jetzt erst der Mythos der Bandscheibenära, 1933 begründet von amerikanischen Neurochirurgen, verblassen, die in einer Überbewertung objektiv feststellbarer natürlicher Verschleißerscheinungen als Krankheitsursache und raffiniert ausgearbeiteter Spezialröntgentechniken wurzelte. „Diagnose aus der Steckdose" las ich neulich, als Abwertung jener modernen Befunderhebung ausschließlich aus physikalisch-technischen und pathologisch-anatomischen Daten.

Erinnerungen an Begegnungen mit kranken Menschen werden wach: Bei der jungen Frau begann es mit Rückenschmerzen, die auf Einreibungen wieder verschwanden. Eines Morgens hatte sie ein steifes Genick, einen rheumatischen Schiefhals, was sie einige Tage besonders beim Autofahren sehr behinderte. Jedoch verschwanden die Beschwerden wieder von allein. Wegen der in den verschiedenen Körperregionen wechselnd auftretenden rheumatischen Beschwerden hatte sie sich selbst Ganzkörpermassagen verordnet, was auch zu einem besseren Wohlbefinden führte. Eines Nachts überfielen sie reißende Schmerzen in der rechten Schulter, gegen die auch Schmerztabletten nicht halfen. Gegen Morgen mußte schließlich der Notarzt kommen und eine Spritze machen. In der Vormittagssprechstunde sah ich die Patientin dann mit ihrem akuten Schulter-Armsyndrom. Neuraltherapie und Kurzwellen leiteten die Behandlung ein, und damit sollte sie auch weiter geführt werden. Nachmittags jedoch suchte die Patientin bereits einen Spezialisten an der Klinik auf, der sie durchuntersuchte und sogleich eine Cortisonspritze ins Schultergelenk gab. Wegen der bald wieder einsetzenden schweren Schmerzen erfolgte dann längere Zeit fast täglich fachärztliche Behandlung. Schließlich wurden die Mandeln entfernt und die Zähne saniert. Drei Monate nach der ersten Konsultation begegnete ich der Bekannten auf der Straße, und sie erzählte mir ihre Leidensgeschichte. Den rechten Arm konnte sie nur unter Schmerzen etwas seitlich heben, die Beweglichkeit im Schultergelenk war beträchtlich eingeschränkt, ganz besonders bedauerte sie den Verlust ihrer Zähne. Jeden 2. Tag noch mußte sie zu Massagen und Bewegungsübungen gehen. Fast ein Jahr verging, ehe der Schmerz in der rechten Schulter und dem rechten Arm endgültig wich.

Leider waren die Chancen der medikamentenfreien Neuraltherapie von Anfang an nicht genutzt worden. Tonsillektomie und Zahnsanierung hätten erspart werden können. Erst als nach Jahren dieselbe Krankheitserscheinung in der linken Schulter einsetzte, wuchs das Vertrauen zu neuraltherapeutischen Maßnahmen, Schröpfkopfbehandlung und Kurzwellendurchflutungen. Im Heilverlauf dieses Krankheitsschubes waren die Maßnahmen schmerzbeseitigend und beweglichkeitsfördernd. Die vom ersten Tag der Behandlung an empfohlenen aktiven Bewegungsübungen zu Hause wurden befolgt. Aber es muß noch einmal auf die vorher durchgeführten Maßnahmen der Herdsanierung zurückgekommen werden. Die Indikation zu solchen operativen Eingriffen basiert hauptsächlich auf der sogenannten Fokaltheorie oder Herdlehre.

Die Nützlichkeit einer manchmal fast routinemäßig angeratenen operativen Entfernung der Gaumenmandeln muß nach dem heutigen Wissensstand bestritten werden. Spezialisten begründen die Notwendigkeit des Eingriffs damit, daß sie angeblich krankhafte Tonsillenveränderungen vorfinden, und sie sehen in der Entfernung des kranken Organs auch eine Möglichkeit zur Beseitigung von Gesundheitsstörungen. Hierbei werden besonders bei Kindern wertvolle Immunisierungsmechanismen zerstört. Wie schwierig oder wie leicht sich Tonsillektomien begründen lassen, illustriert das einst in New York mit 1000 Kindern durchgeführte Experiment: Die fachärztliche Untersuchung ergab bei 61% von ihnen die Notwendigkeit zur Mandelentfernung. Man ließ die restlichen 39% ein zweites Mal untersuchen, wobei sich nochmals ein Prozentsatz von 45% mit kranken Tonsillen fand. Bei der schließlich vorgenommenen dritten Untersuchung der restlichen, angeblich mit vorher unauffälligem Befund, waren es wiederum 46%, wo man die Indikation zur Tonsillektomie stellte. Auf das Operationsrisiko derartiger unnötiger bzw. schädlicher Eingriffe soll hier nicht weiter eingegangen werden. Bereits 1909 stellte der Internist Pässler die Behauptung auf, daß Erkrankungen der Gaumenmandeln und Zähne ursächlich verantwortlich seien für sogenannte septische Krankheiten des Organismus, besonders aber für Erkrankungen des rheumatischen Formenkreises, wo auch Streptokokken eine Rolle spielen. Er bezeichnete sie als Fokalerkrankungen. Die Entstehung einer Zweiterkrankung, von einem primären Fokus ausgehend, glaubte man seither erklären zu müssen: 1. mit Streuung lebender Bakterien ins Blut; 2. durch Ausschwemmung von Toxinen und 3. durch allergisches Geschehen.

Nachdem diese drei Erklärungen nach weit über 50 Jahren wissenschaftlich nicht mehr haltbar waren, benutzte man die sogenannte Störfeldtheorie, um die Indikation zur operativen Entfernung des Fokus begründen zu können. Man stützte sich von nun an auf die Forschungen Speranskys und stellte neuralpathologische Zusammenhänge her. Nach Selye war insbesondere auch die Auslösung rheumatischer Beschwerden durch den Fokus als Streß bzw. krankhafte Reizung über das Hormonsystem auf die Hypophyse und die Nebenniere möglich. Der Wegbereiter der modernen Neuraltherapie Ferdinand Huneke glaubte, mit Heilanästhesie eine Blockade der Nervenleitung vom Störungsfeld (Tonsille, Zahn, Narbe usw.) zum Ort der sogenannten Zweiterkrankung, z.B. Rheuma, zu setzen. Am häufigsten schuldigte man die Tonsillen als Fokus an, wobei man dem objektiven Befund der Mandeln nur eine sekundäre Bedeutung zuwies. Nach Erfahrungen Hunekes kann ein Störungsfeld jegliches Krankheitsbild bewirken. Die Forschungen Pischingers ließen dann noch eine andere Erklärung krankhaften Geschehens und seiner therapeutischen Beeinflussung zu. Pischinger hat nachgewiesen, daß der Herdeinfluß über das interstitielle Bindegewebe, welches den ganzen Organismus durchsetzt und jede Zelle ohne Organgrenzen erreicht, ablaufen kann. In ihm vollziehen sich vegetative Grundleistungen wie Zellatmung, Energie-, Wasser- und Mineralhaushalt, Temperaturregelung, Stoffwechsel, Durchblutung usw. Es spielt eine bedeutende Rolle bei der körpereigenen Abwehr. Lokale Irritationen, ganz gleich welcher Art, an irgendeiner Stelle des Organismus (Verletzungen, Entzündungen, Narben usw.) können als Störfeld über das Grundgewebesystem Gesundheitsstörungen verursachen. Die Praxis der Neuraltherapie hat gezeigt, daß es aber auch möglich ist, durch gezielte Einwirkung über sogenannte Neuralpunkte Fehlsteuerung von Organen oder Organsystemen, die als Krankheiten in Erscheinung treten, ohne Medikamente und ohne Operation zu beseitigen. Pischinger erklärt diesen Heilvorgang, der auch als Sekundenphänomen (sofortige Beseitigung aller Beschwerden) ablaufen kann, mit einer allgemeinen Umstimmung im ganzheitsbiologischen Grundsystem, wobei das bioelektrische Potential (Oxyreduktion) im Mittelpunkt steht mit seinen Einwirkungsmöglichkeiten auf Blut und Gewebe. Erkrankung und Gesundung vollziehen sich hier über die neurovegetativen Regelkreise, neural, humoral, hormonal und zellulär. Wenn die in der Praxis zu beobachtenden Heilphänomene auch z.T. heute noch nicht befriedigend naturwissenschaftlich erklärt werden können, so zwingt uns das Erlebte zu der Annahme, daß dies nicht an den Phänomenen, sondern an uns liegt, daß wir sie nicht verstehen. –

Der 35-jährige Mann bekam nach schwerem Heben im Betrieb einen Hexenschuß. Der plötzlich durch diese Tätigkeit ausgelöste Schmerz war kein

Arbeitsunfall, wie der Patient annahm. Er erlebte die Krankheit nicht als ein akutes rheumatisches Geschehen mit schnellem Heilerfolg, was sie aber sicherlich gewesen ist. Der akute Kreuzschmerz kam bald wieder, und wegen seines wiederholten Auftretens nannte man ihn jetzt rezidivierendes Lumbalsyndrom. Alle Hoffnung des Ungeduldigen übertrugen sich auf den Facharzt seines Vertrauens. Die Krankheitsangst oder auch die wiederholten schmerzhaften „Bandscheibenbeschwerden" trieben ihn von dort zum Chirurgen. Aufgrund der röntgenologisch festgestellten Verschleißerscheinungen an den Lendenwirbeln und eines diagnostizierten Bandscheibenprolapses sah man nun in der Operation die Heilungschance. Für das Fortsetzen der beim ersten Krankheitsschub eingeleiteten therapeutischen Maßnahme hatte die Zeit, die Mitarbeit und das Vertrauen des Patienten gefehlt. Weder Krankmeldung bei körperlicher Entlastung, Ruhigstellung und Bettruhe, noch die fachärztlich konservative Therapie mit Injektionen, Massagen, Packungen, Bädern, Interferenzstrom und Kurzwellenbehandlungen konnten Hilfe bringen. Schmerzmittel waren nur von geringer Wirkung. Die Operation half. Nach wenigen Tagen erschien der Patient wieder in der Praxis, jetzt ohne Schmerzen. Aber etwas Erstaunliches enthielt der Operationsbericht: Da entgegen der voroperativen Diagnostik ein Bandscheibenprolaps nicht vorhanden war, verschloß man ohne andere Maßnahme wieder die Weichteilwunde. Korrekterweise wurde der einweisende Arzt hierüber informiert. Aus psychologischen Gründen ließ man jedoch den Patienten in dem Glauben, daß die Operation wie geplant abgelaufen sei. Nahezu 3 Jahre arbeitete der Mann dann körperlich ohne Kreuzschmerzen bis zu einem leichten Unfall, bei dem er ohne nachweisbare Verletzung zu Boden stürzte. Beschwerden traten wieder auf wie damals vor der Operation. Die Schmerzperioden kamen immer häufiger, und das Gehen wurde deshalb zuweilen unmöglich. Die Spezialisten gaben Injektionen, klassische Antirheumatika, schließlich Cortisone. Die Leber vergrößerte sich, Magenbeschwerden kamen, die Beine schwollen an. Der Internist behandelte Herz und Kreislauf. Der Patient, in den besten Jahren bereits Invalide, schleppte sich nur noch mühsam in seinen Schrebergarten. In der wärmenden Sonne und an der frischen Luft ging es ihm besser. Eines Tages kehrte er von dort nicht mehr nach Hause zurück, er lag auf dem Rasen, eine starke Blutung aus der Speiseröhre hatte seinem qualvollen Leiden ein Ende gesetzt. –

Dies war der zweite Patient und der erste in meiner Praxis, bei dem ich als junger Arzt zusehen mußte, wie er schicksalhaft an seinen Heilmitteln langsam zugrunde ging. Müßig, einen Schuldigen oder Verantwortlichen hierfür suchen zu wollen. Die Therapie war kunstgerecht, den wissenschaftlichen Erkenntnissen ihrer Zeit entsprechend.

Moderne Medikamente

Ich komme nicht umhin, jetzt einen Zeitungsausschnitt aus der Münchener Medizinischen Wochenschrift Nr. 17 von 1955 hervorzuholen. Ich verfolge die Spur eines wissenschaftlich begründeten Therapieprinzips beim schmerzhaften Rheumasyndrom über die Jahrzehnte bis heute. Belart, Zürich, berichtete damals über die Toxizität zweier hochwirksamer Antirheumatika, die chemisch Pyrazolonverbindungen darstellen. In fünf Jahren eigener Erfahrung an zweitausendfünfhundert Fällen beobachtete dieser Autor selbst die schwersten Nebenwirkungen. Die verabreichten Dragees wirkten giftiger als die Injektionen. Auch durch niedrige Dosierung konnte man schwere und schwerste Zwischenfälle nicht vermeiden. – Bis 1955 waren 31 Todesfälle durch diese Antirheumatika publiziert. – Belart bringt eine Tabelle ernster, z.T. tödlicher Zwischenfälle aus der Weltliteratur. Er hält nach seinen eigenen Erfahrungen und den ca. 40 bis 50 Veröffentlichungen, auf die er sich stützen kann, Butazolidin für noch giftiger als Irgapyrin. Aufgrund der Zusammensetzung jedoch müßte man das Kombinationspräparat Irgapyrin für gefährlicher halten, und man gab damals schon die Empfehlung, es aus dem Handel zu ziehen (Martini), „was sicher ein Fehler wäre“, so Belart aufgrund seiner Untersuchungen. Seit wenigen Jahren ist das einstige „Rheumaheilmittel Nr. 1, Irgapyrin“ als Injektionsmittel außer Handel. Die Tage der neuen Wunderwaffe gegen Rheuma Coxigon waren gezählt, als in aller Welt schwere Nebenwirkungen beobachtet wurden mit z.T. tödlichem Ausgang.

In der Ärztezeitung vom 5. Dezember 83 lesen wir: Laut dpa „Verdacht von 1182 Todesfällen im Zusammenhang mit Butazolidin und Tanderil BGA-Sondersitzung geplant“. Dazu berichtet die Herstellerfirma, daß vor 31 Jahren Butazolidin und vor 23 Jahren Tanderil in die Rheumatherapie eingeführt und seither 100 Millionen bzw. 8 Millionen Patienten damit behandelt wurden. Die Firma ist dabei, mit dem BGA die Nutzen- Risiko-Abwägung ihrer Präparate zu diskutieren. Aber waren nicht die Ärzte, die solche Medikamente verordneten, selbst dazu verpflichtet gewesen, die Nutzen-Risiko-Abwägung für jeden Patienten anzustellen? Kann erst die Bürokratie nach 30 Jahren einen mißbräuchlichen, lebensgefährlichen Medikamentenkonsum durch Verbote steuern? Die Patienten müßten schon viel früher vor gesundheitlichem Schaden bewahrt werden. Man kann die derzeitige Krise im Pharmabereich,

wie sie auch auf anderen Gebieten des Gesundheitswesens deutlich wird, als Krankheitsphänomen der modernen Konsumgesellschaft nicht bagatellisieren. – Wann verbietet das BGA die Sahnetorte? so reagierte ein Kollege mit einem Leserbrief auf die Medikamentenverbote bzw. -einschränkung durch das Bundesgesundheitsamt.
Die Vorgänger bzw. Abkömmlinge unserer modernen, auch der soeben erwähnten Antirheumatika galten von Anfang an schon als klassische und spezifische Rheumamittel. 1876 wurde die Salicylsäure von Stricker in die Therapie eingeführt. Als ebenso gut wirkend empfahl 1927 Schottmüller das Pyramidon (Pyrazolon). Von den Salicylsäurepräparaten wurden Tagesdosen von 10 Gramm und darüber, von den Pyrazolonen bis 3 Gramm verordnet. Hohe Dosen von Salicylaten verursachen oft Ohrensausen, Übelkeit, Magenschmerzen und Schleimhautblutungen. Schon beim Pyramidon, dem ältesten Glied der Pyrazolonreihe, beobachtete man seit Jahrzehnten zum Teil schwere bis tödliche Blutschädigungen. – Unschätzbar sind die riesigen Mengen, die allein von diesen erwähnten ersten Rheuma- und Schmerzmitteln von Kranken im Laufe von mehreren Jahrzehnten eingenommen worden sind. Man konnte damit eine symptomatische, stark entzündungs- und schmerzhemmende Wirkung erzielen. Bei fieberhaften Infekten, besonders in der Kinderheilkunde, kurzum überall, wo es Schmerz, Entzündung und Fieber zu bekämpfen galt, waren Salicylverbindungen und Pyrazolonderivate die Mittel der Wahl. Bei den Arzneimitteln, mit denen man in so weiten Anwendungsbereichen sowohl in der Praxis als auch im Krankenhaus schon langjährige Erfahrungen bezüglich ihrer Wirkungen und Nebenwirkungen gesammelt hatte, gab es meines Wissens für die Ärzte keine besonderen Schwierigkeiten. „Seit 100 Jahren Aspirin und jetzt ist es bedenklich". Diese Überschrift in einem kritischen Artikel einer Medizinzeitschrift unserer Tage ist bedenklich! Bestand die ärztliche Kunst doch auch immer darin, bei einer geplanten Heilmaßnahme, ganz gleich welcher Art, den Nutzen für den Kranken in Beziehung zu setzen zu einer evtl. damit verbundenen, möglichen, anderweitigen gesundheitlichen Belastung oder gar Schädigung. Mit der chemischen Darstellung neuer Rheumamittel zum Teil aus den alten Basissubstanzen, mit der zufälligen oder geplanten Entdeckung besserer Anwendungsmöglichkeiten ist die symptomatische Rheumatherapie, nur eine solche können wir mit derartigen Medikamenten betreiben, effektiver geworden. Dragees, Zäpfchen, Kapseln und Depottablette machen die Einnahme unproblematischer.

Mit der Ausweitung des industriellen Wachstums, verbunden mit den Segnungen der Verbesserung materieller Lebensqualitäten konnte nun auch die

Gesundheit konsumiert werden. Gewaltige Investitionen tätigten die international verflochtenen Pharmakonzerne. Es lohnt, für den stetig steigenden Bedarf zu produzieren. Die Forschung durfte sich immer mehr in den Dienst dieser aufblühenden Industrie stellen. Es schien auch auf dem Gesundheitssektor fast alles machbar und nur abhängig vom materiellen Einsatz. Aber auch die arme, wehrlose und gequälte Kreatur wurde in Tierversuchen unbedenklich dem edlen Ziel geopfert, Leid oder womöglich Tod vom Menschen abzuwenden, der sich immer mehr anmaßte, die gesamte Natur in allen Lebensbereichen als seine Umwelt für sich auszubeuten.

Rheuma, als schmerzhafte Affektion von Gelenken, der Wirbelsäule und dem dazu in enger Beziehung stehenden Bindegewebe und der Muskulatur, ist die häufigste Erkrankung bei uns. Diese Volkskrankheit verursacht jährlich 7 Milliarden DM Behandlungskosten, dazu kommen weitere 30 Milliarden, die aufgewendet werden müssen für ausgefallene Arbeitszeit und vorzeitige Invalidität. Müssen wir nicht endlich angesichts der stetig steigenden Krankheitskosten und den geringen Erfolgen unserer bisherigen Heilbemühungen die Therapie ändern? Oder wollen wir weiterhin neue Medikamente entwickeln, von denen jedes ca. 100 Millionen DM kostet, bis es endlich nach 10 Jahren behördlich genehmigt auf dem Arzneimittelmarkt erscheint? Macht man sich die Mühe, die vielen modernen Antirheumatika (Symptomatika) bezüglich ihrer Nebenwirkungen zu überprüfen, so kann man im wesentlichen die gleichen oder ähnlichen Begleiterscheinungen finden wie bei ihren einfachen Vorgängern der letzten 50 bis 100 Jahre. Letztere wurden tonnenweise als Schmerz,- Grippe- und Rheumamittel konsumiert und waren meistens rezeptfrei in der Apotheke zu haben. Man lernte als Medizinstudent ihre schädlichen Begleiterscheinungen kennen, und man kann heute ähnliche Nebenwirkungen von der Gebrauchsinformation der modernen Antirheumatika ablesen. Richtige und wichtige Schritte sind es, Analgetica und Antirheumatika unter Rezeptzwang zu stellen wegen der gesundheitlichen Schäden bei Mißbrauch, besonders aber bei einer Langzeitanwendung, falsch jedoch, sie aus dem Handel zu ziehen oder mit Warnhinweisen auf den Begleitzetteln zu versehen. Hierdurch wird die vertrauensvolle Zusammenarbeit zwischen dem Arzt und dem Patienten gestört. Bereits heute gehen den Krankenkassen durch die nun beklagte Non Compliance ca. 2 bis 3 Milliarden DM jährlich verloren. Nach dem Studium des Beipackzettels nehmen viele Patienten ihr Medikament nicht oder nicht in der erforderlichen Dosis ein. Manche verlangen vom Arzt dann eine andere Arznei. Wegen der zahlreichen schweren Nebenwirkungen verzichteten viele Ärzte früher schon auf eine hochdosierte Therapie mit manchen

Medikamenten oder verordneten sie nur kurzzeitig. Das gilt auch besonders für die neueren und neuesten weiterentwickelten symptomatischen Antirheumatika. Mein eigenes Therapieprinzip für diese Substanzen vom Aspirin, Pyramidon, Novalgin und Phenacetin bis zu den modernen Symptomatika lautet: nur Kurzzeittherapie im Kampf gegen Schmerz, Entzündung und akute Infekte, um zu helfen, wo andere Heilmaßnahmen den Kranken keine schnelle Linderung ihrer Beschwerden bringen. Nie war die Rezeptur der Medikamente Ersatz für ein notwendiges persönliches Engagement. Die Hauptprobleme bei der Behandlung unserer häufigsten Erkrankungen mit chemischen Substanzen, die dem Arzt seit ca. 100 Jahren schon zur Bekämpfung von Schmerz und Entzündung aufgrund naturwissenschaftlicher Forschungsergebnisse, laufend verbessert, zur Verfügung stehen, sind erst in der Wohlstandsgesellschaft entstanden. Der Konsummensch bezieht je nach seinem Befinden die Leistungen der sogenannten Gesundheitsanbieter auf Kosten der Versichertengemeinschaft. Wie in fast allen Lebensbereichen werden nun Grenzen und Fehlentwicklungen sichtbar. Das Sicherheitsbedürfnis ist einer großen Unsicherheit gewichen. Die Heilkunst, als Maßnahme zur Befriedigung des körperlichen, seelischen und sozialen Wohlbefindens, wird, da auch diese Träume nicht in Erfüllung gingen, in ihren Teilbereichen manipuliert. Die Arzneimittelversorgung wird vom Staat und Gesetzgeber durch Verordnung von Überaufklärung des Patienten zu seinem Persönlichkeitsschutz manipuliert. Eine vorschriftsmäßige Gebrauchsinformation schützt den Hersteller vor Schadenersatzansprüchen bei Arzneimittelschädigung. Ob der Beipackzettel auch den für die Therapie verantwortlichen Arzt vor dem Patienten schützen soll und auch ihm Verantwortung abnehmen kann? Was tun nach dem Lesen der Gebrauchsinformation vor Einnahme einer Arznei gegen die Angst, bei deren Anwendung evtl. kränker zu werden, als man bisher war? Am besten wohl, sich vom Arzt nochmals überzeugen und belehren zu lassen, mit anderen Worten, sich erst noch behandeln zu lassen gegen die Beipackzettelkrankheit.

Es werden neue Illusionen für Arzt und Patient genährt durch Förderung der Überbewertung von Medizintechnik und Vorsorge im Sinne der Zukunftsangstbewältigung. Das Vertrauensverhältnis zwischen Arzt und Patient stirbt, geweckt wird eine Hoffnung auf programmierte Heilung in Therapiezentren. Dort konzentriert, identifiziert der Kranke sich mit vom Schicksal ähnlich Betroffener und unterstellt sich der Autorität des Machbaren. In Rundfunk, Fernsehen und Presse wird mitmanipuliert. Ein bis heute nicht durch andere Mittel ersetzbares Medikament, das seit 60 Jahren in die Therapie eingeführt ist, soll verschwinden. Bei falscher Anwendung, Mißbrauch, Überdosierung und Langzeitbehandlung wurde zum Teil von schweren Nebenwirkungen berichtet. Mit diesen Begleiterscheinungen muß man auch bei den meisten unserer heutigen neuen chemischen Arzneimittel rechnen, bei denen uns leider nur ein viel kürzerer Beobachtungszeitraum zur Verfügung steht. Trotzdem bemüht sich die pharmazeutische Industrie gerade auf dem Rheumasektor, laufend neue Pillen, Kapseln und Zäpfchen auf den Markt zu bringen, wenn auch gemäß Gesetzesauflage auf dem Beipackzettel gleichzeitig auf die möglichen Gesundheitsschädigungen hingewiesen wird. Die Werbung beim Arzt geschieht mit einem wahren Trommelfeuer: hervorragende Wirkung bei geringster Nebenwirkung! Außergewöhnliche Eigenschaften sollen die hohen Preise rechtfertigen. Bis 10 Seiten farbiger Reklame für ein einziges Präparat findet man in vielen, dem Arzt kostenlos zugesandten Fachzeitschriften. Auch hier ein Versuch von Manipulation durch Darstellung von sogenannten Forschungsfortschritten.

Vom Altertum bis ins 19. Jahrhundert galt der Aderlaß als eine der wichtigsten Behandlungsmaßnahmen beim Rheuma. Seit 100 Jahren sind symptomatische Antirheumatika an seine Stelle getreten. Ganz andere Spuren aber sind zukunftsweisend für eine moderne Heilkunst. Aber klingt jene Kunde aus den USA nicht wie eine Perversion der hippokratischen Praxis des Aderlasses, wenn man ihn in einer sogenannten Plasmapheresetechnik besonders auch für die rheumatismusartige Arthritis fordert? Die Kosten hierfür sollen im ersten Jahr 40000 Dollar und 18000 in den folgenden Jahren betragen. Die „blutige Wahrheit“ wird auch bei uns jetzt aus neueren Erkenntnissen in der Hämorheologie, der Wissenschaft von den Fließeigenschaften des Blutes, verkündet. Aderlaß als Phlebotomie mit Blutverdünnung als Hämodilution, ein neues Therapieprinzip? Zeitbedingt unterlag die Heilkunst seit den Anfängen bis heute einem steten Wechsel, wobei man nicht so sehr Gegenströmungen beobachten kann als richtungsändernde Impulse. Der menschliche Geist, die natürlichen Lebensvorgänge und ihre krankhaften Störungen beobachtend und erforschend, verkörpert in den großen Einzelgestalten in der Geschichte der Medizin, markiert jeweils die Wegstrecke aus den Möglichkeiten für Helfen und Heilung. Der Stand der letzten Erkenntnisse allein genügt nicht, um ärztliches Handeln zu bestimmen, denn diese werden auch wieder anderen Erkenntnissen und Lehrmeinungen weichen müssen. Die Erfahrungen aller Zeiten und der gesamten Heilkunde stehen uns zur Verfügung, das Wissen wandelt sich, und aus verwucherten Pfaden weisen immer wieder wichtige Wege.

Medizinstudium und Freizeit

Es beginnt schon beim Studium der Medizin. In Göttingen, wo meine Ausbildung begann, waren besonders die naturwissenschaftlichen Vorlesungen in Physik und Chemie die Anziehungspunkte bei hervorragenden Lehrern und überfüllten Hörsälen. Später in Heidelberg fand ich mehr Muße für ein Allgemeinstudium an der Universität mit viel persönlicher Freiheit. Meine frühe Liebe zu Heidelberg, wo wir im Sommer vom „Faulen Pelz" zum Schloß und zur Scheffelterrasse hochzogen oder über dem anderen Neckarufer den Philosophenweg gingen und die in Stein gemeißelten, diese Stadt preisenden Worte des Dichters lasen, erwachte bei Kriegsende neu. Es war an Pfingsten 1945, als ich die Uniform auszog, um mich oberhalb der alten Brücke im damals noch reinen Neckarwasser zu erfrischen. Bald darauf fand ich gegenüber dem Königstuhl, hoch über Ziegelhausen ein Fleckchen eigenes Land inmitten geschützter Natur mit Blick auf den Neckar mit seinen Schiffen, Kähnen und Booten und den nachts sich im Wasser spiegelnden Lichtern. Ein Ort der Entspannung durch körperliche Arbeit im Garten; und so:

sitz ich am Hahnberg schon müde und matt, –
seh mich an blühenden Bäumen satt.
Gedanken gleiten den Hang hinüber,
suchend, erst nebelverhaucht in das Tal,
segelnd im Wind, zum Königstuhl rüber;
ziehen, fliehen, versinken dann wieder
in den fließenden Fluß meiner Sehnsucht nieder
hin zu Dir, Heidelberg.

Oben gab es kein Wasser und kein elektrisches Licht. Von der Quelle des nahen Moselbrunnens schleppten wir das köstliche Naß in Eimern den Berg hinauf. Vor dem Aufstieg aber übergossen wir uns zur Erfrischung in der Sommerhitze mit dem eiskalten Wasser, und auch die nackten Kleinen nutzten freudig das sprudelnde Vergnügen. Mit der Familie pflanzten wir Blumen und ernteten Obst. Zum Kaffee kamen die Freunde, auch oft zum Feiern, manchmal auch fällten wir gemeinsam mit ihnen einen alten Baum und gruben seine Wurzeln aus dem Boden. Oder wir bauten Gartenwege und legten eine Terrasse an. Anschließend gab es an der Quelle kostenlose Kneippgüsse. Die wahre Technik der Wasserkur erlernte ich in Bad-Wörishofen. Vorher durfte ich allerdings schon einmal am eigenen Körper die Wirkung des Wassers bei falscher Anwendung erfahren. Ein Eimer des kalten Quellwassers im Kreuz löste meinen ersten Hexenschuß aus. Das hielt mich jedoch nicht davon ab, Kneipparzt zu werden und dieses Heilverfahren in meiner Praxis anzuwenden.

Heidelberg

Neckartal

Im Wasser ist Heil

Kaltwasseranwendungen zu Heilzwecken praktizierten und verbreiteten schon englische Ärzte um die Mitte des 17. Jahrhunderts, u.a. John Floyer (1649–1734) und der Leydener Kliniker Boerhaave (1668–1738). Der Schweidnitzer Stadtphysikus Johann Siegmund Hahn (1664–1742) war ein berühmter Praktiker der Wasserheilkunde. Er und seine beiden Söhne im gleichen Sinne wirkend, „die drei Wasserhähne“, berichteten in Büchern über ihre Erfahrungen zu einer Zeit, als das einst blühende mittelalterliche Badewesen zu Ende ging. Aber erst der sudetendeutsche Bauer Prießnitz (1799–1851) begründete 1829 mit seiner Kaltwasserheilanstalt in Gräfenberg die moderne Wasserheilkunde, nachdem er Kaltwasseranwendungen bei eigener Verletzung erfolgreich probiert hatte. – Angeblich geht sein Therapieprinzip darauf zurück, daß er ein verletztes Reh beobachtete, wie es sich im Wasser seine Wunden kühlte und heilte. Die scharfen Beobachtungen des natürlichen Selbstheilbestrebens am lebenden Organismus veranlaßten ihn schließlich zu seinen 56 Wasseranwendungen, um dieses damit zu unterstützen. – Später gelangte die Kneippkur zu noch größerer Bedeutung. Der Wörishofener Pfarrer Sebastian Kneipp (1821–1897) hatte als Student die Heilkraft des Wassers am eigenen Leib erfahren dürfen, indem er durch Kaltwassergüsse die körpereigenen Abwehrkräfte bis zur Überwindung seiner Lungentuberkulose steigern konnte. Erstmals führte er Güsse in die Heilbehandlung ein. Die Beobachtungen der Reaktionen auf abgestufte und die verschiedenen Körperregionen gezielt gerichtete Reize durch Wasser ließen ihn ca. 120 verschiedene Anwendungsformen beschreiben. An den behandelten Körperteilen kommt es zu einer mehr oder weniger starken Hautrötung, anschließend tritt eine angenehme, sich ausbreitende Wärmeempfindung auf. Die Voraussetzung für Kaltanwendungen sind warme Füße und ein warmer Behandlungsraum. Sonst muß eine vorherige Aufwärmung erfolgen. Nach dem Guß empfiehlt Kneipp intensive Körperbewegung. Er beschrieb genau, in welcher Reihenfolge die einzelnen Hautregionen entweder mit der Gießkanne oder dem Wasserschlauch zu begießen sind. Besonders bewährt (und heute noch viel durchgeführt) haben sich die kalten Arm- und Beingüsse. Das morgendliche Taulaufen wurde von Kneipp sehr geschätzt, auch das Wassertreten. Die Kneippvereine unterhalten noch an zahlreichen Orten, wo kaltes Wasser fließt, Wassertretstellen, die gern benutzt werden. Besserung der Blutzirkulation und Stärkung der Abwehrkräfte sind unter anderem davon zu erwarten. Die Kneippkur stellt ein auf das Reaktionsvermögen des Kranken abgestimmtes Naturheilverfahren dar. Dreimal, so berichtete der Wörishofener Pfarrer, habe er sein Wasserverfahren ändern müssen, die Saiten abspannen, von der Strenge zur Milde herabsteigen müssen, sicher aufgrund vieler Beobachtungen an Patienten. Gemäß einer Ganzheitsmethode mußte Kneipp auch sonst zu gesunder Lebensweise raten, und gerade hierüber gab er im Sinne einer modernen Gesundheitsvorsorge zahlreiche Empfehlungen. Die heute wissenschaftlich anerkannte Ernährung mit Vollkornprodukten statt der denaturierten Kohlenhydrate und raffinierten Zuckerprodukte, bei den sich immer mehr ausbreitenden Stoffwechselleiden und Erkrankungen der Verdauungsorgane, hielt er schon damals für krankheitsvorbeugend. Er trat z.B. für ein sog. Kleiebrot ein. Eine Art Ernährungsreform vermittelt er seinen Mitmenschen auch in der Schrift „So sollt ihr leben". Schließlich gehörte in das System aktivierender naturgemäßer Maßnahmen die unterstützende Therapie mit pflanzlichen und anderen biologischen Arzneizubereitungen. Als Seelsorger waren ihm wohl seelisch-körperliche soziale Zusammenhänge bei Krankheitsentstehung und Heilung geläufig, wo Harmonisierung durch Rückgewinnung des Selbstvertrauens bei so geforderter und geförderter Eigenleistung zur Gesundung angestrebt wurde. Durch Heilerfolge und Bücher konnte Kneipp sein Gesundheitssystem weltweit verbreiten.

„Im Wasser ist Heil". Die Güsse mit dem Quellwasser des Moselbrunnens fanden auch in unserem Bekanntenkreis immer größeren Zuspruch. Ich persönlich bevorzugte nach dem ersten Hexenschuß aber nun das warme Wasser des Radiumsolbades in Heidelberg.

Die Quelle, aus der dieses Heilwasser floß, erblickte das Licht der Welt zu gleicher Zeit mit mir. Durch eine etwa 1000 m tiefe Bohrung erreichte man die 36 Grad warme Radium-Sole. In den Archiven kann man von Querelen und Schwierigkeiten lesen, die die Bohrung, ihre Finanzierung und der geplante Badebetrieb verursachten. Streitbare Bürger traten damals gegen die Lärmbelästigung, Projektgestaltung und Ausführung auf, so daß man Parallelen zu heutigen Bürgerinitiativen sieht. Illusionen vom großen Geschäft mit der Gesundheit tauchen auf und versinken danach in pleiteartigen Situationen der Betriebsgesellschaft. Leider versiegte auch die Quelle einige Jahre nach dem Kriege, was Fachleute schon aufgrund der geologischen Voruntersuchungen vorausgesagt hatten. Die Radiumsole galt als sehr heilkräftig. Das Quellwasser hatte artesischen Auftrieb und stieg bis 50 m unter die Erdoberfläche. Eine elektrische Kolbenpumpe hob es bis zu den Verbrauchsstellen. Prof. Becker vom Radiologischen Institut der Universität Heidelberg bezeichnete das Mineralwasser der Heidelberger Heilquelle als stark radioaktiv. Die Radioaktivität verdankte es einmal der darin enthaltenen gasförmigen Emanation, sodann aber seinem Gehalt an gelösten Radiumsalzen. Das gasförmige Radon kann gut durch Haut-, Darm- und Atemwege aufgenommen werden und verliert durch raschen Zerfall seine Aktivität. Im Wasser ist es nach Tagen nicht mehr vorhanden. Wegen der zusätzlich vorhandenen gelösten fixen Radiumsalze unterschied sich die Heidelberger Radiumsolquelle deshalb von fast allen bis dahin bekannten radioaktiven Quellen. Der Radiumgehalt betrug laut Messungen 17,58 x 10^{-10} g Radium im Liter Wasser. Die beim Durchfließen des Gesteins ausgelaugten Radiumsalze wandelten sich im Heilwasser im Gegensatz zum flüchtigen gasförmigen Radon nur langsam um. Die Summe der gelösten Bestandteile bei der Heidelberger Radiumsolquelle betrug 82 g in einem kg, wobei Natrium- und Chlorionen, daneben auch Calcium- und Magnesiumionen vorherrschten. Der Emanationsgehalt wurde mit 4,03 Mache E und der Radiumgehalt mit 5,38 Mache E angegeben. – Die Leistung der Quelle betrug 2l/sec oder pro Tag 173000 Liter. Interessant ist auch die Angabe, daß die Heidelberger Radiumtafelwasser GmbH ein Tafelwasser vertrieb, das im wesentlichen aus mit Kohlensäure versetztem Trinkwasser unter Hinzufügung einer gewissen Menge der radiumhaltigen Sole bestand. –

Krankheit und Heilung

Nachdem mein erster Hexenschuß überstanden war, traten dann in wechselnden Zeitabständen Kreuzschmerzen, Steifigkeit im Rücken mit Bewegungseinschränkung beim Bücken auf. Vor dem Treppensteigen, während der Hausbesuche, erleichterte ich oft die Arzttasche, damit ich nur noch das jeweils erforderliche „Handwerkszeug" zu tragen hatte und vermied auch, schwere Lasten aus dem Kofferraum des Kraftwagens allein herauszunehmen. Ungeduldig wie viele Patienten, nahm ich neben heißen Bädern noch andere Wärmeanwendungen zu Hause. Neuraltherapie ließ ich mir jeweils bei akuten Beschwerden machen. Als ich eines Tages einen Kollegen in der Sprechstunde zu vertreten hatte, steigerten sich die Schmerzen im Kreuz beim Bücken, aber auch nach längerem Stehen und Sitzen. Erleichterung brachte mir nur ein kurzes Ausstrecken auf der harten Untersuchungsliege in Pausen zwischen den Konsultationen. Das Steifigkeitsgefühl im Rücken aber blieb. Schließlich beabsichtigte ich, auf dem Weg in den Winterurlaub einen Kollegen aufzusuchen, der mich einst in die Chiropraktik einweihte, nachdem er diese Technik in amerikanischer Kriegsgefangenschaft gelernt hatte. Dazu ist es nicht gekommen, weil die Krankheitserscheinungen wieder verschwunden waren. Der

Röntgenologe bestätigte mir inzwischen, daß die Wirbelsäule keine krankhaften Veränderungen aufwies. Erst nach Anfertigung eines Zahnstatus mit Hinweisen auf die Krankheitsbedeutung beherdeter Zähne durfte ich mich dort verabschieden. – Im Anschluß an eine lange Autofahrt mit dem Volkswagen bei winterlichen Straßenverhältnissen setzten abends erneut Kreuzschmerzen, Steifigkeit im Rücken mit Schweregefühl und Ziehen in den Beinen ein. Über Nacht steigerten sich die Beschwerden noch, und erst die Bewegungen beim Skifahren machten den Rücken wieder leichter und freier. Zuhause ging es mit Neuraltherapie, Kurzwellen und Heilbädern, diesmal im Schwefelbad Langenbrücken, laufend besser, und es gab immer längere beschwerdefreie Zeiten. Ermutigt begann ich jetzt ein intensives Gehtraining, das waren z.B. Wanderungen von Heidelberg in die Seitentäler des Neckars, auf bewaldeten Höhenwegen bis Neckarsteinach. – Bevor man hinabstieg zur Vierburgenstadt, belohnten herrliche Ausblicke des Wanderers Mühe: nach der kleinsten Burg mit den Rundtürmen an den Fels als „Schwalbennest" geklebt, erlebt man von der ältesten, aus der Stauferzeit stammenden Hinterburg den herrlichsten Blick auf den von einer halbkreisförmigen Neckarschleife eingefaßten Kegel des Dilsbergs. Er ist gleichsam gekrönt von der alten Stadtmauer des befestigten Städtchens mit der Burgruine, erscheint steil und bewaldet neckaraufwärts, neigt sich flacher auf der anderen Seite mit Feldern und Wiesen und folgt dem Fluß. Wen wundert's da, daß hier einst Bligger II von Steinach, ein berühmter Minnesänger, in seinem Wappen die Harfe führend, der Burgherr war. Ein schöner Waldweg führt zur Mittelburg. In Sichtweite ist dann die Vorderburg mit den Resten der mittelalterlichen Burganlage. Die Heimfahrt mit dem Schiff bedeutete immer wieder ein neues Erlebnis mit dem Anblick der Burgen hoch droben in Richtung der untergehenden Sonne. Die Pflicht wiegt schwerer als ein Berg, der Tod ist leichter als eine Feder, lautet ein japanisches Moralgesetz. – Man kann wohl der Ansicht sein, der Mensch solle, falls er von der Natur mit den dazu nötigen Befähigungen und Anlagen ausgestattet und Strebungen in solche Richtung zielen, seine Spuren des irdischen Daseins hinterlassen. Viel Widerspruch aber werden heutzutage die nur überlieferten, nirgends festgeschriebenen Pflichten eines rechten Mannes finden, nämlich einen Baum zu pflanzen, ein Haus zu bauen und einen Sohn zu zeugen. Diese Fragen berühren denjenigen selbst nicht, der fast ungeduldig darauf wartet, bis der winzige Samen zum Grashalm und viele davon zur Wiese, die unscheinbare Knospe zur herrlichen Rosenblüte sich entwickelt hat. Er ist darüber erfreut, daß das einst im Herbst der Erde anvertraute Pflänzchen im Herbst des eigenen Lebens zu einem Baum gewachsen ist, der nun köstliche

Früchte trägt. – Auch konnte ich mich seit der Kindheit für das Bauen im wahrsten Sinne des Wortes begeistern für jegliche Tätigkeit, bei der aus Bausteinen ein Gebäude entsteht. Als schließlich dann das eigene Haus beschlossen war, hatte ich längst meine Vorstellungen entwickelt und die Planungen gemacht. Wasser war das Problem Nr. 1, nachdem es keine allgemeine Wasserversorgung gab. Eine lange Wasserleitung von der Quelle bis zur Baustelle mit zwischengeschaltetem Sammelbehälter, in 6 m Stücken zusammengeschraubt, ließ kühles Wasser fließen. Die Arbeit war lohnend, nur muß man heutzutage bangen, dieses reine Wasser nicht mehr lange benutzen zu dürfen und dafür behördlich zentral mit Wasser versorgt zu werden. Dieses wäre dann auch für unsere Kneippgüsse nicht mehr ideal. Bei den Erdarbeiten in der Sommerhitze tropfte der Schweiß, und nicht nur das Kreuz tat weh. An den Händen entstanden Schwielen, und mit Muskelkater und Müdigkeit endete der Arbeitstag. Schließlich trug ich auch wieder schwere Lasten, das Wirbelsäulensyndrom meldete sich, als ihm die Zementsäcke als Zumutung erschienen. Man arbeitete, trank und trank und schwitzte. Essen war nicht so wichtig. Die Freude über das neu entstehende Haus inmitten ruhiger Naturlandschaft verdrängte alle Beschwerden. Ob sie bald nach den ungewohnt großen körperlichen Anstrengungen und Belastungen für das Kreuz umso schlimmer kämen, dann, wenn alles fertig sein würde? Schon trat ein Schulter-Armsyndrom auf, so akut eines Tages, daß ich beim Schwimmen wegen des plötzlichen Schulterschmerzes das rettende Ufer nur mit großer Mühe erreichen konnte. Von nun an beschloß ich, noch mehr für meine Gesundheit zu tun. Waren es bisher im Winter das intensive Skifahren im Hochgebirge, im Herbst das Radonbad auf Ischia oder in Bad Gastein, die Schwefelquellen in Bad Schönborn oder St. Peter-Ording, letztere verbunden mit dem Nordseeklima, so begann ich jetzt noch die Ernährung umzustellen. Ich verzichtete auf jeglichen Schweinefleischgenuß und reduzierte die Kohlenhydrate zur Erreichung des normalen Körpergewichts. Aufgrund meiner Ernährungsstudien durfte ich noch mit einem bedeutenden gesundheitsfördenden Stoffwechselfaktor bei rheumatischer Disposition rechnen. Warum sollte ich der Tatsache, daß große Kulturkreise und Religionsgemeinschaften den Schweinefleischgenuß ablehnen, nicht auch eine gesundheitsfördernde Bedeutung beimessen? Man kann sich hier auf uralte Erfahrungen und Überlieferungen dieser Völker verlassen. Aufgrund unserer heutigen Erkenntnisse vollzieht sich der gesamte Stoffaustausch über die Grundsubstanz des (mesenchymalen) Bindegewebes. Nach Reckeweg überschwemmen aber im Schweinefleisch enthaltene Giftstoffe (Sutoxine) dieses Grundsystem, machen es weniger belastungsfähig, begünstigen Allergiebereitschaft und entzündliche Reaktionen. Rückblickend empfinde ich die nun schon über 2 Jahrzehnte freiwillig und bewußt ausgeübte Selbstbeschränkung als positives Erlebnis und kann sie allen Rheumakranken als Eigenleistung zur Wiedererlangung von mehr Gesundheit empfehlen.

Die Erkrankungen des rheumatischen Formenkreises im weitesten Sinne führen im allgemeinen nicht zum Tod. Sie sind aber die heute am meisten verbreiteten Leiden, bei denen der Schmerz Jahre und jahrzehntelang das Leitsymptom ist, am häufigsten der Bewegungsapparat in seinen Funktionen beeinträchtigt wird, den betroffenen Menschen immer mehr Lebensfreude nimmt und sie zu chronisch Kranken macht. Die moderne, im naturwissenschaftlich-, physiologisch-pathologischen Forschen verhaftete Medizin, gestützt auf hochentwickelte Medizintechnologien, verharrt im Bann der Symptomatik bei sich ständig wandelnden Störungsvorgängen. Sowohl Störungen im biologischen Geschehen als auch Selbstheilungsbestrebungen des Organismus beeinflussen über ein kompliziertes Reglersystem, das der Erhaltung eines Fließgleichgewichtes im Fließsystem Mensch dient, biologische Reaktionsabläufe (Reckeweg). Die Steuerung arbeitet nach dem Zweckmäßigkeitsprinzip, d.h. die Selbstheilungstendenz ist vorprogrammiert. In der Krankheit können wir daher oft eine zweckmäßige Abwehrreaktion des Körpers erblicken.

Physiotherapie

Schon vor ca. 2000 Jahren hat die in Griechenland gegründete hippokratische Schule entscheidende Grundlagen geschaffen mit den damaligen Vorstellungen der Säftelehre bei den als Fließkrankheiten bezeichneten Leiden. Die Dyskrasie als Gesundheitsstörung, bei der die Säftemischung gestört ist, wird bekämpft mit den die Ausscheidung des Organismus fördernden Maßnahmen wie Aderlaß, Drogen zur Funktionsanregung von Magen, Darm und Niere, schweißtreibende und expectorierende Mittel. Das ist auch die Basis der Physiotherapie von heute, wobei man unter diesem Begriff eine Ganzheitsbehandlung versteht bei Verwendung von natürlichen Lebensreizen zur Regulierung gestörter Funktionen. Wir dürfen annehmen, daß bei Entstehung und Verlauf der Krankheiten unserer Zeit, auch der rheumatischen Krankheiten, mehrere Faktoren zusammenwirken und daß sie psychosoziosomatisch bedingt sind. Das Heilziel kann also nicht mit einer Reparaturleistung an den verschiedenen am Krankheitsgeschehen beteiligten Organen bestehen, sondern in einem Versuch der Umstimmung und Aktivierung der natürlichen Ordnungs- und Selbstheilungskräfte zur Erzielung nervlich-hormoneller und körperlich-seelischer Stabilität.

Diesem Ziel dienten seit ältesten Zeiten die Heilbäder. Sie bedeuten eine Allgemeinbehandlung, besonders bei chronischen Leiden mit Störungen der verschiedensten Organsysteme. Geschichtliche Hinweise auf Heilquellen im Mittelmeerraum, besonders auch in europäischen Gebieten, reichen bis 2000 Jahre in die Vergangenheit. Zahlreiche beliebte Heilbäder kannte die Römerzeit mit vielen Badepalästen (römische Thermen). Bei den Griechen hingegen stand weniger die Heilkraft des Wassers im Vordergrund der Therapie, als die von Priesterärzten beherrschte Kultszene am geheiligten Ort einer Quelle. So wurde z.B. am Brunnen zu Pergamon der Heilgott Asklepios verehrt, wo die Meditationsübungen, der Heilschlaf die hervorragende psychotherapeutische Maßnahme auf dem Weg zur Genesung darstellte. In der Zeit der Völkerwanderung erlosch das Interesse für die Bäder und erwachte erst wieder im 12. und 13. Jahrhundert, wo das Badewesen im Mittelpunkt des geselligen Lebens stand. In den Baderstuben des Mittelalters ergänzten es die bevorzugten Krankenbehandlungen mit Schröpfen und Aderlassen. Durch Seuchen, Sittenverfall und Auflösung gesellschaftlicher Strukturen kam es schließlich wieder zum Erliegen. Zu Beginn des 18. Jahrhunderts breiteten sich Methoden der Kaltwasseranwendungen zur Krankenbehandlung und Vorbeugung von Krankheiten von England (John Floyer) kommend über Europa aus. Schüler des an der Universität Leyden (Holland) wirkenden Klinikers H. Boerhaave waren der Wiener van Swieten und Friedrich Hofmann in Halle/Saale, Leibarzt Friedrichs des Großen. Sie sahen die Hydrotherapie schon im Rahmen einer Ganzheitsmedizin. Hofmann erkannte die „Sieben Gesetze der Gesundheit“ und riet zu gesunder Ernährung und Verhaltensweise. Mehr noch baute der Pfarrer Sebastian Kneipp sein Gesundheitssystem zur Physiotherapie aus, die von ihm neu eingeführten Wechselbäder stellten eine starke Durchblutungsreizbehandlung dar. Die naturwissenschaftlichen Fortschritte in der Mitte des 19. Jahrhundert führten in der Medizin zur Abkehr von schematisch-dogmatischen Behandlungsweisen, aber auch zur Vernachlässigung wohlbewährter Ganzheitsmethoden. Diese überließ man dann Laien, die in von ihnen ausgelösten Gesundheitsbewegungen innere Heilkräfte der Menschen durch aktive Gesundheitspflege im Sinne von Leib-Seele-Geist-Beziehungen wieder zu wecken verstanden.

Mit modernen naturwissenschaftlichen Methoden wurde in der 2. Hälfte des vorigen Jahrhunderts Heilbäderforschung betrieben. Physikalisch-chemische und hygienische Analysen liegen bei allen aus Erfahrung als gesundheitsfördernd beobachteten Heilquellen vor. Durch die besonderen Eigenschaften der entdeckten ortsgebundenen Kurmittel kam es zur Spezialisierung der

Bäder nach Krankheitsindikation. Trotzdem muß festgehalten werden, daß jegliche Bäderbehandlung eine Allgemeinbehandlung des Körpers darstellt mit Reaktivierung an gestörten Organsystemen, Umstimmung der Abwehrfunktionen und Förderung der Selbstheilungsbestrebung. Hormonelle Einflüsse über Hypophyse und Nebenniere und durchblutungsanregende Wärmewirkung sind wichtige Faktoren. Zum Beispiel wurden früher als Rheumaheilbäder besonders die Thermalbäder bevorzugt, die zum Teil fast mineralfrei und von milder Wirkung waren. Stärker sind Solen und am stärksten die Schwefelquellen. Letztere wenden wir ebenso wie die radioaktiven Wässer bei den am weitesten verbreiteten chronisch degenerativen Erkrankungen an.

Ca. 30 km von Heidelberg entfernt, in Bad Schönborn, den früheren Gemeinden Langenbrücken und Mingolsheim, finden sich starke schwefelhaltige, kalte und warme Quellen, die schon in der Römerzeit Heilzwecken dienten. Um die Mitte des 18. Jahrhunderts ließ der Speyerer Fürstbischof Kardinal Franz Christoph von Hutten die Quellen für die leidenden Menschen weiter erschließen und nutzbar machen. – Nachdem die Heidelberger Heilquelle unergiebig geworden war, galt es, besonders die Patienten mit chronischen Gelenk-und Wirbelsäulenleiden zu motivieren, die Therapiezentren in Langenbrücken oder Mingolsheim aufzusuchen. Das gelang mir umso leichter, nachdem ich selbst solche Schwefelthermalbäder ambulant dort genommen hatte. Nach einer Serie von 6 heißen Wannenbädern, die unmittelbar etwas anstrengend wirkten, empfand ich bald nicht mehr so sehr wir früher die Schwere in den Beinen und glaubte, auch bessere Bewegungsmöglichkeit in den Gelenken und Nachlassen der krampfartigen, leicht schmerzhaften Verspannungen im Kreuz und Nacken feststellen zu können. Obwohl auch etliche meiner Rheumakranken in Bad Schönborn zu mehrwöchigen stationären Heilkuren, verbunden mit den verschiedensten zusätzlichen Therapiemaßnahmen, waren, fuhren die meisten mit eigenem Auto oder per Bahn nach dort, um ihre Bäder zu nehmen. Über einen langen Zeitraum zurückblickend gab es sowohl stationär als ambulant befriedigende bis ausgezeichnete Therapieerfolge. Ich sah sie besonders darin, daß diese Patienten nunmehr bereit waren einzusehen, daß sie selbst wirksamer als der Arzt die Möglichkeit hatten, ihre Gesundheitsstörungen ursächlich anzugehen.

Nach entsprechender Aufklärung suchten sie immer dann die Arztpraxis auf, wenn wieder ein Schub akut schmerzhafter Beschwerden auftrat. Unter neuraltherapeutischer und physikalischer Behandlung verzichteten sie im allgemeinen auf jedes symptomatische Rheuma- bzw. Schmerzmittel. Wo psychosoziale Faktoren vordergründig erschienen, konnte ich großes Interesse an den Gruppenübungen des Autogenen Trainings wecken. Es ließen sich leicht die Patienten ermitteln, die an der Besserung ihrer Leistungsfähigkeit durch gesundheitsfördernde Aktivierung bereit waren. Man muß zugeben, daß in manchen Fällen auch ein mehrwöchiger Wechsel des sozialen Milieus und des Klimas im Rahmen eines Heilverfahrens von ausschlaggebender Bedeutung für den Gesundheitsprozeß sein kann. Wie wäre sonst z.B. die krisenhafte Heilung eines Asthmas mit unbewußter Partnerstörung als Krankheitsursache anläßlich einer solchen Kur zu erklären? Es sollte nicht schwierig sein, den Mißbrauch des Kurwesens als Zusatzurlaub zu beenden und es wieder zu einer physio-therapeutischen Methode werden zu lassen. Die von mir häufig verordnete ambulante Bädertherapie mit Schwefelthermalsole war meines Erachtens nur deshalb so effektiv, weil ich vorher den Patienten zu einer gezielten gesundheitsfördernden Maßnahme motiviert hatte. Der Kranke mußte wissen, daß, nach erfolgreicher ärztlicher Behandlung seiner meist schmerzhaften Beschwerden und Störungen in der Praxis, ihm nun die Entscheidung für künftige bessere Gesundheit oder noch mehr Leiden durch Veränderung der bisherigen Lebenshaltung übertragen wurde. Ihm sollte bewußt werden, daß der weitaus überwiegende Anteil gestörten Wohlbefindens nicht erbbedingt, sondern verhaltensbedingt ist und die Gesundung nur von ihm und seiner sozialen Umwelt wieder errungen werden kann. Er muß selbst wieder etwas für seine Gesundheit tun und nicht wie bisher darauf warten, bis etwas gegen die Krankheit geschieht. Hierbei darf ich nur kurz erwähnen, daß im Interesse eines zu erzielenden Heilerfolges, trotz des großzügigen finanziellen Entgegenkommens der Krankenversicherungen, jede außerhalb einer strengen Indikation liegende Wunschverordnung stets abgelehnt wurde, so auch die Übernahme der Benzinkosten für die Fahrt mit dem eigenen Auto zum nahe gelegenen Heilbad durch die Versichertengemeinschaft. In diesem Sonderfall muß vom einzelnen gefordert werden, die moderne Technik der Fortbewegung einmal in entgegengesetzter Fahrtrichtung, nämlich in Richtung von mehr Lebensqualität durch mehr Gesundheit einzusetzen. Gesundheitserlebnis durch Eigenleistung wäre auch noch in der Wohlstandgesellschaft mit ihrer uns schon feindlichen Umwelt außerhalb der krankmachenden Berufs- und Freizeitbetätigung möglich. Den leicht lenkbaren Massen bringt der südliche Tourismus, verbunden mit unvernünftigem Urlaubsverhalten, statt Erholung, Umstimmung des Organismus und Abhärtung für den darauffolgenden Berufsalltag, größere Anfälligkeit. Sicher gibt es vordergründig andere Erlebnisse, nach welchen sich die Menschen sehnen. Fast ausschließlich im materiellen Denken befangen, erstreben sie private und berufliche Erfolge. In unbewußter Angst flüchten sie aus den traditionellen sozialen Bindungen, in denen sie heute fast nur noch sprachlos gefangen gehalten werden. Sie flüchten in ihrer Freizeit, auf der Suche nach Veränderung und Entspannung, wieder in die anonyme Masse, in der sie sich geborgener fühlen, in Zerstreuung und Ablenkung von ihren Problemen. –

In St. Peter-Ording, an der Nordseeküste Schleswig-Holsteins, im Westen der Halbinsel Eiderstedt von drei Seiten vom Meer umspült, mit vorgelagerten Sandbänken und feinen Sandstränden, werden seit der Mitte des vorigen Jahrhunderts Seeheilbäderkuren genommen. Nach dem 2. Weltkrieg konnte man in den Dünen eine stark schwefelhaltige Solequelle erschließen. Bezüglich der Gesamtmineralmenge im Wasser nimmt es die erste Stelle unter den deutschen Schwefelbädern ein. Ich hatte Gelegenheit, zweimal zwei Wochen im Sommer die natürlichen Heilmittel in St. Peter-Ording als Urlaub zu erleben. Es kommt wirklich nicht darauf an, wie dies heute bei Kuren oft üblich ist, daß man mit den verschiedenen Anwendungen den Tag ausfüllt. Man ruhe sich von dem erschöpfenden heißen Schwefelwannenbad, das in aller Frühe genommen werden kann, in der verglasten Liegehalle aus, genieße dabei den Anblick der aus dem Meer steigenden Sonne und der Weite des Wassers. Dann radle man zur Unterkunft, wo das Frühstück wartet. Schon locken die langen Sandstrände. Strandsegeln ist auch für den Zuschauer und Kamerafreund ein Erlebnis, ebenso die Fahrt zu den Seehundbänken mit den Krabbenfischern. Mit dem Abendessen, etwa einem köstlichen Gericht aus frischem Seefisch, kann man, meist müde, den Tag beenden. Es bedarf meines Erachtens nicht erst eines großen Leidensdruckes, damit etwas für die Gesundheit geschehen kann. Extreme Klimareize, wie sie bei Aufenthalten im Hochgebirge oder an der Nordsee auf den Organismus einwirken, beeinflussen grundlegend unsere Gesundheitsverhältnisse. Als persönlichen Erfahrungsbeitrag kann ich sagen, daß mich der jährliche, regelmäßige 14-tägige Wintersport im Hochgebirge trotz reichlicher Infektionsmöglichkeiten in der Praxis bisher vor Erkältungskrankheiten geschützt hat. Eine sonst einigermaßen gesunde Lebensweise mit intensiv körperlicher Aktivierung in der Freizeit soll dabei nicht verschwiegen werden. Je ausgeprägter die erblichen, konstitutionellen Faktoren bei den Krankheitsursachen vorhanden sind, desto wichtiger erscheinen die positiven Beeinflussungsmöglichkeiten durch natürliche Heilkräfte. So konnte bei einem Kleinkind, dessen Mutter früher unter chronischen Nebenhöhlenvereiterungen und Mittelohrentzündung gelitten hatte, nach Hochgebirgsaufenthalten erst eine zweimalige Nordseekur die schlimme Anfälligkeit für

Erkrankungen des Nasen-Rachenraumes und des Mittelohres beseitigen helfen. Nordseekuren können nach meiner Erfahrung ebenso wie Hochgebirgsklimakuren auf zwei bis drei Wochen beschränkt werden und trotzdem noch wirksam sein. Das Nordseeklima wirkt auch gesundheitsfördernd bei schlechtem Wetter und wenig Sonne. An den Wind gewöhnt man sich, zweckmäßig gekleidet, sehr schnell, und das Wattlaufen bei Ebbe bringt eine für die allgemeine Durchblutung intensive Anregung. Man braucht sich nicht mit denen messen zu wollen, die sich anscheinend über längere Zeit im kalten Nordseewasser wohl fühlen. Mehrmals kurzes Eintauchen z.B. auch bei 15 Grad Celsius und im übrigen ein Aufenthalt in der Brandungszone bringen ein herrlich erfrischendes Körpergefühl. Man beobachtet neben Durchblutungsreizen über die Haut eine allgemeine Stoffwechselsteigerung und eine starke Umstimmung bei chronisch rezidivierenden Katarrhen der Luftwege, das heißt die Krankheitsanfälligkeit verschwindet. Ebenso gelten als Indikationen des Nordseeklimas Lymphatismus der Kinder, Ekzeme, Allergien und Erschöpfungszustände.

Wenn man aus irgend welchen Gründen auf eine Kur an der Nordsee verzichten muß, kann man trotzdem seine chronischen Leiden wirksam beeinflussen. In Bad Kreuznach, im Nahetal, klimatisch bevorzugt durch seinen fast südlich milden Frühling und langen sonnigen Herbst, zwischen Rhein, Mosel und Saar, von Weinbergen umgeben, finden besonders auch ältere und bewegungsbehinderte Patienten Genesung. Im Salinental mit seinen zahlreichen Gradierwerken atmet man in einem großen Naturinhalatorium beim Spaziergang im Nahetal auf radonausstrahlendem Boden, jod- und bromhaltige, feinzerstäubte Salzluft ein. Ideal für die Behandlung chronischer Erkrankungen der Atemwege, Infektanfälligkeit auch im Kindesalter. Es gibt ca. 20 Solequellen, die Radioaktivität in Gestalt gasförmiger Radiumemanation für die Radonheilbäder spenden. Radon, das gasförmige Folgeprodukt des Radiums wird gut durch die Haut, den Darm (bei der Trinkkur) und die Atemwege aufgenommen. Es gelangt durch den Blutkreislauf in alle Körpergewebe und wirkt besonders über die innersekretorischen Drüsen funktionsanregend und allgemeinregenerierend bei Erschöpfung und Abbauerscheinungen. Bad Kreuznach gilt als ältestes Radiumsolbad. 1904 entdeckte der Apotheker Dr. Karl Aschoff das Edelgas Radon in den Quellen, und 1911 wies er auch in einem Bergwerkstollen radonhaltige Luft nach. 1912 wurde am Eingang des Rudolfstollens ein Inhalatorium für chronisch degenerativ rheumatische Erkrankungen eingerichtet. Bei Zimmertemperatur atmet man im Liegestuhl die radonhaltige Stollenluft ein. Als Heilindikationen gelten alle chronisch entzündlichen und degenerativen Prozesse, besonders der Gelenke und der Wirbelsäule, aber auch Hormonmangel- und Erschöpfungszustände. –

18 radonhaltige, ca. 47 Grad heiße Heilquellen entspringen in Bad Gastein im Salzburger Land. Hier wirkt als weitere Naturkraft noch das Hochgebirgsklima. Berühmte Staatsmänner kurierten dort in der Vergangenheit schon ihre Leiden. Im radioaktiven Böcksteiner Thermalstollen, einem früheren Silberbergwerk, wird das Edelgas Radon bei natürlicher Heißluft von 37,2 Grad C bis 41,6° ausgestrahlt. Diese Überwärmungs- und Inhalationstherapie genießt man nach 2 km Einfahrt in den Bergwerkstollen. Auf Holzbänken liegend tropft der Schweiß vom Körper, so daß es dadurch zu merklichem Gewichtsverlust kommt. Das inhalierte Radon wird in Stunden wieder restlos vom Körper ausgeschieden. Der aufkommende Durst läßt sich nach der Ausfahrt mit Buttermilch oder Mineralwasser stillen. – 14 Tage im März habe ich meine Gasteiner Kur erlebt. Es waren Wintertage mit meterhohem Schnee in einem herrlichen Hochgebirgsskigebiet. Der Kreuzkogellift (2150–2680 m) in Sport-Gastein war wegen stürmischen Windes nicht immer in Betrieb. Zur Abwechslung kam dann der Fön und schmolz unten im Gasteiner Tal den Schnee wieder weg. Im Kurbadehaus nahm ich abends mein Radonthermalbad. Es ist ein Kabinenbad, jede Kabine gleichzeitig Inhalatorium, mit naturbelassenem Wasser. Die Gasteiner Therme wird von ihrer ursprünglichen Temperatur von ca. 45 Grad auf eine erträgliche Badetemperatur unter Luftabschluß abgekühlt, ehe sie in die Badewanne fließt. Das heiße Bad war anstrengend und entspannend zugleich. Nach dem Skifahren tagsüber empfand ich das Autogene Training auf dem Ruhebett als besonders wohltuend. Selbstverständlich gehört zur Kur auch das Trinken des Heilwassers. 5 Millionen Liter pro Tag ca. 47 Grad heißes Radonwasser liefern die Quellen, die im 7. Jahrhundert entdeckt worden sein sollen. Wissenschaftler haben errechnet, daß dieses Wasser schon vor ca. 3600 Jahren in die Erde eingesickert sein muß, dort so stark erwärmt und mit dem Edelgas Radon angereichert wurde. Die Thermalbäder und das 20000 m^3 große, mit Überwärmungstherapie verbundene radonspendende Heißluftinhalatorium des Böcksteinstollens stellen einzigartige Heilkräfte der Natur dar. Verständlich, daß diese natürlichen Heilmittel nicht symptomatisch gezielt, sondern allgemein auf den Organismus wirken. Sie reaktivieren ihn mit starker Reizwirkung auf alle Organsysteme. Die besten Erfolge einer solchen Kur sehen wir bei allen rheumatischen Erkrankungen, einschließlich der Arthrosen und Wirbelsäulensyndrome, vorzeitigem Altern, Störungen der inneren Drüsen, Kreislaufregulationsstörungen und chronischen Erkrankungen der Atemwege. – Dem Heilung suchenden Patienten wird man natürlich

als Arzt nicht eine solche konzentrierte Kurzkur mit Radonbädern, Heilstolleneinfahrten und Hochgebirgsskifahren verordnen können. Ich selbst erlebte gegen Ende des Urlaubs eine heftige Badereaktion. Appetitstörungen traten auf, besonders Kohlenhydratnahrung mochte ich nicht mehr. Dafür stellte sich Durst und Verlangen nach dem dünnen österreichischen Bier ein, obgleich ich kein Biertrinker und auch im allgemeinen nicht sehr durstig bin. Es war ein Urlaub, nach dem ich mich nicht gut fühlte, aber mit einem umso besseren Späterholungseffekt.

Urlaub auf einer Insel, Massentourismus per Flugzeug. In Stunden schon gelangt man in die ersehnten Zonen, erreicht leichter als zu Hause die Gesundheit und Erholung vortäuschende Bräune. Man ist in der großen Reisegesellschaft unter seinesgleichen mit demselben Ziel: Schwimmen im wärmeren Meer, am Strand in der Sonne liegen und die Abende bei Essen und Trinken feiern. Als ich vor Jahren von einer Insel las, von welcher man nicht nur träumen, sondern auf der man auch träumen könnte, hielt ich den Inhalt der Beschreibung für übertrieben. Ischia war für mich nicht nur ein großartiges Erleben der herrlichen Natur, die kleine grüne Insel im weiten, meist stillen Meer, blüht, schenkt köstliche Früchte und von ihren Hängen den herrlichen Wein. Hibiskus, Oleander, Passionsblumen, Bougainvillea in leuchtenden Farben, und die Pinien und Palmen am Meer berauschen beim Zikadenkonzert die Sinne. Erschöpft vom rauchend heißen Sand des Marontistrandes und der Sonne und dann erfrischt in der milden Brandung des Meeres leiten wir unsere Schritte zum Ende des Strandes ins malerische Felsendörfchen San Angelo mit dem alten Fischerhafen an der Südspitze der Insel oder nach der anderen Seite, dann steil hinauf in die Vergangenheit nach Barano. Hier suchte schon Varus, der Verlierer der Schlacht im Teutoburger Wald, Heil und Heilung durch die heißen Radonquellen. Die Nitrodiquelle, die bei Barano fließt, macht alle Menschen, die sie trinken, sinnlich – so sagt man – und die Frauen schöner. Aber die starken Erlebnisse der verschwenderischen Natur zwingen uns wieder zurück in die Gegenwart, um immer Neues, Unbekanntes aufzuspüren bis zum wehmütigen Abschied. Bis dahin kann man auf Ischia immer wieder träumen und zu sich finden, sich regenerieren in den wie nirgends in der Welt so im Überfluß sprudelnden Quellen der radonhaltigen Thermalbäder und die heißen Dämpfe aus vulkanischem Boden einatmen. Bedarf es zur Heilung von Rheuma und Gicht da noch des überlieferten Zaubermittels der Etrusker? Es lautet: wenn man Schmerzen in den Füßen spürt, sollte man nüchtern ausspucken und 27mal die Erde berühren und dabei sagen: „Ich denke an dich, heile meine Füße, die Erde soll mein Übel aufnehmen, die Gesundheit soll in meinen Füßen bleiben." Die Erde selbst ist heilkräftig in der Folge von früherer vulkanischer Tätigkeit, zuletzt als Ausbruch des Monte Epomeo 1302. Der heiße Sand am Marontistrand, die heiß sprudelnden Quellen in den Sandbänken der Francescobucht, die Thermalanlagen der Poseidongärten mit 12 Quellen zwischen 26 und 40 Grad, mehrere ähnliche Bäderanlagen verstreut auf der Insel und die als Fumerolen aufsteigenden Dämpfe sind postvulkanische Erscheinungen und die Heilkräfte Ischias. Sie wurden schon 300 vor Christus von den Römern entdeckt und genutzt. Machten sich die vielen Menschen, die die grüne Insel im Süden immerzu an sich zog, nur Illusionen, nicht erfüllbare Hoffnungen? Ich träumte damals in Forio auch den Traum meiner eigenen Heilquelle, die Illusion entfloh mit dem Flug in die ferne Wirklichkeit. Ischia, Erlebnis, geträumte Sehnsucht nach Hoffnung auf Heilung! –

Die Krankheiten unserer Zeit

Heilbäder als Gesundheitserlebnis, besonders auch im Rahmen einer Physiotherapie im Sinne von Prießnitz und Kneipp und die mit ihnen aufblühenden Naturheilbewegungen waren die Alternative zum sogenannten therapeutischen Nihilismus in der Mitte des 19. Jahrhunderts. Diese Spuren müssen heute wieder vertieft werden. Mit dem Wandel der Gesundheitsstörungen als Folge unserer geänderten sozialen Verhaltensweisen in einer Konsumgesellschaft mit dem manipulierten und krankmachenden Anspruchsdenken gilt es, die chronisch Kranken nun zu den erforderlichen Selbstleistungen zu motivieren. Die Medizin sollte wieder, wie es schon Galen (129–199) proklamiert hatte, „zur Wissenschaft der Gesunden und der Kranken werden und Gesundheitspflege sein", wegführen von der Apparatemedizin, hin zu einer humanen Heilkultur. Die Heilkunst müßte dann die Heiltechniken steuern.

Schon Prießnitz hatte es für wichtig gehalten, auch die körperliche Aktivierung in Form von Holz hacken und Wandern bei einer einfachen Ernährung in sein Heilsystem einzubauen. Aber Johann Schroth (1798–1856) erst entwickelte ein noch umfassenderes Naturheilverfahren hydrotherapeutischer Maßnahmen mit den Vorstellungen einer inneren Reinigung, Entschlackung und Entgiftung des Organismus bei chronischen Krankheiten, besonders aber auch als abhärtende revitalisierende Maßnahme. Die nach ihm benannte Schrothkur hat zwar eine 150-jährige Tradition, wurde aber bis zum 2. Weltkrieg nur im schlesischen Niederlindewiese in der heutigen Tschechoslowakei, der Wirkstätte des Begründers, seit 1829 praktiziert. 1949 hat ein überlebender Schrothkurarzt die ursprüngliche Kur nach Oberstaufen verlegt. Wie Prießnitz und Kneipp, so kam auch der Nichtmediziner Schroth durch sorgfältige Naturbeobachtungen und Selbsterfahrungen zu seinem Heilverfahren. In der Jugend konnte er die eigene nicht zur Heilung neigende Kniegelenkverletzung, die die Folge eines Hufschlages war, schließlich mit feuchten Packungen heilen. Er sah, daß kranke Tiere bis zur Gesundung keine Nahrung zu sich nahmen, bezog aber auch das vielleicht ursprünglich religiöse Fasten in seine Betrachtungen mit ein. In der von ihm gegründeten Kuranstalt verabfolgte er erstens feuchtkalte Ganzpackungen, in denen der Patient zum Schwitzen kam. Die Wirkung war temperaturerhöhend, durchblutungssteigernd, stoffwechselaktivierend und über die Haut ausscheidend. Zweitens gab es eine knappe kohlenhydratbetonte, aber eiweißarme, fett- und kochsalzlose Diät (sogenannte Semmelkur). Und drittens wechselten Trocken- und Trinktage. Das Heilprinzip der Verbindung von Hydrotherapie und so modifizierter Fastenkur gilt für die moderne Schrothkur in Oberstaufen heute noch. Entsprechend der Weiterentwicklung der Ernährungslehre werden statt Semmeln jetzt Vollkornprodukte gereicht. Gemüsesuppen, Frischpreßsäfte und Zitrusfrüchte gibt es als Beilagen. Die unterkalorische Kost (400 bis 800 Kalorien) wechselt mit Trink- und Durstperioden. Die Flüssigkeitszufuhr schwankt zwischen 1/2 Liter an Trockentagen und 2 Litern an den großen Trinktagen. Das Kurgetränk ist Wein und wurde aus einer Zeit übernommen, wo man diesen auch als Heilmittel verordnete. Undogmatisch kann er aber ohne weiteres durch andere Getränke ausgetauscht werden. Wie Dr. med. E. Hesseln, Kurarzt in Oberstaufen, formuliert, ist die Schrothkur gekennzeichnet durch die Verbindung von entgiftenden, schweißtreibenden, feuchtwarmen Wickeln mit einer entschlakkenden, kohlenhydratbetonten Diät, bei der durch den Wechsel von Trink- und Dursttagen ein Auswascheffekt erzielt werden soll, den man auch mit dem Begriff der Gewebswäsche oder Gewebsdrainage bezeichnet hat. Nach der Entschlackung und Entgiftung erfahren chronische Krankheiten wesentliche Besserung. In erster Linie ist die Schrothkur eine Stoffwechsel- und Entfettungskur. Das Hautorgan, das Verdauungssystem und die Nieren sind dabei wesentlich beteiligt.

Die Schrothkur ist vielleicht die wirksamste Kur zum Abbau von Risikofaktoren für fast alle Krankheiten unserer Zeit. Sie führt ohne jegliche Medikamente innerhalb von drei Wochen zu beträchtlicher Gewichtsreduktion. Hierbei verschwinden oft schon rheumatische Beschwerden, Stoffwechsel- und Kreislaufstörungen. Es kommt zur Normalisierung gestörter Organfunktionen (Leber, Galle, Pankreas, Darm, Niere) und zur Umstimmung bei Hautleiden. Neben der Heilungskur ist sie aber in erster Linie auch eine Vorbeugungskur, um die Menschen widerstandsfähiger zu machen. Die regenerierende und revitalisierende Wirkung mit dem Erlebnis wiedergewonnener Leistungsfähigkeit sollte auch zur Änderung unseres Fehlverhaltens motivieren, das als Hauptursache für viele uns bedrohende Krankheiten gilt.

Was lag für mich näher als der Wunsch nach einem eigenen solchen Gesundheitserlebnis, nachdem sich mir in der Praxis an Kranken das Naturheilverfahren nach Johannes Schroth als Oberstaufener Kur im Kampf gegen die „Krankheiten unserer Zeit" oftmals bewährt hat. Wer auch könnte sich von diesen Leiden nicht bedroht fühlen? Es ging nicht ausschließlich um mein geringes Übergewicht und die leicht erhöhten Blutfettwerte als Risikofaktoren. Fasten, Entschlackung, Selbstbesinnung, paßte das nicht gut in die Zeit nach Aschermittwoch? –

Ich fühlte mich während der zweiwöchigen Schrothkur gut, unter Hunger- und Durstgefühlen hatte ich nie zu leiden. Nur am ersten Trockentag mutete ich mir mit skifahren (was man besser unterlassen sollte) körperlich etwas zuviel zu, so daß die Beine leicht zittrig reagierten und im Magen ein flaues Gefühl aufkam. Der intensive Geruch der Körperausscheidungen und -ausdünstungen war nur an einem Tage, verbunden mit einem üblen Geschmacksempfinden, lästig. Früh um 5 Uhr wird man von fachkundigen Händen für 2 Stunden mit der Abschiedempfehlung eines angenehmen Schwitzens in einen naßkalten Ganzkörperwickel mit Wolldecken und Bettzeug verpackt. Vorher hat man einen heißen, schweißtreibenden Tee getrunken. Das Autogene Training zwischen Wachen und Schlafen läßt das Bewußtsein angenehm versinken. Als Lohn für die strenge Einhaltung der Regeln der Schrothkur mit dem freiwilligen Nahrungsgenußverzicht hat man, davon konnte ich mich nach Oberstaufen überzeugen, etwas mehr Gesundheit mit nach Hause gebracht. Das ist bedeutsam, beruhen doch nach Schopenhauer neun zehntel unseres Glückes allein auf der Gesundheit.

Wir können mit Demokrit, dem griechischen Naturphilosophen übereinstimmend sagen, die Menschen sind sich nicht genug bewußt, daß ihr Leben ein zeitlich begrenztes Dasein bedeutet, das mit der Geburt in Bewegung gerät durch fördernde innere und äußere Kräfte, mit dem Tod endlich wieder zum Stillstand kommt durch hemmende und dieses Leben zwischen Gesundheit und Krankheit zerstörende Einflüsse. Die das Leben fördernden inneren und äußeren Kräfte haben wir heute in erster Linie zu sehen in einer gesunden Ernährung, körperlicher und geistiger Aktivität, in günstigen sozialen Beziehungen im gemeinsamen Lebensraum alles Lebendigen bei Anerkennung einer höheren Ordnung. Folgende menschliche Lebensbedingungen in Gesundheit und Krankheit sind schon im Corpus hippocraticum der Griechen zusammengefaßt und uns darin überliefert: a) 6 res non naturales, als vom Menschen selbst beeinflußbare Faktoren: 1. Licht und Luft 2. Speise und Trank 3. Bewegung und Ruhe 4. Schlafen und Wachen 5. Absonderungen und Ausscheidungen. 6. Emotionen, menschliche Leidenschaften. b) 3 res naturales als natürliche Anlagen, die vom Menschen kaum beeinflußbar sind: 1. Konstitution 2. Kardinalsäfte Schleim, Blut, schwarze und gelbe Galle, als Eukrasie mit Gesundheit und als Dyskrasie mit Krankheit verknüpft. 3. Angeborene Idiosynkrasie. c) res contra naturam waren damals die eigentlichen Krankheitsursachen wie Infektionen, Gifte, Verletzungen und andere Körperschädigungen.

Sehen wir hier noch oder erneut wieder Anknüpfungspunkte? Bei den wunderbaren Erfolgen von Schrothkuren müßten diese eigentlich heutzutage als ursächliche Behandlungsmethoden eine hervorragende Rolle spielen. Deprimierend, mit ansehen zu müssen, wie Millionenbeträge für Heilverfahren ausgegeben werden, nach denen unsere Patienten oft erst mit einem neuen Krankheitsbewußtsein zurückkehren. Modernste Medizintechniken weisen ihnen danach schon neue Wege und Möglichkeiten weiterer sinnloser Diagnostik. Ganz selbstverständlich reihen sie sich nun, darauf aufmerksam gemacht, in das große Heer der sogenannten Schwerbeschädigten ein, stolz auf ihren Ausweis und die erreichte Prozentzahl als materielles Äquivalent für den Verlust ihres Gesundheitsbewußtseins. Dürfen wir uns darüber wundern, wenn bereits Platon 370 vor Christus festgestellt hat: „Heute ist die Heilkunst eine Züchtung der Krankheiten" und an die Eigenverantwortung des Patienten zur Verhütung von Krankheiten appelliert hat. Die Menschen fordern mehr Wohlstand und die allgemeine Privilegierung der daraus entspringenden krankmachenden Verhaltensweise vor den Wenigen, die auf ein gesundheitsschädliches Leben verzichten. Diese Entwicklung in der Medizin wird, wie geschichtliche Erfahrungen lehren, fortdauern. Unlösbar verbunden mit den Wandlungen der Gesellschaft, den geistigen und kulturellen Werten, von denen diese geprägt wird, kann sie sich nicht mehr frei machen von dem ausschließlich im materiellen Ursprung begründeten grenzenlosen Wachstums- und Konsumdenken. Vorerst heißt die Utopie unserer Generation, welche nach dem Kriege das lawinenartige Anwachsen solcher Krankheiten erleben mußte, deren wahre Ursachen im Lebensumfeld unserer Existenz liegen, Begünstigung geistlich sittlicher Normen zur Einsicht einer notwendigen Beschränkung und Begrenzung. Das bedeutet Abschied nehmen von der Ideologie krankmachenden materiellen Konsumdenkens und Maßlosigkeit und Anerkennung der naturgegebenen und begrenzten Lebensbedingungen und gegenseitigen Abhängigkeiten auf Erden. –

Friedrich Naumann schrieb zu Beginn unseres Jahrhunderts: „Utopien sind wie Wolken. – Ganz falsch ist es zu sagen, daß Wolken nichts sind. Sie sind nur nicht, was sie in ihrer stolzen Pracht zu sein scheinen. Der Regen, der von ihnen kommt, beweist, was und wieviel sie sind. Sie sind keine ganz neue Welt, sondern nur eine Befruchtung der alten... Ohne sie wird das Land zur Wüste, vertrocknet, schattenlos, tot."

Aus der historischen Entwicklung erklärt es sich, daß Heilmethoden, welche mit den Begriffen wie Entschlackung, Entgiftung, Ausleitung und Umstimmung belastet sind, zwar uralte Erfahrung beinhalten, aber von einer neuen Medizin auf der Grundlage des Zell- und Organdenkens seit der Mitte des 19. Jahrhundert als unwissenschaftlich angesehen und aus den Hochschulen verbannt worden sind. Es darf aber nicht verschwiegen werden, daß gerade von dort heute wieder die alten Erkenntnisse von der Beeinflußbarkeit der Lebensführung als Basis wirksamer Therapieprinzipien wissenschaftlich neu begründet werden. Man kann wohl der Ansicht sein, daß übertriebene Ausleitung über Niere und Darm ebensowenig lebensfunktionsgerecht ist, wie die mißbräuchlichen Aderlässe des Mittelalters. Durch die in neuester Zeit an Universitäten wissenschaftlich erforschte und auch praktizierte Nulldiät hat man die ablaufenden normalen und krankhaften Stoffwechselvorgänge erkannt. Zugleich wurde die Nützlichkeit und Risikolosigkeit einer unter ärztlicher Leitung durchgeführten totalen Nahrungsenthaltung dokumentiert. Als biologische Therapie hatte das Fasten immer ein Heilmotiv, entweder als religiöskultisches oder als modernes Heilfasten. Es war Opfer, Buße und Reinigung und, verbunden mit Meditation, ein Weg zur Selbstfindung. So antwortete Jesus seinen Jüngern, als sie ihn danach fragten, wie die unreinen Geister ausgetrieben werden: „Diese Art wird nur ausgetrieben durch Gebet und Fasten." Bernardo, ein italienischer Kapuzinermönch, heilte auch schwere Krankheiten im 4. Jahrzehnt des 18. Jahrhunderts durch Fastenkuren. Das Heilprinzip gründet sicher in den Beobachtungen und Erfahrungen aus dem bewußten oder instinktmäßigen Gesundfasten bei Krankheiten. Das kranke Kind verweigert die Nahrung bzw. erbricht sie wieder, wenn man sie ihm aufgezwungen hat und fördert so seine Genesung. Für den berühmten und sehr erfolgreichen Fastenarzt Dr. med. Otto Buchinger bedeuteten zwei Fastenkuren Heilung von schwerem Gelenkrheuma und einer Galle-Lebererkrankung als Selbsterlebnis. Jahrzehntelang leitete er Fastenkuren in Bad Pyrmont und bildete Ärzte in dieser Heilkur aus. Er schrieb darüber folgendes: „Alles theoretische medizinische Wissen genügt nicht, da kaum eine andere Therapie so sehr erlebt werden will wie gerade das Fasten." Zum Heilfasten bedarf es einer ganz besonderen Bereitschaft des Patienten. Wahrscheinlich ist es zuletzt der Leidensdruck, der ihn dazu motiviert, nachdem vorher alle Heilbemühungen bei seinem meist chronischen und schmerzhaften Leiden vergebens waren. –

Als die damals 40-jährige Frau mit einem akuten Schub ihres chronischen Gelenkrheumas und dem eigenen Therapievorschlag einer Fastenkur in meine Praxis kam, mußte ich einwilligen. Ich konnte nämlich dazu keine sinnvolle Alternative bieten. Die Patientin hatte früher bei Buchinger im Sanatorium und dann auch zu Hause strenge Kuren durchgeführt. Es waren die einzigen Maßnahmen, mit denen schmerzhaft entzündliche Schwellungen an vielen Gelenken sich günstig beeinflussen und die Krankheitsschübe beenden ließen. Müßig, die Rheumaspezialisten, Medikamente und Heilmaßnahmen aus der Krankheitsvorgeschichte aufzuzählen, sie hatte sich schließlich finanziell alles leisten können. Ihr einziges Heil, nämlich für kürzere oder längere Zeit Schmerzfreiheit zu gewinnen, war wochenlanger Verzicht auf Nahrungszufuhr. Davon war sie überzeugt.

In der Sprache der Alten handelt es sich um eine Entschlackung des Organismus, um Ausscheidung krankmachender Ballaststoffe und Entgiftung durch Ausleitung. Die Ursache der sogenannten Dyskrasie sah man wohl hauptsächlich in einer falschen Lebenshaltung. In Verhaltensstörungen und Verhaltensänderungen erkennen wir auch heute wieder Ursachen von Krankheiten und Behandlungsmöglichkeiten. Überernährung und Fehlernährung überlasten und stören unseren Körperstoffwechsel. Es resultieren daraus Bluthochdruck und andere Herz-Kreislaufkrankheiten, Diabetes und Fettstoffwechselstörungen. Bei Gicht, Rheuma, Nieren- und Gallensteinleiden begünstigen sie deren Manifestation.

Daher ist eine Heilfastenkur, bei der es zur totalen Stoffwechselumstellung kommt, nicht nur eine Methode zur Gewichtsabnahme. Im Gegensatz zur Nulldiät wird sie zeitlich auf ca. 3 Wochen begrenzt. Der Patient verzichtet während dieser Zeit auf jegliche feste Nahrung. Die erlaubten Teegetränke, Frucht- und Gemüsesäfte und Mineralwässer enthalten pro Tag ca. 300 Kalorien. Täglich feuchtwarme Wickel auf die Lebergegend und jeden 2. Tag einen Einlauf zur Darmreinigung sind unterstützende Maßnahmen. Körpereigene Abbaustoffe beeinträchtigen das Wohlbefinden des Patienten nach drei bis vier Tagen, es kommt zu vermehrter Ausscheidung über Haut, Schleimhäute und Urin, gelegentlich sogar zu Temperatursteigerungen. Man spricht dann von einer Heilkrise. Nach Buchinger wird zuerst das Krankhafte, dann das Unnötige, Überflüssige abgebaut und ausgeschieden. Durch die Kur und ihre gesundheitlichen Auswirkungen soll dem Patienten bewußt werden, daß es für ihn noch einen Ausweg gibt, den er selbst wählen kann, wenn sich sein chronisches Leiden verschlimmert hat. Er kann gesundheitlichen Katastrophen wie Herzinfarkt, Schlaganfall, Bewegungseinschränkung durch Rheuma oder Versagen von Leber- und Nierenfunktion durch Stoffwechselkrankheit erfolgreich begegnen. –

Das moderne Fasten heißt Nulldiät oder in milderer Form modifizierte Nulldiät. Der Patient wäre häufiger bereit zu einem solchen Klinikaufenthalt auf Kosten der Versichertengemeinschaft, um mit ärztlicher Hilfe sein risikobeladenes Übergewicht abzubauen. Aber die Krankenkasse zahlt nur in besonders begründeten Krankheitsfällen. Die Ungefährlichkeit des totalen Fastens über mehrere Wochen und die Wirksamkeit bei Übergewicht mit Risikofaktoren (Hypertonie, chronische Stoffwechselleiden) ist durch langjährige klinische Erfahrungen besonders in der Ulmer Klinik erwiesen. Bei Problemfällen wird totales Fasten mit der Zugabe des sogenannten Ulmer Trunks (Eieralbumin, Vitamine und Elektrolyte) zur Erzielung einer ausgeglichenen Stickstoffbilanz kombiniert. Der Erfolg hängt, wie bei jedem Versuch einer Gewichtsreduktion, ausschließlich von der Motivation des Patienten ab. Wie könnte diese aber groß sein, wo in unserer Gesellschaft Krankheit eher ein Privileg bedeutet als Gesundheit. –

Einer jungen Frau war es gelungen, durch Nulldiät von ihren 150 kg ca. 50 kg abzubauen. Sie führte dieses Fasten unter meiner ärztlichen Kontrolle über viele Wochen erfolgreich weiter. Die Patientin fühlte sich wohl, war leistungsfähiger als früher und ging beruflich viel auf Reisen. Die Mitpatienten bestaunten das geschehene Wunder, solange die Frau noch in die Sprechstunde kam. Jahrelang sah ich sie dann nicht mehr; aber neulich sagte mir ein Bekannter, er habe sie auf der Straße getroffen, dicker als je zuvor. –

Es ist wirklich schwer, bei unserer sogenannten Normalernährung das Körpergewicht zu halten, ein Übergewicht ohne erfahrene Hilfe abzubauen, scheint fast unmöglich. Unsere Kost macht uns krank; denn sie führt zu Überernährung, sie ist falsch zusammengesetzt.

In der Praxis empfehle ich zur Gewichtsreduktion eine kalorienreduzierte gesunde Ernährung. Grundsätzlich sollen möglichst alle reinen Kohlenhydrate (Mehl- und Stärkeprodukte, Zucker) durch Vollkornprodukte ersetzt werden. Ausschließlich Vollkornbrot vom Laib, morgens davon ein bis zwei dicke Scheiben zur vollständigen Sättigung mit Tee oder Kaffee. Nie Brötchen, Weißbrot, Mischbrot, Nudeln, Zuckerwaren, Schokolade; Kuchen höchstens sonntags ein Stück oder zur Familienfeier. Keine kalorienreichen Milchgetränke, dafür Buttermilch, Sauermilch und Joghurt. Von Mehlprodukten und Kartoffelgerichten nur ein Drittel der Mengen von früher essen. Sonst viel Abwechslung in der gemischten Nahrung. Schlackenreiche Rohkost und Frischobst, am besten täglich vor der Mahlzeit. Eine Hilfe für Leute, die nicht kochen wollen oder können, sind kalorienarme Fertiggerichte aus der Dose, die z.B. ein Kindernährmittelhersteller anbietet, eine gute Notlösung. Abzulehnen als Kost zur Gewichtsreduktion sind sämtliche anzurührenden Eiweißprodukte mit Geschmackzusätzen. Die teuren Diätnahrungen verzeichnen Riesenumsätze, weshalb immer neue Präparate auf den Markt kommen. Nach wie vor ist mit der Dummheit der Menschen das beste Geschäft zu machen, und diese läßt sich auch durch ärztliche Aufklärung kaum bekämpfen. Mein Urteil über die selbstgenossenen verschiedenen Kostproben: kaum sättigend, als Vorspeise geeignet, zum Teil widerlich im Geschmack und sehr teuer. Wer kalorienarme Eiweißkost essen will, soll sie doch in Form von natürlichen Lebensmitteln zu sich nehmen, z.B. als Milch- oder Fleischeiweiß.

Es lohnt sich nicht, auf die in der „Regenbogenpresse" propagierten Abnehmediäten einzugehen. Ohne Kalorienbeschränkung geht nichts. Aber hier noch zu erwähnen wäre, daß die an tierischem Eiweiß reiche Atkins-Diät eine Art diabetischer Stoffwechselstörung auslösen kann mit beträchtlicher Ketoacidose.

Bei Bluthochdruck, Herz- und Kreislaufstörungen, verbunden mit Fettsucht und chronischen Hautleiden, kann eine bis ca. vierzehntägige Saft-Fastenkur, die sich zu Hause durchführen läßt, als Behandlung ursächlich wirken und somit Medikamente überflüssig machen. Es findet eine starke Entwässerung und ein vermehrter Fettabbau statt, was zur Kreislaufentlastung führt. Der Patient erhält 4mal täglich 200 ml frische Gemüse- oder Obstsäfte. Jeden 2. Tag wird der Darm durch Einläufe oder Einnahme von Bittersalz entleert. Bettruhe ist nicht erforderlich. Gelingt es, beim übergewichtigen Diabetiker eine Gewichtsreduktion bis zum Normalgewicht herbeizuführen, so normalisieren sich die Blutzuckerwerte ebenso wie die vorher erhöhten Blutfette. Wird das Gewicht in Zukunft gehalten, kann dies allein eine echte Heilung von Diabetes bedeuten.

Wiederholt stellt man in der Praxis fest, daß nach stationärer Behandlung bei Reduktionskost ein vorher entgleister Zuckerstoffwechsel keinerlei medikamentöser Behandlung mehr bedarf. Prof. Pfeiffer von der Universität Ulm konnte schon vor Jahren die Gesetzmäßigkeit der Beziehungen von ernährungsbedingtem Übergewicht, vermehrter Insulinausschüttung und Erschöpfung der Betazellen in der Bauchspeicheldrüse nachweisen. Seine Erfahrungen stammen aus vielen stationär durchgeführten totalen Fastenkuren.

Die meisten Diabetiker werden unzweckmäßig behandelt. Sie bedürfen in erster Linie einer kalorienarmen Diät mit körperlicher Aktivierung, an zweiter Stelle Insulin, das Bauchspeicheldrüsenhormon, bei richtiger Indikation können blutzuckersenkende Tabletten eingesetzt werden. Nicht erstaunt sollten wir über unsere englischen Kollegen sein, sondern von ihnen lernen, wenn sie leichte bis mittelschwere Diabetespatienten routinemäßig diätetisch behandeln, statt Antidiabetica als Tabletten zu verordnen.

Zum Problem der medikamentösen Diabetesbehandlung sagte kürzlich der Diabetesforscher Prof. Mehnert aus München, daß nur ein kleiner Teil der Zuckerpatienten mit Tabletten zu behandeln seien. Die letzten wissenschaftlichen Erkenntnisse gehen davon aus, daß nur zehn bis zwanzig Prozent aller Patienten für derartige Medikamente in Frage kommen. Das bedeutet, daß z.Zt. in der BRD 1 Million Diabetiker mit falscher Therapie leben, insgesamt 1,2 Millionen Menschen werden mit Sulfonylharnstoffen behandelt, also 1 Million zuviel.

Einen ähnlichen gesundheitsgefährdenden Mißbrauch chemischer Medikamente finden wir bei der Behandlung anderer moderner Krankheitszustände.

Der Preisverfall der marktbeherrschenden Tabletten gegen die Zuckerkrankheit nach Erlöschen der Schutzrechte von DM 66,90 auf DM 15,– macht nachdenklich und zeigt, wie weit die „Hergestellte Dummheit“ (Prof. Mitcherlich) bereits in der Gesundheitspolitik verbreitet ist. Im Krankenversorgungssystem gibt es auch Krankheit der Gesundheitsmoral. Wichtig ist, daß alle Beteiligten der Meinung bleiben können, daß es für alle Krankheiten unserer Zeit heilende Pillen gibt.

Es ist für den Arzt nicht leicht, seine eigenen Gedanken immer auch in die Praxis umzusetzen, sind doch aufgrund der umfangreichen Forschungen Erkenntnisse und Richtlinien gewonnen worden, die für die Therapie allgemein verbindlich sind. Aber können wir deshalb einfach die Erfahrungen anderer, die mit uns dieses Heer von Stoffwechselkranken, das sich aus der Masse mit falschen Ernährungsverhalten rekrutiert, übersehen, wenn ihre Methoden erfolgreicher sind? Müssen wir nicht auch bei uns selbst Schuld an unbefriedigenden Therapieergebnissen suchen? Wir sind auch verpflichtet, alte Therapieerfahrungen als Heilkunst in der täglichen Sprechstunde zu realisieren. Ich habe noch nach Jahrzehnten die Kalorientabellen, Austauschwerte in Weißbroteinheiten und Diätpläne für den Diabetiker aus dem Hörsaal vor Augen. Als Prüfungsstoff hätte ich sie fast als Alptraum wieder erleben können, und in der Praxis sind sie mir widerlich geblieben. „Ich will als Ketzer gelten und leiden, denn ich weiß, daß es eine große Sünde ist zu glauben, der Diabetikerfahrplan, nach dem sich der Zuckerkranke pünktlich für seine weitere Lebensfahrt zu orientieren hat, sei ein utopisches Billett." Mein ehrliches Bemühen, gegründet auf Wissen, Erfahrung und Nachdenken, ließ nur realisierbare Empfehlungen oder besser Mindestforderungen aufkommen, welche für leichte und schwere Diabetesfälle gleichermaßen gelten: Als Brot darf nur Vollkornbrot gegessen, nach Möglichkeit sollen auch andere Mehlspeisen als Vollkornprodukte genossen werden. Von sonstigen Kohlenhydraten in der gemischten Kost, z.B. Kartoffeln, nur 1/3 der früher verzehrten Menge. Verboten sind sämtliche Zuckerwaren, Brötchen, Kuchen und sonstige Feinmehlprodukte. Die täglichen Mahlzeiten sollen Frischobst und Rohkost als Vorspeisen enthalten. Empfehlung von sauren Milchprodukten, Buttermilch, Kräutertee und Mineralwasser als Getränke. Starke Reduzierung bis zum Verzicht des Alkohols. Nur mäßiger Fettverzehr. Mit pflanzlichen und tierischen Nahrungsbestandteilen entsteht eine gemischte Kost, die nach Kollath so natürlich wie möglich belassen sein soll.

Die Masse unserer Zuckerkranken müßte nicht zwangsläufig zu Mehrfachleidenden und dauernd zu Behandelnden oder gar vorzeitig Invaliden werden, könnte dieses Mindestprogramm für eine gesundmachende und gesunderhaltende Ernährung durchgesetzt werden. Kaum eine andere Therapie würde dem Diabetiker soviel echte Lebensfreude in Aussicht stellen können. Vorerst ist es noch Utopie, durch Gesundheitserziehung statt durch Krankenbehandlung Millionen zur Mitarbeit an ihrer Gesundheit und zum Verzicht auf chronisch krankmachenden Konsumverzehr zu bewegen.

Krankheiten vorbeugen, sie verhüten, einen gesundheitsgerechten Lebensstil zur Erreichung von mehr Lebensqualität, dies alles strebte schon Hufeland an mit seiner Makrobiotik (1796). Die Pflicht zur Gesundheit wäre nach Prof. Schäfer die „Neue Makrobiotik". Es gilt, sowohl die Risikofaktoren auszuschalten, als auch wieder etwas für die Gesundheit zu tun. Mit dem Einbrechen des Zeitalters der Naturwissenschaften mußten die präventiven Methoden der Medizin zugunsten sich ausbreitender Bemühungen um Krankheitsbehandlung und Symptomenbeeinflussung weichen. Im scheinbar unbegrenzten Wachstumsglauben in allen Lebensbereichen träumte man gleichzeitig von einem kulturellen Humanismus. Nietzsche sah dies so: „Die Humanität wird siegen, aber einer wird dann des anderen Krankenwärter sein".

Im Kampf gegen die Krankheit gewann die Medizin seither mit ihren Erkenntnissen und Technologien in vielen Schlachten, aber im Krieg gegen die Leiden unserer Zeit verlor sie. Sie muß sich wandeln, um wieder erfolgreich zu werden, da mit naturwissenschaftlich-technischen Methoden allein hier keine ursächliche Therapie mehr betrieben werden kann. Es ist naheliegend, dort wieder einzusetzen, wo man nach 2 Jahrtausenden die Gesundheitsbildung ausschließlich Außenseitern überlassen hatte. Prießnitz, Kneipp, Bircher-Benner und andere haben aus Erfahrung und Beobachtung die Präventivmedizin eingeleitet, auf deren Boden heute wieder die medizinische Wissenschaft steht. Chronische Stoffwechselleiden, Rheuma, Herz- und Kreislaufstörungen und andere sind über die Beeinflussung unserer bedeutendsten Risikofaktoren Fehl- bzw. Überernährung und falsche Verhaltensweisen ursächlich zu behandeln.

Betrachten wir zuerst unser wichtiges Ernährungs- und Verdauungssystem. Automatisch gesteuert, mit allen Organsystemen nerval, hormonal und durch den Kreislauf verbunden, kann sein Zustand Krankheit und Heilung eines Menschen signalisieren. Chronische Magenleiden, Zwölffingerdarmgeschwüre, – aber nein, es gibt diese Krankheiten nicht, es gibt nur kranke Menschen mit den charakteristischen Symptomen und Organbefunden! Ich versuchte, ihnen zu helfen und blieb dabei gewiß viele Jahre in den Spurrillen der Heilkunst. Vorbelastet vom klinischen Studium, habe ich in den Lehrjahren, die sich daran anschlossen, Theorien studiert, Bücher und wissenschaftliche Arbeiten gelesen, Vorträge gehört, Filme gesehen. Geniale Gedankenkonstruktionen aufgrund physiologischer und pathologischer Befunde erschienen mir da und vielseitige subjektive Deutungen technischer Daten. In Erinnerung geblieben ist mir ein Mediziner mit eigener facies gastrica, dem typischen Gesichtsausdruck des Magenleidenden. Ich möchte am liebsten wieder alles vergessen, auch die erfolgreichen Therapien von Spezialisten und Pfuschern, die Kuren und die Pillen, das Natron und die Säureblocker. –

Der Magenkranke begegnete mir in den ersten Jahren meiner Praxis relativ häufiger als heute. Es mag auch daran liegen, daß besonders die jungen Leute direkt Zugang zur hochspezialisierten Organdiagnostik suchen. Im Rahmen der hausärztlichen Tätigkeit fielen mir besonders Patienten mit unregelmäßiger und ungeregelter Beschäftigung als chronisch Magenkranke auf. Es waren

Tätigkeiten z.B. bei der Bundesbahn, als Vertreter, besonders aber solche, unter denen seit Jahren der biologische Tag-Nacht-Rhythmus gestört wurde. Schon im Krieg hatte ich magenkranke Soldaten zu betreuen. Man war damals überzeugt, daß nur eine strenge mehrwöchige Diätkur mit anfänglicher Bettruhe sie wieder gesund und einsatzfähig machen könnte. Der Diätplan sah zuerst Milch- und Schleimtage dann eine abgestufte Brei- und Magenschonkost mit Weißbrot vor. Rohes Obst und sogenannte schwere Speisen sollten vermieden werden. Wiederholten sich trotzdem die Magen- bzw. Zwölffingerdarmgeschwüre, wurde oft eine Heilung durch die Chirurgie versucht. Nach der Operation fanden sich die Magenkranken in der Magenkompanie wieder. Das führte im allgemeinen später zur Anerkennung einer Wehrdienstbeschädigung im Sinne des Gesetzes mit entsprechendem Rentenanspruch. –

Weißbrotzulagen für alle Magenkranke waren in der Zeit der Lebensmittelmarken nach dem Krieg sehr begehrt und mußten von den Ärzten attestiert werden. Was die medikamentöse und diätetische Therapie der Gastritis- und Ulcuspatienten betraf, gewann ich bald den Eindruck, daß der Heilverlauf, besonders aber die Krankheitsdauer sich davon wenig beeindrucken ließen. Die Erfahrung und die Behandlungsmethoden eines Arztes für Magen-Darm- und Stoffwechselkranke erschienen mir wichtig und beachtenswert, und ich gelangte hierdurch zu folgendem Konzept der

Heilnahrung für Magenkranke:

Bei akuten Erscheinungen wie Erbrechen, Koliken und Schmerzen ist absolute Bettruhe erforderlich. Kein Zwang zur Nahrungsaufnahme. Öfters kleine Mengen Kamillen- oder Pfefferminztee. – Erst bei Einsetzen des Hungergefühls Haferschleim. Der Schleim kann schon während der ersten Tage halb mit naturreinem Obstsaft vermengt werden. Nach dem Kochen darf man etwas Butter hinzufügen. Es ist auch erlaubt, den Schleim mit verdünnter Milch zuzubereiten. Keine Verwendung von Zucker! Nach Aufhören des Erbrechens und der Schmerzanfälle besteht das Frühstück für lange Zeit aus Weizenbrei, Haferschleim oder Haferflockenbrei als Vollkornprodukt, in den nach Fertigstellung eine kleine Kartoffel roh hineingerieben wird. – Am Vorabend 1 bis 2 Eßlöffel voll Leinsamen in Wasser einweichen, über Nacht stehen lassen und morgens nüchtern mit dem Einweichwasser trinken. – Als Brot anfangs Knäckebrot, Weizenkeimbrot, später Grahambrot und gut gebackenes Vollkornbrot. Keine Brötchen! Kein Weißbrot! Kein weißer Zucker! Kein Kuchen! Kein Feingebäck! Solange noch irgendwelche Beschwerden bestehen, Verbot von Bohnenkaffee, Alkohol und Nikotin! Keine eiskalten Getränke. Kein gekochtes Obst! Zu Beginn der Hauptmahlzeiten gut gekaute oder zerkleinerte Rohkost (Obst, Gemüse), dann erst gekochte Nahrung. – Gemüse, Sauerkraut ohne Fett kochen, nach dem Kochen etwas Butter oder kalt geschlagenes Öl hinzufügen. Bratensoße darf nicht gegessen werden, dagegen gebratenes Fleisch. Keine großen Mengen solcher Speisen, die mit erhitztem Öl oder Fett zubereitet wurden. Für Salate kalt geschlagene Öle verwenden (Sonnenblumen-, Mohn-, Olivenöl). Jeden Tag Frischkost essen! Öfters saure Milchprodukte wie Sauermilch, Joghurt, Buttermilch, Quark, Gervaiskäse. Keine einseitige Ernährung auf längere Zeit.

Das Prinzip einer schonenden wirk- und ballaststoffarmen Diät im Sinne der orthodox-wissenschaftlichen Ernährungslehre ist zugunsten einer funktionsfördernden Heilnahrung, die rasch zur Vollwerternährung führt, verlassen worden. Verständlich, daß es in der modernen Krankenernährung eigentlich keine verschiedenen Diäten für verschiedene Organstörungen mehr geben kann. Die Heilkost fordert aber kompromißloses Meiden der Industrienahrung für ca. 3 Wochen. Es handelt sich besonders um Brötchen, Mischbrot, Weißbrot, Kuchen, Pudding, Süßigkeiten. Auch gekochtes und eingemachtes Obst soll in dieser Zeit nicht gegessen werden. Irrig ist die weitverbreitete Meinung, daß Gallenpatienten keine Rohkost und kein frisches Obst vertragen. Dies ist nur dann der Fall, wenn neben der Frischkost noch Industrienahrung konsumiert wird. Mit der Umstellung auf Vollkornbrot müssen alle Zuckerarten aus der Nahrung entfernt werden, weil es sonst zu Unverträglichkeiten kommen kann. Wichtig ist, das Fett nicht mitzukochen, sondern erst später zuzufügen, am besten in Form von naturbelassenem kaltgeschlagenem Pflanzenöl, welches reich an essentiellen Fettsäuren ist. Alle Mehlspeisen, in die bei Erhitzung Fett einzieht, sind, ebenso wie Bratensoße, schlecht bekömmlich. Bei bedeutsamen Beschwerden im Magen-Darm- und Leber-Gallenbereich sowie der Bauchspeicheldrüse wird der tägliche Genuß eines Frischkornbreies empfohlen. Dabei weicht man drei Eßlöffel frisch gemahlenes Getreide (Roggen, Weizen) über Nacht in etwas Wasser ein, um es morgens mit Frischkost oder Joghurt vermischt zu essen. Neben ungekochtem Obst gelten als Frischkost Möhren, Rote Bete, Sellerie, Rettich, Kohlrabi, Blumenkohl, Weißkraut, Rotkraut, Gurken, Salate, Sauerkraut, Kürbis.

Ohne Medikamente werden wir anfangs auch mit der angeführten Heilnahrung nur in den seltensten Fällen auskommen. Aus der Pflanzenheilkunde stehen uns reichlich Mittel gegen Störungen im Verdauungstrakt zur Verfügung. Die rein chemische Analyse des Magensaftes, die zum Zeitpunkt der

Untersuchung eine Übersäuerung anzeigt, berechtigt den biologisch denkenden Arzt nicht zur Rückkehr zum alten Prinzip der Neutralisierung dieses Saftes. Sogenannte Antacida können nur eine Notlösung sein, um dem Kranken vorübergehend die Symptome des lästigen Sodbrennens, Aufstoßens und sonstiger Oberbauchbeschwerden zu nehmen. Eine nur gezielt medikamentöse Magenbehandlung muß auf die Dauer stets zu Mißerfolg und beachtlichen Nebenwirkungen führen. Das trifft auch für die zuletzt in Mode gekommenen und allgemein verordneten Säureblocker zu. Liest man in der Roten Liste 1982, dem Verzeichnis unserer Fertigarzneimittel, die vielen aufgeführten Neben- und Wechselwirkungen kritisch, muß man sich zumindest fragen, warum ein solches Prinzip als Therapie anerkannt und eine Zeitlang zum Umsatzschlager der Pharmaindustrie wird, um erst später nüchternen Einsichten wieder Platz zu machen. Überwältigen uns periodenweise neue wissenschaftliche Teilerkenntnisse derart, wenn sie wohlverpackt angespült werden von der täglich auf uns zuströmenden Werbeflut? Fasziniert uns die technische Filmperfektion eines unter professoraler Verantwortung im Auftrage eines sogenannten H2-Rezeptoren-Antagonisten-Herstellers produzierten Streifens? Warum sind wir nicht darüber enttäuscht, daß hier nur das letzte Glied in der Kette der krankmachenden Impulse erfaßt und symptomatisch kuriert wird? Aber haben die neueren Modepräparate nicht erst ein ähnlich unphysiologisch wirkendes Heilprinzip vom Platz Nummer eins verwiesen? Jetzt warnt man vor ihnen wegen der beobachteten systemischen Begleiterscheinungen.

Wichtig ist, unmittelbar zu versuchen, die Fehlsteuerung des gesamten Verdauungstraktes anzugehen. Natürlich weiß man, daß verschiedene Erbfaktoren bei der Krankheitsentstehung eine gewisse Rolle spielen. Dennoch müssen wir wieder dazu kommen, unsere Mediziner zu einem unabhängigeren, mehr kritischen physiologischen Denken zu erziehen. Es bedarf keiner Modeströmung, was die anzuwendenden Therapiemaßnahmen betrifft. In der kurzen Episode der naturwissenschaftlichen Medizin von 1840 bis 1980 mit ihren vielen bedeutenden Detailerkenntnissen mußten stets die geltenden Theorien neueren Erkenntnissen weichen. Aber die multifaktoriellen Entstehungsursachen der meisten Krankheiten fordern allgemeingültigere biologische Heilprinzipien. Der Magenkranke und sein Arzt müssen auch einen Blick für die Bedeutung des sozialen Umfeldes gewinnen. Die vegetative Fehlsteuerung mit den vielen subjektiven Beschwerden läßt sich seit eh und je mit leicht beruhigenden, krampflösenden und sekretionsmindernden Medikamenten oder neuerdings mit ganz geringen Dosen von Psychopharmaka, die keinerlei Allgemeinbeeinträchtigungen machen dürfen, beeinflussen. Durch Entspannungsübungen des Autogenen Trainings verschwinden auch Krankheitssymptome sozusagen im „Schlaf“. Die wichtigste Maßnahme ist die Motivierung zu einer gesunden Ernährungsweise. Stabilisierend wirken pflanzliche Arzneimittel, welche stimulierend und damit letztlich regulierend auf das zu harmonisierende Konzert der Akteure wirken. Es sind Naturstoffe aus Kamille, Kalmus, Pfefferminze, Thymian, Fenchel, Mariendistel, Berberitze, Schöllkraut, Wirkstoffe aus Nachtschattengewächsen und Enzianbitterstoffen. Es gibt sie als Kombinationspräparate oder auch als Einzelmittel. Auf die Dauer darf weder eine Substitution noch eine Neutralisation stattfinden. Abführmittel sind wegen ihrer Schädlichkeit verboten.

Selbstverständlich gibt es Kranke, die ihr psychosoziales Fehlverhalten bei einer ererbten Organschwäche (Krankheitsanfälligkeit) nicht ändern können oder wollen. Ihnen kann oft durch chirurgische Eingriffe am kranken Organ oder vegetativen Nervensystem das Leben wieder erträglich gemacht werden. Vor vielen Jahren, als Psychopharmaka noch kaum zur Anwendung kamen, schickte ich einen chronisch magenkranken Mann in eine psycho-somatische Klinik. Trotz Übereinstimmung mit mir in der Beurteilung des Krankheitsbildes hielt man wegen der schon zu langen Krankheitsdauer eine Therapie in der Klinik nicht für erfolgversprechend, und der Patient kam unbehandelt wieder zurück. Nach der vorzeitigen Invalidisierung besserten sich schließlich doch der Allgemeinzustand und die Magenbeschwerden.

Nicht nur als wichtiger Umweltfaktor bei chronischen Leiden ist die Ernährung von Bedeutung, sondern auch zur Gesunderhaltung des menschlichen Organismus. Mangelndes Wissen in Ernährungsfragen kann man leider auch heute noch in allen Bevölkerungsschichten feststellen, Ärztekreise mit eingeschlossen.

Um die Jahrhundertwende führten in der Ernährungsforschung und Ernährungslehre die naturwissenschaftlichen-, physikalischen- und chemischen Untersuchungsmethoden zum quantitativen Kaloriendenken bei der Nutzung der Nahrung zur Aufrechterhaltung der Lebensfunktionen. Die dem Körper in ausreichender Kalorienzahl zugeführten Nahrungsbestandteile Eiweiß, Fett und Kohlenhydrate mußten aber noch durch lebenswichtige Ergänzungsstoffe bereichert werden. Die Erkenntnisse aus der Vitaminforschung fanden leider zu wenig Eingang in die Praxis zur Verwirklichung einer besseren Normal- und Krankenernährung. Die Frage ist, ob es heute durch eine zeitraubende Ernährungsberatung gelingen kann, viele Menschen zu einer Neuorientierung zu motivieren. Offensichtlich gelingt es den mächtigen Interessengruppen leichter, sie zu steigendem Konsum denaturierter, vitalstoffarmer Nahrung mit suchthaftem Genußeffekt zu manipulieren. Der Kulturkritiker Illich formuliert es kraß: „Bevölkerungen sind entschlußlos, man kann sie manipulieren, aber nicht motivieren.“

In der Ernährung ist der weiße Kristallzucker aus der Zuckerrübe und dem Zuckerrohr, durch vollständiges Raffinieren gewonnen, als chemisch reines Kohlenhydrat nur Kalorien- und Genußspender. Sein Konsum ist bei uns in den letzten 150 Jahren um das Fünfzigfache gestiegen. Versteckt in Kuchen und Backwaren, Fruchtsäften und anderen Getränken (1 l Cola soll 40 Würfel Zucker enthalten), allgegenwärtig in Süßigkeiten, Schokoladen, Eis und Pralinen. Unser täglicher Kalorienbedarf wird bis zu einem Viertel aus diesem Nahrungsprodukt, welchem bei der industriellen Herstellung sämtliche natürlichen Begleitstoffe, die für uns wichtig sind, entfernt worden sind, gedeckt. Auch das Mehl, aus dem das tägliche Brot gebacken wird, enthält keine Ballaststoffe mehr. Durch den Mahlprozeß werden die Randschichten des Getreidekornes mit den Vitaminen des B-Komplexes, den Spurenelementen, Mineralstoffen und Fermenten als Kleie entfernt. Nur der reines Kohlenhydrat und etwas Eiweiß enthaltende Mehlkern dient zur menschlichen Ernährung. Durch die marktbeherrschende Verarbeitung des Getreides in wenigen Großmühlen wird das sogenannte Auszugsmehl zum Einheitsprodukt. Dieses Mehl ist lagerfähig und gut zu verbacken. Ihm fehlen aber die lebenswichtigen Ergänzungsstoffe. –

Die Milch als H-Milch ist eine tote Nahrung, weil durch die Erhitzung auf 150 Grad nicht nur die Vitalstoffe, sondern auch das Eiweiß verändert werden. Die so denaturierte Milch kann kein Lebensmittel mehr im biologischen Sinne sein, sondern nur noch ein Nahrungsmittel. Deshalb sollte man versuchen, für die Kinderernährung die wertvolle Vorzugsmilch zu bekommen, welche naturbelassen ist. –

Die Fleischqualität hängt sehr von der Art der Tierhaltung und Fütterung ab. Hormone und Antibiotica, ins Futter gemischt, können schädliche Auswirkungen auf unsere Gesundheit haben. Da nun aber die menschliche Ernährung eine überragende Bedeutung für ein gesundes Leben hat und Fehl- und Überernährung wichtige Risikofaktoren aller sehr verbreiteten chronischen Leiden darstellen, hat der Arzt geradezu die Pflicht, hier die richtige Verhaltensweise aufzuzeigen. –

Wir gehören zu dem Drittel der Menscheit, welches das Grundnahrungsmittel Getreide in Form von Brot ißt. Man sollte aber in Zukunft das Vollkornbrot bevorzugen, bei dem fast alle Bestandteile der Getreidekörner des Roggens oder Weizens im Mehl mitverbacken werden. Wenn auch die Herstellung von Vollkornbrot etwas schwieriger ist als das Backen mit Mehl aus stark ausgemahlenem Getreide, wird heute doch überall das gesundheitlich wertvollere Brot mit seinen für die Verdauung wichtigen Vital- und Ballaststoffen (Kleie) in guter Qualität angeboten. Ein bis zwei dicke Schnitten Vollkornbrot mit Honig, Butter oder Pflanzenmargarine zum Frühstück bringen einen guten Sättigungseffekt, so daß andere Kohlenhydrate und damit Kalorien eingespart werden können und der Überernährung vorgebeugt wird. Ebenso eignet es sich zum Abendessen im Rahmen einer gemischten Vollwertkost. Die Nahrung soll im ganzen so natürlich wie möglich bleiben und durch die Zubereitung wenig verändert werden. Am besten wird man dieser Forderung gerecht durch einen hohen Frischkostanteil wegen der darin enthaltenen Vitalstoffe.

Die Forschung konnte die Richtigkeit eines gesunden Ernährungsprinzips bestätigen, welches schon der Schweizer Arzt Bircher-Benner (1867–1939) sowohl zur Heilung als auch zur Gesundheitsvorsorge erfolgreich praktizierte und propagierte. Im Bircher Müesli werden Haferflocken aus dem vollen Korn als Frischbrei mit Obst, Rohkost, Nüssen usw. abwechslungsreich und geschmacksentsprechend als vegetarisches Frühstück zubereitet. Der von dem Freiburger Professor Kollath angegebene Getreidefrischbrei enthält Weizenschrot. Wirkstoffverluste durch Lagerung des Schrot- oder Mehlproduktes und beim Backprozeß können beim Verfahren nach Schnitzer, wo das Getreide mit Hilfe einer Getreidemühle täglich frisch gemahlen wird, vermieden werden. Ich selbst habe in der Familie mit den Kindern zusammen über lange Zeit in vielen Variationen die beschriebenen vollwertigen Getreidefrischkornbreie als Frühstück gegessen. Man muß zugeben, daß der Arbeitsaufwand der Zubereitung wesentlich größer ist als beim Vollkornbrotfrühstück, welches ich in den letzten Jahren bevorzuge.

Optimale ideale Lösungen brauchen zur Verwirklichung einer gesunden Ernährung sicher nicht angestrebt zu werden. Auch dem Genußwert der Nahrung muß individuell Rechnung getragen werden, das geschieht am besten durch phantasievolle Kombination wertvoller Bestandteile. Oft bin ich von Patienten nach der gesunden Ernährungsweise gefragt worden. Vielleicht waren sie manchmal enttäuscht darüber, was sie als Antwort auf diese Frage erhielten: „Die drei Grundpfeiler einer gesunden Ernährung bilden Vollkornprodukte, ein täglich hoher Frischkostanteil bei den Mahlzeiten und saure Milchprodukte." Die vitalstoff- und schlackenreichen Vollkornprodukte treten an die Stelle der krankmachenden ballaststoff-freien und wirkstoffarmen Industrienahrung mit ihrem hohen Kaloriengehalt. Auch in Getränken werden diese reinen Kohlenhydrate heutzutage in großem Ausmaß konsumiert. In fast ausschließlichem Verzehr von Vollkornprodukten zusammen mit Rohkost und Obst liegt der Schlüssel, um ein erstrebenswertes Normalgewicht zu erreichen und zu halten. Die industriellen Zucker- und Stärkeprodukte sollten nur Seltenheitswert als reine Genußmittel bekommen. Die verschiedenen sauren Milchprodukte unterstützen die Verdauungsvorgänge durch Begünstigung einer gesunden Darmflora. Tierische und gehärtete Fette sowie raffinierte Öle sollten womöglich durch Pflanzenmargarine, naturbelassene Pflanzenöle und Butter ausgetauscht werden. Alle Schweinefleischprodukte sind zu meiden. –

Die Gesundheitsvorsorge durch Vollwerternährung sollte noch durch die ebenfalls lebenswichtige tägliche körperliche Aktivierung verbessert werden. Die einfachste und sicherste Methode hierfür besteht in normalem stundenlangen natürlichen Gehen (Wandern). Es kann als beste Kreislaufübung betrachtet werden.

Bewußte Gesundheitsvorsorge müßte schon die Mutter im Interesse einer ungestörten Entwicklung ihres Kindes betreiben. Unser Verhalten ist nicht mehr so instinktmäßig richtig wie das anderer Lebewesen. Die beste erste Nahrung ist unbestritten die Muttermilch, ihre Zusammensetzung ist ideal, d.h. artspezifisch, ja sie paßt sich sogar dem Entwicklungsalter des Säuglings an. Prävention heißt hier Wecken des Stillwillens der Mutter, um ihrem Kind die beste Nahrung zu geben. Abzuschaffen wäre eine routinemäßige Flaschenernährung in der Klinik. Sehen wir auch die Geburt eines neuen Erdenbürgers wieder als freudiges, natürliches Ereignis! Sie darf auch zukünftig nicht nur ausschließlich als getimter Eingriff unter dem Schutz des Geburtshelferteams aus Furcht vor möglichen Komplikationen vorgenommen werden. Kann die medizinisch wissenschaftliche Forschung noch als gesund gelten, wenn sie industriell gefertigter Säuglingsmilch einen überragenden Gesundheitswert attestiert? Spezialisten konnten fast einhellig im Einklang mit der Werbung jahrzehntelang die Meinung bestehen lassen, es gäbe keine der Muttermilch ähnlichere und idealere Ernährung für das nicht von der Mutter gestillte Kind. Vermag sie dem scharfen Beobachter überhaupt noch glaubwürdig erscheinen, wenn nach so langer Zeit ihre Aussagen ins Gegenteil verkehrt werden und dann wegen angeblicher Gefährlichkeit oder Schädlichkeit diese Gesundheitsware aus dem Handel gezogen werden muß? Ich habe mir nie einreden lassen, daß es, falls ein Stillen aus irgend einem Grunde nicht möglich war, einen besseren Ersatz als die frische ungekochte Vorzugsmilch in entsprechender Verdünnung mit Hafer- oder Reisschleim gäbe. Man möge mir glauben, daß ich in meiner Familie nicht so gehandelt habe, wie jene, die ihren Patienten das Rauchen verbieten und selbst ohne den Aschenbecher auf ihrem Schreibtisch nicht auskommen. Gern hätte ich die Erfahrung mit einer gesunden Kinderernährung weiter verbreitet, als es im Rahmen meiner Tätigkeit möglich war. Ich empfinde Dankbarkeit gegenüber dem Frankfurter Kinderarzt Professor Mommsen, dessen Spuren naturgemäßer Therapie meine Gesundheitsberatungen über die ganze Zeitdauer der hausärztlichen Familienbetreuung folgten. Deshalb erlaube ich mir hier, auf seine Schrift „Gesunde Kinder durch lebendige Vollwertkost" vom Bircher-Benner-Verlag in Bad Homburg hinzuweisen. Eine Bestätigung dieser Gesundheitsauffassung darf man wohl darin sehen, daß Großeltern in den letzten Jahren vermehrt ihre Enkelkinder zu mir bringen, wenn sie an chronisch rezidivierenden Infekten, Appetit- und Entwicklungsstörungen, Allergien und Ekzemen, nervöser Labilität usw. leiden. Schon im Kindesalter bedrohen Ernährungsschädigungen durch Eiweißmast, übermäßigen Zucker- und Teigwarenkonsum die Gesundheit. Es treten unter anderem dadurch ein relativer Mangel an den lebenswichtigen Vitaminen des B-Komplexes sowie Kalkmangelerscheinungen auf.

Die Hauptursachen des Gebißverfalls unserer Kinder als Zivilisationskrankheit müssen wir in falschem Ernährungsverhalten und im vielfachen Vitalstoffmangel suchen und nicht in einer lokalen Erkrankung des Zahnorgans. Die für die Gesundheit Verantwortlichen stehen leider großenteils unbeteiligt abseits, wenn die volksverdummende Werbung per Funk und Fernsehen sich über die Menschen ergießt mit ihren Wunderwaffen zum Beispiel auch gegen Karies oder Parodontose. Mit sterilen Argumenten gegen Bakterien ankämpfend, wird ein Massenkonsum angekurbelt, für dessen Basis man eine noch größere Zurückentwicklung der eigenen Urteilskraft des einzelnen anstrebt.

Schon in der Kindheit begünstigen falsche Ernährung die Zivilisationskrankheiten, Vorstadien von Herz-Kreislaufleiden, Stoffwechselstörungen und rheumatischen Erkrankungen. Wir dürfen bei unseren Heilbemühungen nicht die erblich bestimmenden Faktoren zu hoch bewerten. Die Gesundheitsvorsorge ist jedoch hier erfolgversprechend.

Nicht erspart bleibt dem menschlichen Organismus von Geburt an die Auseinandersetzung mit Infekten. Weitgehend ist er darauf eingerichtet, mit biologischen Abwehrmechnismen Keimen aller Art wirksam zu begegnen, wobei das System der Grundregulationen die maßgebende Rolle spielt. Viren und Bakterien allein verursachen aber noch keine Krankheiten, es muß eine Konstitutions- bzw. Immunschwächung vorliegen, die das stabile Gleichgewicht der Abwehrvorgänge stört. Im Grundsystem, auf das störende Reize treffen, werden auf dem Blutweg und mittels vegetativer Nerven umfangreiche Gegenmaßnahmen eingeleitet. Über das Grundsystem laufen auch unsere den Organismus in seinem natürlichen Heilbestreben unterstützende Maßnahmen, seien es Bäder, physikalische Therapie, Medikamente, Neuraltherapie und andere. Eine Rolle bei der unspezifischen körpereigenen Abwehr spielen Prospertin, ein Serumfaktor, und Interferon, ein biologisches Substrat im Blut, das z.Zt. für therapeutische Zwecke gewonnen wird und auf einem bereits vor 20 Jahren entdeckten Prinzip der Interferenz der Virushemmung zwischen verschiedenen Virusarten beruht. Das bei Infekten, den sogenannten Erkältungskrankheiten, auftretende Fieber ist Teilfaktor einer kompliziert ablaufenen, vegetativen Allgemeinreaktion und als Heilbestrebung anzusehen. Schon Hippokrates suchte nach einem Mittel, womit man Fieber erzeugen kann, und ein anderer berühmter Arzt tat später den Ausspruch: „Gebt mir ein Mittel, um Fieber zu erzeugen, und ich heile alle Krankheiten." Obwohl es heute wissenschaftlich gesichert und anerkannt ist, daß ein Kind zur Förderung und Stärkung seiner Abwehrkräfte einige fieberhafte Infekte im Interesse späterer Gesundheit durchmachen muß, wird geradezu routinemäßig fast jede Erhöhung der Körpertemperatur sofort mit fiebersenkenden Medikamenten angegangen. Meistens nimmt man sogar ärztliche Hilfe in Anspruch, besonders, wenn die gewünschte Reaktion der Fiebersenkung ausbleibt, wo in der Regel dann eine ungezielte Antibiotikatherapie eingeleitet wird. Leider ist dies oft nur eine Maßnahme, um sich abzusichern, um Komplikationen vorzubeugen, eine Maßnahme, die eine zeitraubende, wiederholte Kontrolluntersuchung ersparen hilft und wirklich nur eine Notlösung des oft zu leichtfertig herbeigerufenen Notarztes. Auf längere Sicht ist durch Antibiotika und Chemotherapeutika sogar mit Blockierung der unspezifischen Abwehr zu rechnen. –

Echinacea angustifolia
Sonnenhut

Heilpflanzenanwendung zur Steigerung der körpereigenen Abwehr, besonders bei Infekten.

Infektabwehr

Bei der Entstehung von banalen fieberhaften grippalen Infekten, Schnupfen usw. glauben wir, daß eine Schwächung des Organismus mit damit verbundener örtlicher Zirkulationsstörung meist im Bereich des Nasen-Rachens bzw. der oberen Luftwege der Wegbereiter für Viren und Bakterien ist. Frösteln, Schüttelfrost und Fieber erhöhen die Körperabwehr besonders als wirksame Waffe gegen Viren. Für Menschen mit intaktem körpereigenen Abwehrsystem ist es ein siegreicher Blitzkrieg, in dem kein anderes Geschütz aufgefahren werden muß. Leider reichen die natürlichen Heilbestrebungen bei uns meistens nicht mehr aus, und wir brauchen ärztliche Hilfe und Rat. Eine Stärkung der körpereigenen Abwehr ist schließlich auf Dauer nur durch abhärtende Maßnahmen zu erzielen wie Nordsee- und Hochgebirgsaufenthalte, Kneipp-Anwendungen, intensives Gehtraining bei jeder Witterung mit zweckmäßiger Bekleidung und richtiger Ernährung. Da auch die harmlosen Erkältungskrankheiten zu Wegbereitern schwerer Erkrankungen werden können, gilt es, die Abwehrmechanismen des Körpers zu unterstützen. Mit in der Temperatur bis 42 Grad ansteigenden Fußbädern gelingt es, auch die organferne Durchblutung zu verbessern. Ein heißes Vollbad zu Beginn einer Erkältung, zwei Tassen Lindenblütentee mit anschließender Bettruhe für ca. zwei Stunden ist für den Kreislaufstabilen oft die einzig nötige Maßnahme zur schnellen Gesundung. Da wir im allgemeinen unter verweichlichenden Umweltbedingungen leben müssen, wird man statt des Vollbades lieber zwei Tabletten irgend eines Grippemittels mit viel Tee bei anschließender Bettruhe geben. Eine genügende Reaktion des Körpers, mit Schwitzen oder vermehrten Ausscheidungen, auf die es schließlich nur ankommt, wird damit erreicht.

Es gibt auch Arzneimittel aus Pflanzenstoffen zur Anregung der körpereigenen Abwehrkräfte im Blut, z.B. von Echinacea, dem Sonnenhut (Kegelblume, Igelkopf). Ihr Wirkungsnachweis ist erbracht. Sie nützen viel, besonders wenn es darum geht, Komplikationen zu verhüten.

Die Komplikationen sind bei den grippalen Infekten dann zu erwarten, wenn die körpereigenen Abwehrkräfte ungenügend sind. Gegen die Viren selbst gibt es keine Medikamente. Die Invasion durch Bakterien kann im geschwächten Körper durch sie vorbereitet werden. Erst von diesem Zeitpunkt an ist es sinnvoll, Sulfonamide oder Antibiotika einzusetzen. Die Behandlung der Erkältungskrankheiten besteht in erster Linie in der Anwendung von Wärme. Wärme innen und außen, heiße Getränke, ein überheiztes Zimmer und jeweils zwei Stunden Bettruhe nach der Medikamenteneinnahme. Aber der Patient soll nicht dauernd im Bett liegen, denn es beginnt sich wieder die alte Erkenntnis zu verbreiten, daß eine der gefährlichsten Verordnungen, die ein Arzt treffen kann, die dauernde Bettruhe (insbesondere für ältere Menschen) ist.

Seit Jahren behandle ich den oft quälenden Reizhusten ebenfalls mit Wärme, nämlich heißem Tee und Mikrowellen. Man kann dadurch praktisch auf Codeinpräparate und Hustenblocker verzichten. Selbst bei Keuchhusten brachte die Wärme der Mikrowelle immer Erfolg, wenn sie täglich und mit der Einnahme pflanzlicher Hustentropfen, welche Drosera, Sonnentau, enthalten, kombiniert wurden. Cuprum aceticum als homöopathische Milchzuckertablette gelutscht, lindert die Hustenkrampfanfälle, Diese Behandlung habe ich aus den langjährigen Erfahrungen von Prof. Mommsen übernommen. Sie hilft Komplikationen verhüten, so daß sich in der Regel weitere Medikamente erübrigen, und verkürzt außerdem den Krankheitsablauf. –

Bekanntlich beginnen viele banale Erkältungskrankheiten mit Halsschmerzen, und es ist leider schon Routine geworden, dagegen Halstabletten zu lutschen. Entweder besorgen sich die Patienten diese Arzneien selbst in der Apotheke bei den ersten Beschwerden oder verlangen sie von ihren Ärzten. Mit einer Unzahl von desinfizierenden, schluckbeschwerden-lindernden Medikamenten, Tabletten und Lösungen sind die Arzneimittelhersteller im Wettbewerbsstreit. Sie beeinflussen Arzt und Patient zu einem gegenüber dem Krankheitsgeschehen unangemessenen Verhalten. Gegen die Virusinfektionen können diese lokal auf die Schleimhäute einwirkenden Mittel nie helfen. Man muß im Gegenteil annehmen, daß sie auf längere Sicht geeignet sind, die für eine intakte Infektabwehr nötige gesunde biologische Mundflora zu zerstören. Sie können nur bei den verhältnismäßig seltenen bakteriellen, eitrigen Affektionen, wie z.B. Anginen, hilfreich sein. Dazu würde ein weitaus bescheidenerer Einsatz der Mittel genügen.

Aber wer wagt es schon, sich einer Manipulation der Verbraucher entgegenzustellen, wie sie in noch gigantischerem Ausmaß der Werbung für chemische Mund- und Zahnhygiene gelungen ist. Müssen wir vielleicht sogar befürchten, daß durch die geplante Herausnahme von Medikamenten aus der Sozialversicherungsvergütung für sogenannte Bagatellkrankheitsfälle nach den Regeln der freien Marktwirtschaft neue Risikofaktoren falscher Verhaltensweisen geschaffen werden? Es sind gerade die einfachen und billigsten Medikamente und Maßnahmen, die bei den Erkältungskrankheiten im Sinne der Unterstützung und Förderung natürlicher Heilbestrebung des Körpers seine Reaktionen zur schnellen Überwindung des Infektes stärken. Die Abwehrschwäche ist nämlich als Unterkühlung ursächlich dafür verantwortlich zu machen, daß es zum Viren- und Bakterienbefall kommen kann. Ehe wir dem auf diesem Gebiet der häufigsten akuten Infektionskrankheiten in allen Schichten unserer Gesellschaft noch total unmündigen Bürger die Selbstmedikation von „Bagatellfällen“ erfolgreich überlassen können, muß er über ein richtiges Verhalten bei Erkältungskrankheiten aufgeklärt werden. Nur dies gewährleistet den gewünschten komplikationsfreien Infektablauf. Kaum zu ermessen ist der Nutzen für die Gesundheit, für die Versichertengemeinschaft, für das Arbeits- und Berufsleben, den die richtige Gesundheitsbelehrung durch den Arzt bringen würde. Während einer Generation sah ich in der Beratung und Erziehung zu richtigem Verhalten bei Erkältungskrankheiten eine wichtige Aufgabe. Auch heute noch scheue ich keinen Zeitaufwand für aufgeschlossene, aber mit falschen Krankheitsvorstellungen lebende Patienten. Die hochspezialisierte moderne Not- und Lebensrettungsmedizin wird das Gebiet der allerhäufigsten akuten Gesundheitsstörung, der sogenannten Erkältungskrankheiten, auch in Zukunft nur am Rande berühren.

Seit der wissenschaftlichen Entdeckung der Krankheitserreger, der Anwendung der Prinzipien von Antisepsis und Asepsis, der Entwicklung von Sulfonamiden und Antibiotika zu Heilzwecken vernachlässigte man, sicher unbewußt, aber wohl beeindruckt durch die vorher unvorstellbaren medizinischen Erfolge, ewig gültige Abläufe im biologischen Geschehen zu berücksichtigen. Im modernen medizinischen Massenbetrieb des Praxisalltags wurde schließlich nicht mehr so sehr das Befinden des Patienten als der physikalische, chemische oder mikrobiologische Befund eines Organes die Motivation für nun gezieltes therapeutisches Handeln. Auch der kranke Mensch sieht sich durch diese Entwicklung jetzt anders. Er erwartet, daß sein Arzt die Ursache des Übels, das ihn befallen hat, am Organ erkennt und kuriert. Er selbst ist dabei nur der Passive, der Leidende.

Ohne ein dichtes Netz von Organspezialisten, Kliniken, medizinisch technischen Einrichtungen, Notfall- und Rettungsdiensten ist unser Leben nicht mehr vorstellbar, ebenso nicht mehr ohne das Krankenversicherungswesen und die Pharmaindustrie. Dennoch dürfen wir gerade bei den so zahlreichen banalen Infekten und Erkältungskrankheiten bei unserem Handeln die Spurrillen einer alten Heilkunst, in denen Aktionen und Reaktionen der kranken Menschen verlaufen, nicht verlassen. Unser Können bedeutet hier nur Förderung positiver Heilstrebungen und Abwehr des Schädlichen. Wir können ohne Nachteil für den Patienten weder das Tempo auf diesen Straßen sinnlos beschleunigen, noch versuchen, seitlich auszubrechen.

Begünstigung der Blutzirkulation und Förderung einer tiefen Durchwärmung sind auch noch wirksam, wenn der allgemeine Infekt sich bereits lokalisiert hat, z.B. in den Nasennebenhöhlen. Die Neuraltherapie heilt hier zuverlässig über die Normalisierung der Durchblutung ohne Medikamente. Aber wie groß ist der Gewinn für den Patienten erst, wenn es dadurch gelingt, ihn von einer monate- und jahrelang dauernd mit Antibiotika und Spülungen behandelten, wiederkehrenden, chronischen Nebenhöhlenerkrankung zu befreien. Warum geschieht dieser risikolose und erfolgversprechende Therapieversuch so selten? Es ist die Befangenheit im anerzogenen medizintechnischen Organdenken. Neulich hörte ich im Rundfunk ein Interview mit einem Kollegen aus der allergologischen Abteilung einer Universitätsklinik. Daraus konnte man erfahren, daß dort neuerdings Akupunktur erfolgreich bei Heuschnupfen eingesetzt wird. Es seien jedoch etwa 20 Behandlungen erforderlich, deren Kosten (DM 40,– pro Sitzung) die Sozialversicherung leider nicht trage.

Nachdem die diesjährige Heuschnupfenperiode zu Ende geht, ziehe ich die Bilanz der eigenen Therapiebemühungen mit der Neuraltherapie: Nur ein einziger Patient hatte es nötig, häufiger als zweimal insgesamt behandelt zu werden. –

Schon vor zwanzig Jahren konnte ich zufällig das Verschwinden eines Heuschnupfens anläßlich neuraltherapeutischer Maßnahmen einer Kieferhöhlenentzündung beobachten. Seither ist Neuraltherapie für mich die Methode der Wahl. Der Kranke verspürt sofort Erleichterung und kommt ohne Corticoide aus. Die Überempfindlichkeitsreaktionen lassen von Jahr zu Jahr nach, und ich kenne mehrere Patienten, die jetzt nicht mehr unter Heuschnupfen leiden.

Für die moderne Medizin werden hier deutlich die Grenzen des Erkenntnisbereiches der exakten naturwissenschaftlichen medizinischen Forschung und Praxis sichtbar. Das Denken in den Denkkategorien unserer Zeit führt dazu, daß mit dem zehnfachen Therapieaufwand, wobei die Kosten nicht berücksichtigt sind, und einer Verzögerung von 20 Jahren eine richtige neuraltherapeutische Maßnahme, nämlich Akupunktur, zur Behandlung des Heuschnupfens eingesetzt wird. Manche Therapieprinzipien, welche sich auf Erfahrung und Beobachtung gründen, gestatten der analytischen Forschung nur Einblicke in Teilfaktoren, die es ihr aber nicht möglich machen, Lebensvorgänge in größeren Zusammenhängen darzustellen. Nur eine funktionelle Betrachtungsweise der zum stabilen Gleichgewicht strebenden Energien in den biologischen Strukturen erlaubt uns eine bessere Einschätzung der Vorgänge bei Krankheit und Heilung. Die Wissenschaft weiß in Wirklichkeit nicht, was Leben ist. Leben bedeutet aber sicher ein autonomes Geschehen. Man wird in Zukunft mehr versuchen müssen, neue Betrachtungsweisen der Probleme des Lebendigen zu finden. Halten wir uns dabei vor Augen, daß die frühe Medizin empirische Kunst war, heilbare Krankheiten zu heilen. Was soll uns länger davon abhalten, die bekannten Techniken der aus Erfahrung gefundenen Heilprinzipien im Sinne einer „neuen Heilkunst" anzuwenden? Die Techniken der überlieferten Heilmethoden sind für den dafür aufgeschlossenen Arzt leicht erlernbar, die Vermittlung geschieht am besten durch einen guten, schon erfolgreichen Lehrmeister. Bücher, theoretische Anleitungen und Fachprivilegien helfen hier nicht weiter. „Der Arzt aber wird trotz aller Bemühungen mit den Anliegen seiner Patienten nie ganz fertig werden können, denn er stirbt schließlich in der Lehrzeit."

Bakterielle Infektionen

Es ist heutzutage geradezu zur Unsitte geworden, gegen Erkältungskrankheiten Antibiotika zu verordnen. Bei Schnupfen und akuten fieberhaften Infekten handelt es sich um Viruserkrankungen, bei denen die nur bakterienwirksamen Antibiotika nicht helfen können. Auch der meist harmlose Husten im Kleinkindesalter ist virusbedingte Teilerscheinung der sechs bis zehn fieberhaften Infekte, die in diesem Lebensabschnitt eine normale Entwicklung durch Stärkung des Immunsystems begünstigen. Die Bekämpfung der bekannten bakteriellen Erreger mit Medikamenten ist leicht möglich. Der für die moderne Diagnostik erkennbare Krankheitsbefall eines Organes, als vom Normalen abweichender Befund, bildet im allgemeinen auch die Grundlage für unser gezieltes ärztliches Handeln. Wenn auch immer der ganze Mensch in seinem Befinden von diesem Organbefund oder der Betriebsstörung Krankheit betroffen ist, gelingen uns doch auch gute und sogar lebensrettende Reparaturleistungen. Infektionskrankheiten sind im allgemeinen nicht mehr gefährlich. Wenn auf dem Boden durch Viren vorgeschädigter Schleimhäute im Hals, Nasen-Rachen- und Ohrgebiet eine Invasion von Bakterien als Komplikation des anfangs harmlosen Infektes stattfindet, können auch Antibiotika notwendig werden.

1928 entdeckte Alexander Fleming das Wirkprinzip des aus Schimmelpilzen gewonnen Penicillins, aber es dauerte noch bis in die Nachkriegszeit, um es medikamentös als Wunderwaffe gegen bakterielle Infektionen einsetzen zu können. Ursprünglich wurden Antibiotika rein biologisch von Pilzen und Bakterien gewonnen. In der Folgezeit gelang es, viele davon synthetisch mit unterschiedlichem Wirkspektrum im chemischen Labor herzustellen. Chemotherapeutisch haben sie, vereinfacht ausgedrückt, entweder bakterienschädigende oder vermehrungshemmende Eigenschaften. Solche bakteriziden bzw. bakteriostatischen Antibiotika sind in der Zeitspanne meines ärztlichen Wirkens zu Tausenden entwickelt worden. Es ist trotzdem nicht gelungen, eine Substanz zu gewinnen, die alle Mikroorganismen erfaßt. Dieses bis heute utopische Ziel einer „Chemotherapia spezifica" sah schon der Nobelpreisträger von 1908, Paul Ehrlich, der als Schöpfer der Chemotherapie gilt. Er entdeckte das Salvarsan zur Behandlung der Syphilis. 1932 führte Gerhard Domagk die Sulfonamide in die Therapie ein. Man kann sich heute kaum mehr vorstellen, welche Wertschätzung die bezüglich Verträglichkeit, Wirksamkeit und Anwendungsform bis in unsere Tage ständig immer wieder verbesserten Substanzen von Anfang an genossen. Besonders im 2. Weltkrieg halfen sie, als neues Heilprinzip die vielen bakteriellen Infektionen zu bekämpfen und manches Leben zu retten, wo die körpereigenen Abwehrkräfte und bisherigen Behandlungsmöglichkeiten zur Gesundung nicht ausreichten. Freilich lernte man im Laufe eines halben Jahrhunderts sehr wohl die Grenzen des Anwendungsbereichs, die Nebenwirkungen und Schädigungsmöglichkeiten gut kennen; ja gerade deshalb zählen sie zu unseren wertvollsten Medikamenten. –

Ich erinnere mich noch gut an jenen Sommertag im Jahre 1932, ich war damals 12 Jahre alt, als ich mit meinem Bruder auf einer Steintreppe saß und man unsere Mutter nach einer Geburt zu Hause mit dem Krankenwagen vorbei in die Klinik fuhr. Ich entsinne mich der anschließenden tröstenden Worte der Hebamme, die auch schon behilflich war, uns zur Welt zu bringen. Sie meinte, die Medizin sei heutzutage so weit fortgeschritten, daß man den Frauen in der Klinik gut helfen könne. Leider traf dies damals nicht zu. –

Die Gefahr, an bakteriellen Infektionen zu sterben, konnte in der Ära der Chemotherapie weitgehend beseitigt werden. Die Bedrohung unserer Gesundheit und unseres Lebens hat in der modernen Industriegesellschaft andere, nicht weniger gefährliche Formen angenommen. Neben den schon erwähnten modernen Zivilisationsseuchen, ist hier noch die Gefährdung durch die Medizin selbst anzuführen (z.B. Medikamentennebenwirkungen, Arzneimittelmißbrauch u.s.w.). Ende der vierziger Jahre konnte ich in der Klinik schon selbst Beobachtungen an Kranken unter massiver Sulfonamidtherapie machen. Als eine junge Frau mit unklarem Infekt und hohem Fieber ihre Sulfonamidtabletten erbrach, wollte man die Heilung durch steigende Dosen intravenöser Verabreichung erzwingen. Instinktiv, ohne rechte Begründung wehrte ich mich, genauso wie die Kranke dies demonstrativ durch verstärktes Erbrechen tat, gegen diese Art der Behandlung, die nicht gut endete.

Menschliche Schwächen und Unzulänglichkeiten werden sich auch in Zukunft bei unseren Heilbemühungen, selbst bei Anwendung vollkommener Praktiken, nicht vermeiden lassen. Außerdem ist es erwiesen, daß auch hochentwickelte Medizintechnik die in sie gesetzten Erwartungen nicht immer erfüllen kann und die moderne Diagnostik manchmal irrt. So wird der sogenannte mündige Patient offen dazu aufgefordert, wenn es etwa um eine beabsichtigte Krebsoperation geht, mehr Mißtrauen zu entwickeln und die vorher zu untersuchenden Gewebsproben an drei verschiedene Institute schicken zu lassen. –

Bei dem Thema der Beurteilung von Heilbehandlungen fällt mir der Magenkranke auf meiner Station ein, dem man aufgrund der Röntgenbefunde verständlich machen wollte, daß wegen des durch Ulcusnarben verengten Magenausgangs ihn nur die Operation vor dem ihm drohenden Hungertod retten könnte. Seine Furcht vor dem Eingriff und seine sich steigernde Todesangst nach der Operation haben später meine Beurteilungen bei ähnlichen Situationen beeinflußt. –

Wenn auch die Nebenwirkungsrate vieler Antibiotika und Chemotherapeutika gering ist, läßt sich eine vorbeugende Anwendung nach unseren Kenntnissen nicht verantworten. Der Mißbrauch bzw. die fehlerhafte Indikation lassen behandlungsresistente Problemkeime entstehen, die schließlich auch durch die Entwicklung neuer Substanzen nicht mehr beherrschbar sind. Prof. Daschner, Leiter der Klinikhygiene der Universitätsklinik Freiburg, sieht z.B. als Alternative zu dem, von den meisten Experten abgelehnten, vorbeugenden Antibiotikaeinsatz zur Verhütung von Harnwegsinfektionen im Krankenhaus ausschließlich hygienische Vorschriftsmaßnahmen (z.B. geschlossene Urinableitungssysteme). Trotz Verzicht auf medikamentöse Maßnahmen konnten so die Harnwegsinfektionen um 50% gesenkt werden. Die Bedeutung der durch ärztliche Handlungen verursachten Gesundheitsstörungen kann daraus ermessen werden, daß mindestens eine halbe Million Menschen jährlich in der BRD an Infektionen erkranken, die sie sich im Krankenhaus zuziehen, 200000 davon sind Harnwegsinfektionen. Bei 1% von letzteren, das sind 2000, enden sie tödlich oder sind für den Tod mit verantwortlich. –

Antibiotika werden oft dem Tierfutter beigemengt. Sie fördern das Wachstum von Küken, Ferkeln, Schweinen und Kälbern durch bessere Verwertbarkeit des Futters. Eine Ertragssteigerung von 5–10% soll dadurch erzielbar sein. Bei Menschen kann sich über den Fleischgenuß Therapieresistenz gegen manche Antibiotika entwickeln. Durch Mißbrauch an sich segensreicher Errungenschaften ist es dem Menschen, wie auf vielen anderen Gebieten, auch im Bereich der Antibiotikaanwendungen gelungen, die verhältnismäßig seltenen und geringen Gefahren erheblich zu verstärken. Neun bis einundvierzig Prozent von Arzneimittelnebenwirkungen im klinischen Bereich gehen heute auf Antibiotika zurück, ein Fünftel aller Personen, die jeweils ärztliche Behandlung beansprucht hatten, berichten von Unverträglichkeiten. Erkennen wir die Grenzen bei unseren Eingriffen in biologisches Geschehen, und sehen wir unsere Chance da, wo sie bereits überschritten wurden, in einer Beschränkung und nicht in einer Ausweitung der Handlungen, und versuchen wir begangene Fehler in Diagnostik und Therapie in Zukunft zu vermeiden!

Es wäre ein großes Versäumnis, die Möglichkeiten einer antibakteriellen Therapie unserer Tage auch nur anzudeuten und nicht die Geschichte der wissenschaftlichen Bakteriologie zu berühren. Als Begründer dieser neuen medizinischen Disziplin gilt Robert Koch, der vor 100 Jahren damit die seither so erfolgreiche Seuchenbekämpfung eingeleitet hat. Er erarbeitete unter einfachsten Verhältnissen im eigenen Labor neben seiner sonstigen ärztlich praktischen Tätigkeit die Untersuchungstechniken, die ihm sowohl die Aufklärung der Ursache des Milzbrandes (1876) als auch die Erkennung der Ätiologie der Wundinfektionskrankheiten (1878) ermöglichten. Seine nur wenige Monate dauernden Forschungen über die Tuberkulose wurden nach Kochs eigenen Worten im Interesse der Gesundheitspflege vorgenommen, welcher der größte Nutzen daraus erwachsen sollte. Als Ergebnis seiner Untersuchungen über „die Ätiologie der Tuberkulose" gab er 1882 bekannt: „Alle diese Tatsachen zusammengenommen berechtigen zu dem Ausspruch, daß die in den tuberkulösen Substanzen vorkommenden Bazillen nicht nur Begleiter des tuberkulösen Prozesses, sondern die Ursache desselben sind und daß wir in den Bazillen das eigentliche Tuberkelvirus vor uns haben". Erst seit Kochs Arbeiten ist es wissenschaftlich erwiesen, daß die Wundinfektionskrankheiten von verschiedenen Mikroorganismen verursacht werden und daß keiner dieser Keime, wie zum Teil bisher angenommen, sich in einen anderen umzuwandeln vermag.

Schon Louis Pasteurs Untersuchungen konnten die These von der Urzeugung, d.h. die Möglichkeit der Entstehung von organischen Mikroben aus toter Substanz, widerlegen. Er fand Hefepilze als Verursacher von Fäulnis und Gärungsvorgängen, die in der Luft vorhanden sein mußten, um diese Prozesse zu ermöglichen. Sicher hat man auch schon früher Krankheiten als ansteckend erkannt. Galen (129–199) warnte deshalb vor dem Umgang mit Schwindsüchtigen, und später vermieden manche Anatomen sogar, tuberkulöse Leichen zu sezieren. Miasmen, Ansteckungsstoffe, über deren Art und Herkunft man nur vage Spekulationen anstellen konnte, galten als Infektionsursachen. Bereits im ersten vorchristlichen Jahrhundert vermutete man unsichtbare Tierchen als Krankheitserreger in dem Sinne, daß sie eine Vergiftung der Säfte (pathologische Dyskrasie) bedingten. Die wirkliche Existenz lebender Krankheitsüberträger konnte erst nach Erfindung des Mikroskopes durch Anthony van Leeuwenhoek (1632–1723) nachgewiesen werden.

Auf dem Gebiet der Wundinfektionen gab es so lange Mißerfolge und Enttäuschungen, als man nur theoretische Vermutungen darüber anstellen konnte. So war es durchaus möglich, daß damals neun von zehn Amputierten an solchen Komplikationen sterben mußten; im deutsch-französischen Krieg 1870/71 hatten die Verwundeten nur wenig mehr Chancen. Erst weitere Beobachtungen und Erfahrungen führten zu besseren Behandlungsergebnissen, besonders nach chirurgischen Eingriffen in Spitälern und Lazaretten. Durch die Forschungsergebnisse des französischen Chemikers Pasteur über die Mitwirkung von kleinsten Lebewesen bei Gärungs- und Fäulnisvorgängen inspiriert, versuchte der englische Chirurg Lister, die vermuteten Krankheitskeime von der Wunde fernzuhalten. Erste Erfolge erzielte er 1865 mit dem Anlegen eines mit Karbolsäure getränkten Verbandes bei einem offenen Unterschenkelbruch und durch Herstellung größter Reinlichkeitsverhältnisse im Spital.

Durch Versprühen von Karbolsäurelösung über den Wunden während der Operation versuchte Lister, die Wundinfektionserreger, die er in der Luft vermutete, mit seiner „antiseptischen Methode“ abzutöten. Instrumente und Hände der Chirurgen mußten ebenfalls mit Karbolsäurelösung gewaschen werden. Dadurch ließen sich Wundinfektionen fast vollständig vermeiden. Trotzdem fand die antiseptische Methode nur zögernd Anwendung und erst um 1875 volle Anerkennung. Als wenig später durch die Bakteriologie die Erkenntnis gewonnen wurde, daß die in der Luft befindlichen Spaltpilze für den Menschen unschädlich sind, entwickelten die deutschen Chirurgen von Bergmann und Schimmelbusch die sogenannte „aseptische Methode“ der Wundbehandlung. Alles, was mit der Wunde in Berührung kam, mußte keimfrei, steril gemacht werden, möglichst mit Hitze und strömendem Dampf.

Grundsätzlich gelten diese aseptischen Vorschriften in der Chirurgie heute noch. Aber bis in die Mitte des 19. Jahrhunderts zählten als krankmachende Faktoren für Wundinfektion und Infektionskrankheiten die Krankheitskonstitution, die verdorbene Luft, kosmische, klimatische sowie psychische Einflüsse.

Die Sterblichkeitsquote am Kindbettfieber betrug 1846 an der I. Wiener Gebärklinik 31%, als der ungarische Assistenzarzt Semmelweis nach der Ursache des Massensterbens forschte. Nachdem sein Lehrer bei einer Sektion durch ein Messer verletzt worden war und an der Infektion starb, erkannte Semmelweis am gleichen Obduktionsbefund wie bei dem verstorbener Wöchnerinnen, daß auch das Kindbettfieber eine Wundinfektion ist. Da er annahm, daß die Studenten bei ihren Untersuchungen die krankmachenden Keime auf die Schwangeren übertrugen, ordnete er vorheriges Händewaschen mit Chlorkalklösungen an, was die Sterblichkeit um die Hälfte herabsenkte. Trotzdem dauerte es 20 Jahre bis sich seine Erkenntnisse voll durchsetzen konnten. Auch sein 1861 veröffentlichtes Werk „Die Ätiologie, der Begriff und die Prophylaxis des Kindbettfiebers" fanden in Fachkreisen nicht die nötige Resonanz. Semmelweis starb, noch ehe die Antisepsis geboren war und bevor das Jahrhundert der Bakteriologie und Hygiene mit seinen Möglichkeiten der Seuchenbekämpfung begann. Der Kreis in den Bemühungen der Heilkunst um eine siegreiche Überwindung der bedeutendsten Seuchen scheint sich zu schließen. Nobelpreisträger Domagk, Schöpfer der Sulfonamide, entdeckte zu Anfang des 2. Weltkriegs den tuberkulostatischen Effekt bestimmter Sulfonamide, die zur Grundlage der modernen Tuberkuloseheilmittel wurden. Auf der Basis von Domagks Arbeiten fanden drei unabhängige Forschergruppen fast gleichzeitig INH (= Isoniacid) als wichtigstes Medikament gegen Tbc.

Mitte des 19. Jahrhunderts stellte man in England als Vermittler der Cholera mit Fäkalien verunreinigtes Wasser fest, das, wie wir heute wissen, die Krankheitserreger enthielt. Der Münchener Hygieniker Pettenkofer bestritt noch 1892 die alleinige Bedeutung der von Koch 1883 entdeckten Choleravibrionen als krankmachendes Agens. „Diesen Bazillenkampf hält man jetzt für die wesentlichste, ja die Mehrzahl der Menschen für die einzig wirksame Prophylaxis und ignoriert die große Reihe epidemiologischer Tatsachen, welche ganz entschieden gegen die Annahme einer einfachen Kontagiosität der Cholera sprechen." Im Selbstversuch schluckte der Gelehrte eine große Menge Cholerabazillen und erkrankte nur mit leichten Durchfällen, sein Assistent, der das gleiche tat, bekam allerdings eine schwere Cholera, nach der er wieder gesundete. Pettenkofer glaubte, dadurch bewiesen zu haben, daß neben den Krankheitserregern noch andere Krankheitsfaktoren für die Infektion eine wichtige Rolle spielten. Obwohl der infektiöse Charakter der Phtise schon seit der Antike durch Beobachtungen der seuchenartigen Ausbreitung bekannt war, hielt man doch über viele Jahrhunderte daran fest, daß es zum Ausbruch dieser Krankheit nur aufgrund einer besonderen Disposition und einer anlagemäßigen Schwäche bei ungünstigen Lebens- und Ernährungsbedingungen und unter besonderen klimatischen Einflüssen kommen könne. War die Tbc bei uns im 19. Jahrhundert die häufigste Erkrankung, so hat sie heute in der Bundesrepublik kaum noch epidemiologische Bedeutung (1978 noch 1881 Todesfälle). Pro Jahr sterben jedoch auf der Welt noch 3 Millionen Menschen an Tuberkulose, und es leiden über 10 Millionen Menschen an „offener Tuberkulose“. Die Waffen, diese Seuche endgültig auszurotten, haben wir längst in den Händen. Neben der Anwendung von Medikamenten sind in erster Linie auch die sozialen Lebensbedingungen zu verbessern.

Hormone

Ähnliche Erfolge, wie im Kampf gegen Krankheiten mit bakteriellen Erregern, erhoffte man sich in den fünfziger Jahren bei den Erkrankungen des rheumatischen Formenkreises. Professor Hench von der Universität Minnesota setzte 1949 das vorher von dem amerikanischen Biochemiker Prof. Kendall (zusammen mit Reichstein) entwickelte Cortison, ein Hormonstoff der Nebennierenrinde, zur Behandlung des chronischen Gelenkrheumas ein. Für ihre wissenschaftlichen Arbeiten erhielten diese Forscher 1950 den Nobelpreis. Auf der ganzen Welt glaubte man damals, nun ein ursächlich wirkendes Rheumaheilmittel in Form einer körpereigenen Substanz zur Verfügung zu haben. In den Jahren darauf mußte man jedoch immer mehr erkennen, daß es nicht möglich war, durch die Anwendung von Nebennierenrindenhormon und seinen Abkömmlingen Rheuma kausal zu behandeln. Es ließen sich lediglich unerwünschte Krankheitssymptome beseitigen um den Preis des Auftretens furchtbarer Nebenwirkungen. Durch die Zufuhr unnatürlich hoher Dosen von Corticosteroiden kommt es besonders zur Hemmung jeglicher Entzündung im Körper, allerdings nur solange, wie die Zufuhr der Substanz stattfindet. Dabei kann die Krankheit selbst oft unbemerkt sogar fortschreiten. Wir behandeln momentan wirksam gegen die Entzündung, gegen das Fieber, gegen die Allergie (Asthma, Heuschnupfen). Wir riskieren dabei dosis- und zeitabhängig bei geringer therapeutischer Breite oft monate- bis jahrelange Störungen des komplizierten Gleichgewichtssystems unserer inneren Drüsen (Hormone). Daraus folgt, daß neben einer Substitution bei Hormonmangel, was eine ursächliche Therapie bedeutet, heute nur noch eine symptomatische Behandlung im Notfall und kurzfristig als Wegbereiter von geplanten anderen Heilmaßnahmen zulässig ist. Auch kann mit Cortison noch bei unheilbaren Krankheiten Milderung von Leiden erreicht werden. Wegen des verblüffenden sofortigen scheinbaren Heileffektes konnten Corticosteroide eine ungeheuere und unangemessene Verbreitung finden, was besonders auch durch großzügige ärztliche

Verordnungsweise begünstigt wurde. Manche Patienten haben mir nur deshalb ihr Vertrauen entzogen, weil ich mich weigerte, eine anderwärts begonnene und bereits risikoreich gewordene, „wunderbar helfende“ Therapie fortzusetzen. Patienten mit diesen Wünschen kamen vorwiegend aus den Fachgebieten Haut, Hals-Nasen-Ohren und Orthopädie. Von den zu erwartenden zahlreichen Nebenwirkungen durch die unphysiologische Überflutung des Organismus mit hochwirksamen Hormonstoffen seien nur erwähnt: die mögliche Entgleisung des Zuckerstoffwechsels in Gestalt des Diabetes, das Vollmondgesicht, die Stammfettsucht, Knochenbrüchigkeit, Hochdruckneigung, Sexualhormonstörungen, Neigung zu Wasserretention (Ödeme) und zu Magengeschwüren, Infektanfälligkeit als Immunschwächung und zum Teil schwere, kosmetisch störende Hautschädigungen können auftreten. Nach Beendigung der medikamentösen Therapie droht die Gefahr einer Nebennierenrindenunterfunktion. Die Aufklärung unserer Patienten sollte soweit gehen, daß sie eine längerfristige, auch örtliche Behandlung von Hautkrankheiten mit Cortisonsalben usw. wegen der Schädigungsgefahr unterlassen.

Im Laufe von dreißig Jahren stellten sich die körpereigenen Hormonwirkstoffe als vielseitig wunderwirksam dar, besonders bei Rheuma und den Allergiekrankheiten. Angesichts der Erfolge blieben die Bedenken gegen eine routinemäßige Anwendung im Hintergrund. Ich will gern zugeben, daß ich mich zu Beginn ihrer Einführung in die Therapie dem Sog eines neuen, so schnell die Beschwerden beseitigenden Heilprinzips nicht entziehen konnte. Am eindruckvollsten war für mich die oft nur 1 bis 2malig notwendige Depotspritze ins Gelenk, um den Patienten beschwerdefrei zu machen. Komplikationen habe ich glücklicherweise nicht erlebt. Beim Heuschnupfen wurde der saisonmäßige gewaltsame Eingriff ins hormonale Reglersystem durch die kausal wirkende, medikamentenfreie Neuraltherapie überflüssig. Beim Asthma als psychosomatischem Leiden war ich besonders vorsichtig. Bei Hautekzemen folgten der 5 bis 10 Gramm Wundertube indifferente Dermatika und eine innere Behandlung trotz des gelegentlichen Einspruchs des Patienten. Nach mehreren Jahren der Euphorie kam dann die Zeit, wo nach den inzwischen gewonnenen wissenschaftlichen Erkenntnissen und klinischen Beobachtungen jeder Arzt sein Handeln schärfster Kritik hätte unterziehen müssen. Er war in Gefahr, einen Kunstfehler zu begehen und um den Preis eines kurzen Erfolges, spätere Schäden anzurichten. Rheumatologen und Allergologen wollten am liebsten mit dem so populär gewordenen Prinzip der Corticoidanwendungen nichts mehr zu tun haben. Die Tabletten durften nur noch morgens entsprechend dem Biorhythmus gegeben werden. Auf die Kristallsuspension hätte man gerne ganz verzichtet. Für die lokale Hautbehandlung haben Corticoidzubereitungen nach wie vor eine große Bedeutung, zahlreiche Verbesserungen, neue Verbindungen und Abkömmlinge verringern die bisherigen Risiken. Trotzdem hält man den für den besseren Hautarzt, der die alten klassischen Regeln der Dermatologie nach einer nur kurzfristigen Corticoidtherapie befolgt. Die Behandlung mit Nebennierenrindenhormon und seinen Derivaten ist wegen der enormen Auswirkungen der hochaktiven körpereigenen Substanzen auf alle Organsysteme eine für die Gesundheit sehr einschneidende Maßnahme. Sie ist eine neue Waffe der Medizin gegen Schmerz und Leid, die nur da massiv eingesetzt werden darf, wo es keine bessere Alternative gibt. Die moderne Biochemie hat sie geschmiedet und dem Arzt als Pharmakon im klassischen Sinn in die Hand gegeben, also als Heilmittel und Gift zugleich. –

Gesellschaftswandel

Fast ebenso lange Erfahrungen wie mit den Nebennierenrindenhormonabkömmlingen konnte der niedergelassene Arzt inzwischen im Einsatz weiblicher Sexualhormone zur Schwangerschaftsverhütung machen. Längst vergessen zu haben scheinen die Menschen, daß Gott Eros ihnen einst die Liebeskraft verliehen hat, um in der Begegnung der Geschlechter ihre höchsten Gefühle zu erleben und immer wieder zu geben. Glück zwischen Lust und Liebe bei der Zeugung neuen Lebens nach verschwenderischen Gesetzen der Natur. Hormone, im ewigen Spiel von Sexualität und Liebe, in Harmonie von Körper, Geist und Seele. Was ist uns geblieben? 1978 nahmen in der Bundesrepublik 3,6 Millionen Frauen im fortpflanzungsfähigen Alter, das sind 28%, die Pille.

Der Mensch kann nun mit Hilfe der medizinischen Wissenschaft, seit 2 Jahrzehnten durch die hormonale Kontrazeption, die Antibabypille, seine Fortpflanzung mit großer Sicherheit verhindern. Nützt dies denjenigen Individuen morgen, deren geplante Zeugung man heute noch für sinnvoll hält, der Zukunftsgesellschaft, die sie dann bilden, deren Wirtschaft und Politik? Hilft eine Bevölkerungsplanung bei uns, die wir uns rühmen können, die niedrigste Geburtenrate erzielt zu haben, Hunger und Elend auf der Welt zu mindern? Macht die Pille die Frau endlich frei? Oder trifft es zu, daß sie bereits beginnt, pillenmüde zu werden? Spürt sie manchmal, daß die Hormone aus dem Labor ihr nicht die ersehnte Harmonie von Körper und Seele vermitteln, oder ermöglichen diese jetzt erst die Liebe ohne Angst und Reue? Die empfängnisverhütenden Hormone wirken durch Funktionsbeeinflussung der inneren Drüsen der Frau. Sie verhindern, daß in den Eierstöcken Eizellen bis zur Befruchtungsfähigkeit heranreifen und freigesetzt bzw. zur Befruchtung bereitgestellt werden. Auf dieser Ovulationshemmung beruht der empfängnisverhütende Effekt. Die Pille beeinträchtigt aber auch das gesamte Hormonsystem und Stoffwechselgeschehen der Frau. Deshalb ist eine ärztliche Überwachung ihres Gesundheitszustandes erforderlich. Trotz Verbesserung der Präparate werden als Nebenwirkungen Kohlenhydrat- und Stoffwechselstörungen beobachtet. Veränderungen der Blutgerinnung und des Wasserhaushaltes sind möglich. Es können auch erhöhte Blutdruckwerte auftreten. Harnwegsinfekte und Gallenblasenerkrankungen sowie Venenleiden werden durch die Pille gefördert. Klagen über Kopfschmerzen sind besonders zu beachten, gegebenenfalls ist dann das Präparat abzusetzen. Wie überall in der Natur sind Eingriffe in biologisches Geschehen mit Risiken und Begleiterscheinungen verbunden. Die ärztliche Kunst besteht dann hauptsächlich darin, die Gefahren rechtzeitig zu erkennen, die Nebenwirkungen gering zu halten und bei festgestellten Störungen andere Methoden der Empfängnisverhütung zu empfehlen.

Weibliche Sexualhormone haben über das Gebiet der Schwangerschaftsverhütung hinaus einen weiten Anwendungsbereich hormoneller Störungen vom Entwicklungsalter über die fruchtbaren Jahre, in und nach Schwangerschaften bis zum Klimakterium. Enttäuschungen und Mißerfolge sind jedoch bereits vorprogrammiert, wenn ein unerfahrener Dirigent glaubt, sich dem ganzheitsbiologisch geleiteten Konzert der Hormone nicht anpassen zu müssen.

Die gesellschaftlichen Verhältnisse haben sich geändert. die Familie hat ihre frühere Grundlage verloren, wenn es in ihr kaum noch Werte gibt, die würdig erscheinen, einer folgenden Generation weitergegeben zu werden. Die Wertmaßstäbe auch familiären Daseins sind vorwiegend in materiellem Konsumdenken zu suchen, im Ertrag der doppelten, unabhängigen Berufsausübung von Mann und Frau, in den Möglichkeiten der Nutzung von technischen Errungenschaften für die Freizeitbeschäftigung in Gestalt von Fernsehen und Radio, von Bild und Ton aus der käuflichen Konserve. Totale Motorisierung bedeutet hier, voneinander wegfahren im Tempo sogenannter höherer Lebensqualität. Die Gleichstellung der Geschlechter erleichtert ein egoistisches Streben. Schließlich hat nur noch das geplante Wunschkind eine gewisse Chance. Auch für die Alten gibt es kein Zuhause mehr. Die soziale Verpflichtung gewährt ihnen das Altenheim. Fanden sich je bessere Möglichkeiten für eine Frau, keimendes Leben, wenn es kein Wunschkind werden sollte, wieder auszulöschen? Die Legalisierung des dauernden unkonventionellen Zusammenlebens von Mann und Frau, anfangs als Notstand der Nachkriegszeit motiviert, führte so zur Anerkennung von primär materiellen Gründen. Es bedarf heute keinerlei Rechtfertigung mehr, mit der alten Ordnung zu brechen, um in Sehnsucht nach Liebe und Sexualität in freier, unbefristeter, unverpflichteter Zweisamkeit leben zu können. Welch eine Utopie, sich in Zukunft nach schon zerbrochenen und verlorenen sozialen Ordnungen sehnen zu wollen. Die geänderte soziale Umwelt, in der wir künftig leben müssen, wird der neue große Risikofaktor für die biologische Existenzmöglichkeit des Menschen sein. Der Mensch in der modernen Industriegesellschaft hat bereits weitgehend seine natürliche Umwelt zerstört. In einer technisierten Atmosphäre bestimmt der Rhythmus der Maschinen und der Lärm der Motoren seinen Tagesablauf. Er versucht, sich im Berufsleben zu verwirklichen, um sein Privatleben erringen zu können. Dies ist schwer, weil er in der Masse manipuliert wird und ihm nur wenig Spielraum bleibt in einem ökonomischen System.

Dabei wissen die Ärzte längst, wie der Mensch sich verhalten müßte, um den meisten zivilisatorischen Gesundheitsbedrohungen zu begegnen. Im gesellschaftlichen „Fortschritt" aber haben sich die Wertmaßstäbe geändert. Kulturen zerfallen, die alten Lebensgemeinschaften haben sich aufgelöst. Alle wichtigen Systeme, welche aus den Erkenntnissen des schöpferischen menschlichen Geistes ursprünglich zur Verbesserung des Daseins geschaffen wurden, erstarrten immer wieder im Dogmatismus und bildeten nur noch verkrustete Strukturen. Vergebliche Suche nach einem Selbstheilungsprinzip, nach starken Impulsen zur Wiederbelebung. Aber krankmachende Kräfte nagen weiter an unserer Lebensgrundlage. Sie sind aus dem Bestreben zur Verbesserung des Daseins erstanden. Wachstum heißt unser modernes Zauberwort, aus dem materiellen Wohlstandsdenken geboren. Wir sind seit vielen Jahren dabei, dem materiellen Gewinnstreben auf allen Gebieten Raum zu geben. Wir haben das Wasser und die Luft vergiftet und damit auch unsere biologische Mitwelt geschädigt oder gar zerstört. Die hektische Unruhe der energiefressenden Maschinen ist die Musik unserer Tage. Disharmonie stört das vegetative Nervensystem, der Rhythmus des neuen Lebensgefühls kreischt aus den Musikboxen und macht die Seele krank. Hunderte von Pferdestärken bewegen unsere trägen, schlaffen und übergewichtigen Körper fort. Der Lebensraum der modernen Industriegesellschaft ist genau so chronisch krank geworden wie sie selbst. Die Krankheitsursachen sind ebenso multifaktoriell. Die herbeiströmenden

Therapeuten erkennen sofort die Symptome und die Teilwahrheiten ihrer Entstehung. Sie versuchen, ihre Umwelt zu kurieren. Dabei sind sie genauso effektiv wie ihre Kollegen von der Humanmedizin bei den chronischen Leiden unserer Zeit. Wer könnte ihren Versprechen glauben, wenn sie vorgeben, mit materiellen Mitteln und dem zerstörenden Antiprinzip wieder eine heile Welt schaffen helfen zu können? Wir zahlen in der Bundesrepublik allein als Preis für die Übermotorisierung jährlich mit dem Verkehrstod der Anzahl Menschen, wie sie den Einwohnern einer Kleinstadt entspricht. Über tausend Menschen sterben täglich in der Dritten Welt an den Folgen der Vergiftung durch Schädlingsbekämpfungsmittel. Saurer Regen auf unsere Gesundheit!

Als Perversion der sozialen Krankheitsbekämpfungssysteme beobachten wir ihre egoistische Ausbeutung durch diejenigen mit dem ausgeprägtesten gesundheitlichen Fehlverhalten. Doch Resignation ist uns, die wir zu Hilfe aufgerufen sind, dennoch verwehrt, wenn auch schon der griechische Philosoph Demokrit über falsches menschliches Verhalten klagt. Er sagt: „Gesundheit fordern in ihren Gebeten die Menschen von den Göttern; daß sie aber selbst darüber die Macht in sich haben, wissen sie nicht, sondern indem sie durch Unmäßigkeit ihr entgegenwirken, werden sie selbst Verräter an der Gesundheit durch ihre Gelüste".

Phytotherapie

Die Heilkunst kennt aus alter Überlieferung Heilkräuter und Zubereitungen aus Arzneipflanzen, die sich auch als Frauenmittel bewährt haben. Als besonders wirksam fand ich eine Kombination von Pflanzenwirkstoffen in homöopathischer Verdünnung von Pulsatilla (Küchenschelle), Cimicifuga (Wanzenkraut), Senecio (Mutterkorn) und Aristolochia (Osterluzei). Durch Aktivierung der gonadotropen Hormone über das Hypophysen-Zwischenhirnsystem war das Medikament ein pflanzliches Stimulans für die Ovarien und ein Uterustonikum. Ich habe es eingesetzt bei hormonalen Fehlsteuerungen besonders bei Jugendlichen, aber auch in den Wechseljahren der Frau. Erfolgreich war die Therapie bei Fertilitätsstörungen. Nach relativ kurzer Zeit, wobei jeweils vorher mehrfache Therapieversuche mit Hormonen gescheitert waren bzw. Blutungsanomalien und Ausschabungen zur Folge hatten, trat die gewünschte Konzeption ein. Leider steht dieses wunderbare Frauenheilmittel nicht mehr zur Verfügung. –

Osterluzei
Aristolochia clematitis

In der Erfahrungsheilkunde bewährtes Hormonstimulans und -regulans für die Frau. Früher in vielen pflanzlichen Kombinationspräparaten enthalten.

Anemone pulsatilla. Kuhschelle

Hauptanwendung in der Homöopathie als Frauenkonstitutionsmittel.

Einerseits sind Pflanzenheilmittel durch die Fortschritte der naturwissenschaftlichen Medizin in Vergessenheit geraten, andererseits absichtlich solange nicht mehr beachtet worden, als nur ungenügende chemische Analysen über ihre Wirkstoffe vorlagen. Die Erfahrung in den letzten Jahrzehnten mit auf die Hauptkrankheitssymptome gezielt gerichteten chemischen Medikamenten hat uns gelehrt, daß trotz ihrer raschen und guten Beseitigung die komplexen Heilvorgänge im Organismus nur vorübergehend oder ungenügend angesprochen werden. Der mit gesundem Menschenverstand seine Patienten beobachtende Therapeut ist nach den weltweiten Massenexperimenten mit Langzeitmedikation und den daran gekoppelten Nebenwirkungen nicht mehr bereit, denjenigen Experten zu folgen, die die Schädigung als Preis für die Normalisierung eines pathologischen, medizinisch-technischen Meß- oder eines Laborwertes fordern. Manche neueren Behandlungsprinzipien sind einfach deshalb für den Patienten unzumutbar, weil der zu erwartende gesundheitliche Nutzeffekt relativ zu gering ist.

Die großen Krankheiten unserer Zeit, die so wenig medikamentös kurativ zu beeinflussen sind und so erfolgreich präventiv zu verhindern wären, zwingen unser Augenmerk auf die Pflanzenheilkunde. Bereits über drei Jahrzehnte bleibe ich, durch meine Erfahrungen zusehends bestärkt, auf den Spuren der Pflanzenheilkunde. Ich fand es in diesem Zusammenhang auch für lohnenswert, mich mit der Homöopathie zu beschäftigen und habe in ihr ebenfalls wertvolle Heilhilfen gefunden. Ob man die uralte Heilkräuteranwendung auch noch manchmal praktizieren will, die aus verschiedenen Gründen heute als schwierig und unexakt gilt, bei ca. 40000 von allen Völkern noch benutzten Heilpflanzen? Es gibt, glaube ich, keine Behandlungsweise, deren überlieferte und beobachtete Wirkung so sehr den Arzt motiviert. Selbstverständlich arbeiten wir lieber mit von der pharmazeutischen Industrie zur Verfügung gestellten Phytotherapeutika, wobei die ganze Pflanze oder Zubereitungen aus der ganzen Pflanze eine gesundheitsfördernde Wirkung auf den kranken Menschen haben. Schädliche Nebenwirkungen brauchen wir erfahrungsgemäß nicht zu befürchten. Pflanzliche Heilmittel unterliegen weniger modebestimmten Therapieströmungen, welche nach ökonomischen Gesichtspunkten gefördert oder gebremst werden. Beim Kranken, der durch die verwirrenden Gebrauchsinformationen chemischer Präparate verunsichert ist, und bei einer Mehrzahl von aufgeschlossenen Ärzten werden exakt dosierbare Wirkstoffe aus Arzneipflanzen wieder größeres Vertrauen erwecken. Wenn auch das Medikament bei ernsten, lebensbedrohenden Zuständen zur gezielten Therapie unentbehrlich ist, so bedeutet Phytotherapie Training oder Steuerung der Organfunktionen oder Umstimmung des ganzen Organismus.

Digitalis purpurea
Roter Fingerhut

Heilpflanze enthält wichtige Wirkstoffe zur Herzbehandlung.

Man kann es wohl als eine Forschungspanne bezeichnen, die ausgerechnet in einem Unternehmen, das wegbereitend für die Herstellung von Heilmitteln aus Pflanzen war, passierte. Sie führte zum Verbot aller Medikamente, welche Wirkstoffe aus Aristolochia (Osterluzei) enthalten, darunter viele Homöopathika. Es waren weit über 100 Präparate, die auf Anordnung der Gesundheitsbehörde aus dem Handel gezogen werden mußten.

Dabei ist die Osterluzei eine sehr alte Heilpflanze, bei Ägyptern und Griechen war sie schon beliebt. Sie galt als Mittel gegen Wundinfektionen auch im Wochenbett. Die Pharmaforschung fand den Wirkstoff Aristolochiasäure, der den natürlichen Vorgang der Infektabwehr zu steigern in der Lage ist, erkennbar an der Vermehrung der weißen Blutkörperchen. Auch eine bakterizide Wirkung des Blutserums bei Mensch und Tier wurde festgestellt. Ursprünglich als Abkochung des Krautes zu feuchten Umschlägen auf Wunden und Unterschenkelgeschwüren aufgebracht, später als Medikament zur Einnahme bei chronischen, zum Teil antibiotikaresistenten Eiterungen verordnet, zuletzt aber als gesundheitsgefährdend verteufelt und aus unserem Heilschatz verbannt wegen Fehlinterpretation von Tierversuchen, die zu dirigistischen Eingriffen auf dem Arzneimittelsektor führten.

Man hat offenbar vergessen, daß toxische Wirkungen nicht die Funktion einer Substanz, sondern der Dosis sind. Oder glaubt man wirklich, gar mit dieser Maßnahme in der Krebsbekämpfung durch Auffinden einer beim Versuchstier tumoranregenden Substanz weiterzukommen? Wieviel in unserem Lebenskreis vorhandene Carcinogene sind wohl noch unentdeckt?

Manches moderne heilkräftige Pharmakon stammt aus der Giftpflanze. Als der englische Arzt Withering 1795 die Fingerhutpflanze in die Behandlung der Herzkrankheiten einführte, mußte er vorher das Geheimnis jenes Kräuterweibes lüften, das vor ihm schon Digitaliskuren gegen Herzwassersucht durchgeführt hatte. Die therapeutische Breite dieses wichtigsten Herzmittels ist gering. Die richtige Indikation und Dosierung verlangt bei der Vielfalt der angebotenen Präparate ärztliches Wissen und Können. Das aus dem Samen des Pfeilgiftes Strophanthus gewonnene Strophanthin hat ähnliche Wirkungen bei Herzschwäche und fand ebenfalls große Verbreitung.

Aus dem Schlafmohn stammen Opium und seine Derivate, unsere stärksten Schmerzmittel.

Die Herbstzeitlose (Colchicum autumnale) hilft gegen Gicht.

Atropa belladonna
Tollkirsche

Anwendung der Pflanzenwirkstoffe besonders im Verdauungs- und Urogenitaltrakt zur Krampflösung und Sekretionshemmung.

„Die Kuh- oder Küchenschelle (Pulsatilla) ist eine Giftpflanze von echtem Schrot und Korn, wenn sie auch in dieser Eigenschaft noch bedeutend übertroffen wird, die nicht gemißbraucht und wohl verstanden sein will. Jedoch sie trägt die Schärfe ihres Giftes nicht in sich, um Unheil anzurichten, sondern, wie viele andere ihrer giftigen Schwestern, um der kranken Menschheit zum Segen zu gereichen." So steht es im Vorwort einer botanisch-medizinischen Studie aus dem Jahre 1900 über Pulsatilla. Die Anemone wird darin zu den bedeutendsten Polychresten, d.h. vielseitig verwendbaren Mitteln der ärztlichen Heilkunde gezählt.

Aus Tollkirsche (Atropa belladonna) und Bilsenkraut (Hyoscynus niger) stammen nervenwirksame bis parasympathicuslähmende wichtige Medikamente. Neurotrope Substanzen enthalten auch Eisenhut (Aconitum napellus), gelber Jasmin (Gelsemium sempervirens) und Besenginster (Sarothamnus scoparius).

Aus der Hilflosigkeit des Krankseins und der Hoffnung auf Heilung wuchsen die Erwartungen über die möglichen Wirkungen hinaus. Angesichts bereits erfolgreicher Anwendungen und Erprobungen von Heilpflanzen entstanden Illusionen, die nach griechischem Mythos bereits von der Göttin der Genesung Panakeia gefördert wurden und heute noch bestehen. Richtiger ausgedrückt, gibt es, seit biblischen Zeiten überliefert, immer wieder neue Allheilmittel, welche die alten Wundermittel ablösen. Es ist deshalb gar nicht so sehr erstaunlich, daß sogar die Gifte aus dem Tabak und des Alkohols vorübergehend dieses Ansehen genossen. Der Knoblauch war die Panazee bei den antiken Hochkulturen, Rhizinus und Aspirin galten als Allheilmittel, wenn unsere Väter im Militärdienst erkrankten. Die Wunderwirkung von Vitaminen und Hormonen schien unbegrenzt. Aber auch der Traum von der Chemotherapia spezifica im Zeichen der neu entdeckten Krankheitserreger und der sie bezwingenden Antibiotika wich der Ernüchterung. Dennoch scheint es eine Droge über dem wechselnden, gewiß auch wirksamen Glauben an Möglichkeiten zur Heilung zu geben: „Allein der Heilkraft aus dem seelischen Bereich sind keine Grenzen gesetzt."

Bei der Therapie mit pflanzlichen Substanzen haben wir es mit vielseitigen Wirkungen zu tun. So ist es erklärlich, daß bei Oberbauchbeschwerden mit krankhaften Befunden im Magen, durch Wirkstoffe aus Pflanzen, welche die Verdauungsdrüsen stimulieren, sowohl eine begleitende Leberschwellung als auch abnorme Gärungvorgänge und Verstopfung schwinden. Der Appetit stellt sich ein, und die Schmerzen und krampfartigen Erscheinungen im Oberbauch lösen sich auf.

Hyoscyamus niger
Echtes Bilsenkraut

Zur zentralnervösen Dämpfung und allgemeinen Beruhigung.

Oft erfassen die bei den ersten Beschwerden routinemäßig eingesetzten kostspieligen Diagnosetechniken von der Norm abweichende Organbefunde, die dann jeweils therapiert werden, ohne dem komplexen Krankheitsgeschehen gerecht zu werden. Chemische Entschäumer und Entgaser, Neutralisierer, Blocker, Entkrampfer setzt man dagegen. Ferment-, Säure- und Gallensaftsubstitutionen sollen Fehlendes ersetzen. Stuhlgleitmittel, Abführmittel und Hämorrhoidalzäpfchen werden oft statt Änderung der Ernährung verordnet. Die gezielte analytisch-chemische und physikalische Organdiagnostik als primäres Anliegen einer Krankenbehandlung vernachlässigt die funktionellen Verbindungen, ja sie bleibt immer häufiger ohne therapeutische Konsequenzen, indem sie sich als autonomes System vom ursprünglichen Heilauftrag gelöst hat. Werden wir nicht glaubhafter, wenn wir uns wieder mehr um die Untersuchung der Zusammenhänge bemühen, angefangen von der Erhebung der Krankheitsvorgeschichte mit Ergründung des sozialen Umfeldes?

Der Verdauungstrakt, zwischen seinen beiden Körperöffnungen von der Nahrungszufuhr bis zur Ausscheidung, wird gesteuert vom vegetativen Nervensystem, beeinflußt von Psyche, Hormonen und automatischen Kreislaufregulationen. Aktivierung erlahmender Teilbereiche oder Dämpfung überschießender Leistung mit pflanzlichen Wirksubstanzen und deren vielseitigen Effekten ist empirisch bewährte Heilkunst. Was hindert uns daran, sich ihr unmittelbar zuzuwenden, um nicht Zeit zu verlieren, in welcher ausschließlich Diagnostik und gezielte organsymptomatische Therapie getrieben wird? Die Vornahme einer sorgfältigen körperlichen Untersuchung alten Stils durch den konsultierten Arzt persönlich, der allein die Weichen für eventuell notwendige gezielte spezifische Organdiagnostik zu stellen hat, ist eine Selbstverständlichkeit. Die große Mehrzahl der Patienten mit Erkrankungen des Verdauungstraktes in der täglichen Praxis bedarf einer modernen Pharmakotherapie, die erfahrungsgemäß fest in der Pflanzenheilkunde begründet ist. Ausgangspunkt ist jedoch, nach vorübergehend empfohlener Heilnahrung, nicht zu verwechseln mit einer einseitigen Diät, eine gesunde Ernährungsweise. Die Ernährungs- und nicht eine Medikamentenbehandlung, wie sie leider auch mangels Mitarbeit des Patienten heute noch fast ausschließlich praktiziert wird, ist das schließlich zur Gesundung führende Prinzip.

Die hervorragende Stellung des Verdauungstraktes unter unseren Organsystemen wird auch dadurch besonders deutlich, daß Krankheiten anderer Lokalisation wie Hautleiden und Allergien über eine Funktionsanregung des wichtigen Leber-Galle-Stoffwechselorganes durch Pflanzenstoffe, wie z.B. aus der

Silybum marianum
Mariendistel

Zur Behandlung chronischer Galle/Leberleiden und bei toxischer Leberschädigung, in pflanzlichen Fertigpräparaten.

Taraxacum officinale
Löwenzahn

In der Laienmedizin als „Blutreinigungsmittel“ verbreitet. Stoffwechselanregend, leicht wassertreibend.

Crataegus oxyacantha
Weißdorn

Wichtige Heilpflanze zur Therapie beginnender Herzschwäche, Durchblutungsstörungen, besonders auch der Herzkranzgefäße.

Mariendistel, ursächlich innerlich zu beeinflussen sind. Auch Löwenzahn (Taraxacum) regt die Sekretion der Verdauungsdrüsen, besonders der Galle, an und hat dazu noch einen harntreibenden Effekt. Bei chronischen Leiden, Vergiftungen und beim Krebs erscheint es sinnvoll, die erwähnten Pflanzenstoffe einzusetzen. Die günstigen Erfahrungen mit Phytotherapie in den letzten 30 Jahren im Dienst der Gesundheit verpflichteten mich, auf diese bedeutsamen Heilprinzipien hinzuweisen. Für den Intestinaltrakt ist noch wichtig: der Knoblauch. Knoblauch verzehrten die Arbeiter beim Pyramidenbau in Ägypten in großen Mengen, um sich die Gesundheit zu erhalten. Nur die Summe der in der Pflanze enthaltenen Wirkstoffe ergibt den vollen therapeutischen Effekt. Mit der Beseitigung schädlicher Gärungs- und Fäulnisvorgänge kommt es zur Normalisierung der Darmflora. Im vorderen Orient gilt er auch heute noch als pflanzliches Vorbeugungs- und Stärkungsmittel bei Verschleißerscheinungen des Alters, bei uns als wirksam auf die Blutgefäße, besonders bei Arteriosklerose und Bluthochdruckneigung.

Die Vielseitigkeit der Effekte einer pflanzlichen Therapie wird sichtbar und durch Beobachtungen in der täglichen Praxis immer wieder aufs Neue bestätigt. Hierbei erschließen im allgemeinen nur die möglichst wenig veränderten Gesamtwirkstoffe die optimalen Behandlungsmöglichkeiten. Das Medikament, der reine Arzneistoff ist nicht durch Heilpflanzen ersetzbar, wo nur eine schnelle, exakte Dosierbarkeit der Substanz zur Beseitigung eines eventuell lebensbedrohlichen Symptoms gebraucht wird. Dies ist im allgemeinen die Therapieform der nach naturwissenschaftlichen Kriterien orientierten Medizin. Sie fordert deshalb auch von den Herstellern der Heilmittel aus Pflanzen genau meßbare und gezielt dosierbare, im Tierexperiment und Labor getestete Reinsubstanzen. Das erklärt die Pannen, Fehlbeurteilungen und enttäuschten Erwartungen der letzten Zeit in Forschung und Praxis. Durch Analyse und Experiment lassen sich empirische Beobachtungen des gesamten Wirkspektrums der Heilpflanze bei den ebenso komplexen Krankheitsabläufen nicht ermessen. Wie Prof. Schäfer sagt, haben wir es nur mit Teilwahrheiten in der Medizin, die als reine Naturwissenschaft aufgefaßt wird, zu tun.

Weitere bedeutsame Arzneipflanzen sind Enzian, Schöllkraut, Absinth, Erdrauch, Artischocke, Tausendgüldenkraut, Kamille und Pfefferminze. So ließen sich neben Frauenmitteln und den im Bereich des Verdauungstraktes anzuwendenden vielgestaltigen Prinzipien große Listen von gesundheitsfördernden Pflanzensubstanzen aufstellen für die Organsysteme von Herz und Kreislauf, Atmung, Niere und Harnwege, Haut und Schleimhäute und den nervlich-seelischen Bereich.

Convallaria majalis
Maiglöckchen

Zur milden Herz- und Kreislaufbehandlung, „Altersherz“.

Interessant ist, daß seit hundert Jahren Weißdorn besonders als Crataegustinktur in der Volksheilkunde Anwendung findet. Herz-Kreislaufwirkungen der Pflanze wurden von der Medizin angezweifelt. Erst neuerdings konnten die Japaner in einer Doppelblindstudie an mehreren japanischen Polikliniken die Wirksamkeit bei Herzinsuffizienz I. und II. Grades nachweisen. Besonders bewährt hat sich in meiner Praxis zur Herz- und Kreislaufbehandlung ein Kombinationspräparat aus Extrakten von Weissdorn (Crataegus), Mehrzwiebel (Scilla), Maiglöckchen (Convallaria) und Adonisröschen (Adonis). Sein Vorteil ist, daß es bei guter Verträglichkeit die zusätzliche Einnahme von Venenmitteln oder, oft gebräuchlicher, wasserausschwemmender chemischer Medikamente überflüssig macht.

Solidago, die Goldrute, war schon bei den Germanen ein Wunderheilkraut. Viel Verwendung fand sie im Mittelalter als entzündungswidrige Arznei bei Magen- und Gallenleiden und Störungen der Harnausscheidung. 1669 wurde die Goldrute schon als nierensteinlösend erwähnt. Ab Mitte des 19. Jahrhunderts verschwand Solidago allmählich aus dem Heilschatz. Neuere tierexperimentelle Untersuchungen beschränken sich auf die seit dem Mittelalter bekannten Indikationen: Förderung der Diurese und Auflösung von Nierensteinen. Die Ergebnisse dieser Forschung sind bisher enttäuschend gering. Ich selbst verordne Solidago in einem homöopathischen Kombinationspräparat seit vielen Jahren bei Patienten mit Neigung zu Nierensteinleiden. Mir ist kein Fall bekannt, wo unter Einnahme dieser Arznei eine operative Steinbeseitigung nötig wurde, vorausgesetzt der Stein war bei seiner Entdeckung nicht bereits zu groß für die ableitenden Harnwege. Nur selten konnte man Nierengries oder kleine Konkremente beobachten. Durch regelmäßige Einnahme der Tropfen ließ sich sogar dauernde Rezidivfreiheit erreichen.

Heilmöglichkeiten, die uns lediglich aufgrund langer positiver Erfahrungen bekannt wurden, greifen wir gerne heute in kritischer Prüfung zum Wohle des Kranken wieder auf. Sehen wir doch die sehr begrenzten Wirkbereiche chemisch-pharmazeutischer Spezialitäten. Aus dem Aufguß und dem Absud der Kräuter mußte sich in der wissenschaftlichen Medizin eine neue Phytotherapie entwickeln. Neben den genau dosierbaren, chemisch entwickelten Arzneimitteln, deren Effekt sich im Labor, Tierversuch und am kranken Organ bestimmen ließ, blieb ihr nur so eine Überlebenschance. Durch Analyse nd Isolierung von Pflanzenwirkstoffen entstanden standardisierte und meßbare Phytopharmaka. Doch, so schreibt der amerikanische Pharmakologe Alfred Tegler, die angestrebte Synthese von Heilmitteln mit der Wirkung des pflanzlichen

Adonis vernalis
Adonisröschen

Zur milden Herz- und Kreislaufbehandlung (leicht wasserausscheidend, beruhigend).

Produktes wäre mit dem Wunsch vergleichbar, von Ameisen das Wiederherstellen eines ganzen Gebirges verlangen zu wollen. Die Chemie der Botanik muß bei jeder Pflanze mit Dutzenden von Einzelwirkstoffen rechnen. Wegen der erwünschten vielseitigen Wirkungen auf ganze Organsysteme und der Aussicht, damit eine kausale Therapie treiben zu können, die es dem Organismus ermöglicht, im Rahmen seiner noch verbliebenen Reaktionsfähigkeiten zu gesunden, sollte Phytotherapie vor gezielter oder symptomatischer Medikamententherapie den Vorrang haben.

Homöopathie

Von diesen Denkweisen und den Erfahrungen mit dem Kranken in der täglichen Praxis beeindruckt und beeinflußt, war es kein großer Schritt zur Homöopathie. Die Homöopathie arbeitet unter anderem mit totalen Pflanzenextrakten und berührt mit dem komplizierten Arzneibild die vielseitigen Symptome und Zeichen des Patienten. Die homöopathischen Muttertinkturen differieren mit den Lebensbedingungen (Bodenbeschaffenheit, Klima) und dem Reifegrad der Pflanze. Man ist bestrebt, wegen der Schwierigkeit der homöopathischen Verordnungen die Hauptsymptome eines Mittels in den Vordergrund zu stellen. Schon so betrachtet, lassen sich für den nur wenig auf dem Gebiet der Homöopathie Erfahrenen Erfolge erzielen. Durch das Studium von Büchern angeregt, welche mir ein im Krieg gefallener Kollege mit guter homöopathischer Ausbildung hinterlassen hatte, besuchte ich als junger Arzt auch Fortbildungsveranstaltungen in Homöopathie. Zu jener Zeit erweckte dieses Heilprinzip, das um die Wende vom 18. zum 19. Jahrhundert von Samuel Hahnemann (1755–1843) begründet und seit der Entdeckung der Bakterien als Krankheitserreger nur wenig beachtet wurde, erneutes Interesse. Im Zeitalter der Chemotherapie mit der „Bekämpfung“ der Krankheiten wurde man wieder durch Erfahrung belehrt, daß diese nicht nur etwas den Organismus von außen Befallendes, Schädliches darstellen. Die Gesundung hing auch von der Reaktionsfähigkeit von Leib, Seele und Geist ab. Man kann Hahnemann als Psychosomatiker bezeichnen, wenn er schreibt: „Indem die Krankheiten nichts anderes als Befindensänderungen des Gesunden sind, die sich durch Krankheitszeichen ausdrücken, und die Heilung ebenfalls nur durch Befindensveränderungen des Kranken in den gesunden Zustand möglich ist, so sieht man leicht, daß die Arzneien auf keine Weise Krankheiten würden heilen können, wenn sie nicht die Kraft besäßen, das auf Gefühlen und Tätigkeiten beruhende Menschenbefinden umzustimmen, ja, daß einzig auf

Solidago virgaurea
Gemeine Goldrute

Nierenfunktionsmittel, meist in Kombination mit anderen pflanzlich-homöopathischen Substanzen.

dieser ihrer Kraft, Menschenbefinden umzuändern, ihre Heilkraft beruhen müsse." Dennoch war er ein berühmter Chemiker seiner Zeit. 1796 veröffentlichte er in Hufelands Journal seine Erkenntnisse unter: „Versuch über ein neues Prinzip zur Auffindung der Heilkräfte der Arzneisubstanzen nebst einigen Blicken auf die bisherigen." Er prangert die damals übliche Polypragmasie an. Die Arzneisubstanzen müßten so gewählt werden, daß sie gleichsinnige Symptome hervorzurufen in der Lage wären wie die Krankheit selber: „Similia similibus currentur." Durch unterschwellige Arzneidosierung wird die Abwehr des Organismus sensibilisiert zur Anregung der natürlichen Heilvorgänge im Krankheitsverlauf. In einer Zeit therapeutischer Ratlosigkeit und Polypragmasie schuf Hahnemann ein Therapiesystem, das allein auf dem Experiment der Arzneimittelprüfung am Gesunden beruht. Das Arzneimittelbild als Aussage dieser Prüfung soll der Arzt kennen und es entsprechend dem Krankheitssymptomenkomplex einsetzen. Er ist verpflichtet, eine sorgfältige Krankheitsvorgeschichte zu erfragen und muß als homöopathische Anamnese die sogenannten Modalitäten herausfinden, die Krankheitsäußerungen und deren Zusammenhang mit den Lebensumständen. Er hat die individuellen subjektiven Konstitutionssymptome zu sehen und außerdem die Krankheitszeichen als objektiven Befund festzustellen. Sind auch die Arzneimittelbilder heute zum Teil umstritten, so kann man doch mit Hufeland, der zur Zeit Hahnemanns lebte, übereinstimmen: „Es ist das Verdienst der Homöopathie, die Lebenskraft gerade im leidenden Organe zur Tätigkeit und Hilfe aufzurufen und die Mittel aufzusuchen, welche diesem Organe und diesem Krankheitsbild am meisten verwandt sind." Die Ähnlichkeitsregel muß heute als Arbeitshypothese aufgefaßt werden. Bei der Dosierung können durch Verminderung der Menge aus körperschädigenden heilungsfördernde Stoffe werden. Paracelsus, der zur Zeit der Reformation lebte, tat bereits den bekannten Ausspruch:

> *„Alle Dinge sind Gift und nichts ohne Gift, allein die Dosis macht's, daß ein Ding kein Gift ist." „Ein jegliche Speise und ein jegliches Getränk, so es über sein Dosis eingenommen wird, ist ein Gift."*

Es ist sicher, daß Hahnemann nur aufgrund der therapeutischen Beobachtungen die Dosis seiner Arzneien reduzierte. Er glaubte, ein besseres, unschädliches Prinzip der Heilkunst entdeckt zu haben. 1892 fanden der Psychiater Arndt und der Pharmakologe Schulz, beide aus Greifswald, das nach ihnen benannte biologische Grundgesetz, auf das sich manche Homöopathen heute noch berufen. Es lautet: Kleine Reize fachen die Lebenstätigkeit an, mittlere fördern sie, starke hemmen sie, stärkste heben sie auf. – Wichtigste Lebensreize für den Organismus gehen von allerkleinsten Substanzmengen aus. Es sind dies die Hormone, Vitamine und Fermente. Der Dogmatismus der in der Goethezeit herrschenden Medizinsysteme ließ Hahnemann zum Rebell werden, wo er aufgrund seiner Beobachtungen und Erfahrungen Fehlentwicklungen aufzeigen wollte. Er klagte die Unsitte des Aderlasses öffentlich an anläßlich des Todes von Kaiser Leopold von Österreich (1792) und sah ihn wohl als prominentes Opfer dieser Therapie. Ich bringe seine damaligen Ausführungen im Reichsanzeiger, um danach am Beispiel zu zeigen, daß unser heutiges, auf der Basis der Naturwissenschaften gründendes Medizinsystem gleichen Gefahren und Fehlentwicklungen ausgesetzt ist. Wir erleben z.Zt. eine Erstarrung im dogmatischen, kausalanalytischen Organdenken. Daraus folgt eine schädliche Polypragmasie unter Anwendung der modernen Medizintechniken. Arzt und Patient werden anonym manipuliert in den nur kurzfristig gültigen, aber allein seligmachenden Heilprinzipien. Hahnemann schrieb über das Sterben des Kaisers: „Die Berichte sagen: sein Arzt Lagusius habe den 28. Februar früh ein heftiges Fieber und den Unterleib geschwollen gefunden – er setzte dem Übel einen Aderlaß entgegen, und da dieser keine Erleichterung bewirkte, noch drei Aderlässe ohne Erleichterung. Die Kunst, fragt, nach welchen Grundsätzen man mit Fuge einen zweiten Aderlaß verordnen könne, wenn der erste keine Erleichterung verschaffte? Wie ein drittes, Himmel! – und wie man ein viertes Mal Blut lassen dürfe, wenn bei keinem vorigen Male Erleichterung entstanden, einem abgemagerten, durch Anstrengung des Geistes und langwierigen Durchlauf entkräfteten Manne viermal binnen 24 Stunden den Lebenssaft abzapfen dürfen, immer ohne Erleichterung. Die Kunst erblaßt."

Und nun der Krankheitsfall aus unseren Tagen: Die plötzlich mit hohem Fieber, Husten und Schmerzen unterm Brustbein erkrankte Frau erreicht als Notfall unmittelbar nach der Untersuchung von 2 nacheinander herbeigerufenen Ärzten die Klinik. Nachdem sich die Vermutung eines Herzinfarktes nicht bestätigen ließ, zog man im Krankenhaus eine Lungenembolie in Erwägung. Auf diese reine Vermutungsdiagnose setzte eine intensive blutgerinnungshemmende Therapie ein. Die als Folge dieser Maßnahme am nächsten Tag mit Leibschmerzen auftretende innere Blutung wurde als gynäkologischer Fall interpretiert, obwohl oder gerade weil hochentwickelte Medizintechniken zur Verfügung standen. Die Ultraschalldiagnose lautete: Blutungen in eine Ovarialcyste. Trotz der ärztlich künstlich erzeugten Blutungsneigung nahm man in der Fachklinik eine nicht indizierte Operation (Eierstockentfernung) vor, ohne daß der gestörte Blutgerinnungsmechanismus vorher in Ordnung gebracht worden war. Dieser schwerste von vielen Fehlern war wohl der tödlichste, und die 60-jährige, vorher gesunde Frau kam schließlich, schon innerlich verblutend, zur letzten Operation in die Chirurgie, wo sie starb. Aufgrund des Sektionsprotokolls steht fest, daß die Erkrankung der Frau nur in einem akuten fieberhaften Infekt bestanden hat.

Die moderne Medizin, als Schicksalsweg entweder mit größtem Risiko oder als größte Chance für den Kranken? – Fehlen uns der Mut und die Kraft und der Geist, noch oder wieder selbst zu steuern? – Ist der Arzt in der modernen Medizin nicht mehr der große Steuermann, der Kybernator der griechischen Antike? – Er kann heute bescheidener und trotzdem erfolgreicher sein, wenn er wieder zum „minister naturae" wird. Sieht er sich in dieser Rolle, erschließen sich ihm große Möglichkeiten auch durch homöopathische Behandlung, in die Regulationsmechanismen von Krankheit und Heilung erfolgreich einzuwirken. Es sind besonders die chronischen Leiden und Konstitutionskrankheiten, die einer gezielten kausalen medikamentösen Therapie nicht zugänglich sind. Es sind auch die gestörten großen Regulationssysteme unseres Organismus, oft bedingt durch falsche Verhaltensweisen und soziale Umweltfaktoren, bei denen solche dynamischen Reiz-, Reaktions- oder Steuerungsmechanismen sinnvolle Anwendung finden können.

Der Arzt berücksichtigt in der Homöopathie in erster Linie das, was der Patient sagen kann, die sogenannte Symptomatologie und die Modalitäten. Kommt z.B. der Rheumakranke in die Sprechstunde und gibt an, seine Beschwerden seien stechend, verschlimmerten sich durch jede Bewegung und würden auf Druck besser, außerdem hätte er meist trockene Schleimhäute, so entspricht diese rheumatische Diathese dem Arzneibild von Bryonia (Zaunrübe). Verschlimmern sich die Beschwerden durch Ruhe, sind die Schmerzen reißend, bei einem unruhigen Patienten, der nach Morgensteifigkeit eine Besserung durch Bewegung verspürt, kommt Rhus tox. (Giftsumach) in Frage. Verschlimmerung bei Kälte, Berührung und Bewegung und gleichzeitiger Geruchsempfindlichkeit gegen Speisen trifft für Colchicum (Herbstzeitlose) zu, wenn eine Besserung durch Wärme und Ruhe eintritt. Ein Blick auf die Konstitution ist erforderlich, der Gesamteindruck des Kranken ist wichtig, und es soll Beachtung finden, wie dieser seine Beschwerden vorbringt. – Pulsatilla ist ein Frauenmittel und wird besonders gern bei Periodenstörungen verordnet. Wenn es sich um ein sanftes, freundliches, nachgiebiges, weinerlich jammerndes Wesen handelt, kann Pulsatilla auch bei allen möglichen anderen Beschwerden helfen. Auf charakteristische Absonderungen der Schleimhäute ist zu achten. Mehr bei Männern herrscht Nux vomica. Der Kranke klagt über

Magen, Leber und Unterleib. Häufiger, erfolgloser Stuhldrang ist symptomatisch. Dem Nux vomica-Patienten ist es brennend heiß am ganzen Körper, besonders im Gesicht, trotzdem friert er bei geringster Bewegung. – Das Verordnen von homöopathischen Einzelmitteln erfordert große Erfahrung und die Kenntnis der Arzneimittelbilder. In der Praxis haben wir es meistens mit gemischten Konstitutionstypen zu tun. Deshalb ist es berechtigt, Arzneimittelkombinationen, welche die Hauptsymptome (Indikationen) berühren, anzuwenden. Diese werden von den Herstellern homöopathischer Präparate angeboten. Ich verordne solche Arzneimittelkomplexe mit Vorliebe zur Aktivierung der großen Organsysteme im Sinne einer medikamentösen Regulationstherapie.

Elektrotherapie

Neben der Einwirkung auf biologische Regulationsmechanismen durch natürliche Lebensreize, Umwelteinflüsse, Hydro-, Phyto- sowie Homöotherapie gibt die Elektrotherapie besonders starke Heilimpulse. Es ist schade, daß das Wissen und die Erfahrung hierüber in der Heilkunde so wenig Verbreitung und Interesse finden. Dagegen hat man den Nutzen für unsere moderne Technik längst erkannt und dort wichtige Systeme geschaffen. Die Radartechnik, die mit elektromagnetischen Funkwellen im Mikrowellenbereich arbeitet, wurde im 2. Weltkrieg populär, und in unseren Tagen steuern Mikrowellen Flugkörper aller Art. Die Radarkontrollen der Polizei kennt jeder. Sensationell wirken Berichte, nach denen nicht invasive, unschädliche Mikrowellendiagnostik die strahlenbelastenden Röntgenuntersuchungen in weit größerem Umfang ablösen werden, als dies in jüngster Zeit durch die Ultraschalldiagnostik schon erfolgt ist. Neuerdings tritt als Konkurrent der Röntgendiagnostik daneben noch die Kernspintomographie auf den Plan. Sie nutzt Eigenschaften von Atomkernen, insbesondere des Wasserstoffatomkernes aus, ohne für den Körper schädigende Strahlungen zu verwenden. Die Elektrotherapie findet gezielten Einsatz in der Apparatemedizin der neurologischen und orthopädischen Praxis, wobei die Spezialisten meist nur eine überwachende Funktion der vom medizinischen Hilfspersonal verabfolgten Anwendungen ausüben. Es handelt sich um niederfrequenten Reizstrom, einwirkend auf Nerven und Muskeln, oder Gleichstrom vom Typ des Stangerbades. Gefäßdurchblutungsstörungen und rheumatische Schmerzsyndrome sind Hauptindikationen. Sehr verbreitet ist das Interferenzstromverfahren im Mittelfrequenzbereich, wobei 2 verschiedene Stromkreise mit abweichenden Teilströmen (3900 bis

4100 Hertz-Wechselströme) durch das Kreuzungsphänomen besonders schmerzlindernd und durchblutungsfördernd sein sollen. Ich habe mich sehr für die Techniken und Heilmöglichkeiten der Elektromedizin interessiert und sie kennengelernt. Mit wachsender Erfahrung in der Neuraltherapie ist vieles davon in meiner Praxis entbehrlich geworden, und manches Gerät ist jetzt außer Betrieb. Eindrucksvoll war meine erste Begegnung und Selbsterfahrung mit Ultrakurzwellentherapie. Von der „Bestrahlungsschwester“ kam die Empfehlung für den jungen, in diesen Dingen unerfahrenen Assistenzarzt, es einmal mit „Kurzwellenbestrahlung“, wie man damals sagte, zu versuchen, als eine Zahnfistel mir in gewissen Zeitabständen schmerzhafte Beschwerden verursachte. Überraschend schnell kam es zur bis heute rückfallfreien Heilung. Im Keller steht funktionsfähig noch ein Gerät jenes Typs, mit dem ich mich damals behandeln ließ. Nachdem es den Krieg mit seinen Luftangriffen in einem Schuppen auf dem Lande gut überstanden hatte, leistete es meinen Patienten jahrelang noch gute Dienste bis die Abstimmungsautomatik als Verbesserung an den neuen Apparaten die Bedienung vereinfachte. Vorträge von Prof. Schliephake, der 1928 die ersten Therapieversuche mit 10 m Kurzwellen gemacht hat, waren für mich immer so interessant, daß ich ihn heute noch als Forscher, Lehrer und vorbildlichen Arzt verehre. Schon um die Jahrhundertwende, einige Jahre nach der Entdeckung der elektrischen Wellen durch Hertz, gab es erste Versuche mit hochfrequenten Wechselströmen, und 1908 schuf Zeyneck mit der Diathermie die Möglichkeit, Körpergewebe gezielt durch hochfrequenten Wechselstrom zu erwärmen. Man fand, daß die unterschiedliche Tiefendurchwärmung von Körperorganen von der Wellenlänge abhängt, die in Bereichen oberhalb des Lichts liegt, bei Frequenzen von mehr als 300 kHz. Die hochfrequente Wärmetherapie mittels elektromagnetischer Wellen ist eine natürliche Heilmethode. Wir können sie mit dem besten Erfolg zur Ergänzung neuraltherapeutischer Maßnahmen anwenden mit dem Vorteil, daß keine Reizwirkungen auf die Nerven, wie bei niederfrequenten Strömen, wo die Elektroden in direktem Körperkontakt sind, auftreten. Im durchfluteten Körpergewebe, in dem durch Umwandlung der elektrischen Energie Wärme entsteht, wird eine vermehrte Durchblutung erzeugt, und über das Blut kommt es dann zur Stoffwechselaktivierung. Man kann die Wärme im Kondensatorfeld überall, auch in körperinneren Organen, entstehen lassen. Die besten Erfolge hat man bei der Ultrakurzwelle mit einer Wärmeeinstellung, die der Patient gerade noch bzw. gerade nicht mehr empfindet (ca. 20–30 Watt). So hat es schon Schliephake mit seinen so großen und frühen Erfahrungen angegeben. Wir können den Heilungsprozeß bei Entzündungen fördern und abkürzen, ebenso die Regenerationsprozesse bei Gewebeschädigung. Aber leider werden die Geräte durch das Personal oft auf zu hohe Wärmegrade eingestellt, und hierin liegt wohl der Grund, wenn mit diesem hervorragenden, natürlichen und ungefährlichen Heilprinzip in Klinik und Praxis nur wenig erreicht wird.

Bei der Mikrowelle (12,5 cm), die rund 20 Jahre nach der Kurzwelle den Weg in die Therapie fand (1947), werden mittels der Strahlenfeldmethode gebündelte elektromagnetische Wellen im Körpergewebe absorbiert. Haut, Muskeln und wasserreiche Gewebe erwärmen sich am stärksten. Man soll hier eine intensive Wärme auf der Haut empfinden. Gute Behandlungserfolge erzielt man bei Entzündungen aus dem Hals-Nasen-Ohren-Bereich (Nebenhöhlen- und Mittelohrerkrankungen)! Schon einzelne Mikrowellen können fast immer die schädlichen Hustenblocker und Codeinpräparate beim quälenden Reizhusten als regelmäßiger Begleiterscheinung der so zahlreichen grippalen Virusinfekte ersetzen. Sie helfen auch den Keuchhustenkindern. Bakterielle eitrige Weichteilentzündungen wie Furunkel, Abszesse usw. reifen schnell unter Mikrowellen durch Unterstützung der körpereigenen Heilmaßnahmen. Es kommt bei frühzeitiger Behandlung noch zur Rückbildung der Prozesse, in weiter fortgeschrittenen Fällen findet eine schnellere Einschmelzung statt, so daß nur noch ein kleiner chirurgischer Eingriff erforderlich wird.

Die Elektromedizin spielt heute noch eine besondere Rolle, wenn es darum geht, die Körpertemperatur für Heilzwecke künstlich zu erhöhen. Man ist bemüht, Verfahren der Hyperthermie zu entwickeln, die sich bei chronischen Leiden, Virusinfektionen und Krebserkrankungen einsetzen lassen. Trotz mancher Erfolge sind die dabei auftretenden Probleme noch nicht gelöst. Frühe Forschungen und Erfahrungen Schliephakes über Kurzwellendurchflutungen von Hormondrüsen müssen hier noch erwähnt werden. Zusammen mit Weißenberg konnte er bereits 1929 nachweisen, daß die Hormonausschüttung der endokrinen Drüsen mittels Kurzwellendurchflutung aktiviert wird. Er berichtet auch über aufsehenerregende Erfolge bei sechs Patienten mit Hirntumoren. –

Zivilisationskrankheiten

Immer neue Medizintechnologien in Diagnostik und Therapie, die jetzt ganz selbstverständlich in der Art eines check up und in der Form einer Polypragmasie ablaufen, stellen die Krankenbehandlung der im Anspruchsdenken erzogenen Massen dar. Wir müssen uns fragen, wie diese Heilkunst mit den Krankheiten unserer Zeit fertig wird. Hat sie den Wunsch erfüllen können, die Lebensqualität, d.h. den materiellen Lebensgenuß, verbessern zu helfen? Bereits Schiller irrte, indem er glaubte, mit besseren materiellen Lebensbedingungen mehr geistige Freiheit und Produktivität erwarten zu können. Die technologische Umwelt ist der Hauptkrankheitserreger, besser der wichtigste Krankheitsfaktor der Krankheiten unserer Zeit. Es ist noch nicht auszudenken, wie sehr die totale Motorisierung und Überindustrialisierung alle biologischen Systeme und den Menschen weiter krank machen werden. Ob wir in Zukunft noch Gelegenheit finden können, uns mit Waffen, die es gegen die Zivilisationskrankheiten gibt, zu schützen? Oder sollen wir uns wirklich damit abfinden, die Krankheit als Preis für die erreichte längere Lebensdauer zu akzeptieren? Gehören zum hier sehr vereinfacht dargestellten zukünftigen Lebensstil die täglichen Pillen gegen die vielen von der Norm abweichenden Lebensäußerungen, Befunde und Fehlsteuerungen? Der zur völligen Erholung der vom vegetativen Nervensystem automatisch gesteuerten Organsysteme nicht mehr ausreichende, uns regenerierende Traumschlaf bedarf einer Ergänzung durch das Autogene Training oder ärztliche Psychotherapie. Wer von dem ihn schon morgens bedrohenden Berufsstreß „die Nase voll hat", braucht seine stimulierende und antiallergische Arznei. Der Sollwert des Blutdrucks wird durch ein Antihypertonikum richtig eingestellt, oder man blockt die krankhafte Überreaktion im Herz-Kreislaufsystem und Verdauungstrakt einfach ab. Die Pillen gegen den Gefäßkopfschmerz und die Depotkapsel gegen die Bandscheibe und die arthrotischen Rheumabeschwerden dürfen nicht fehlen. Wer schon kränker ist, braucht jeweils die Tablette gegen erhöhten Blutzucker und vermehrtes Blutfett, Digitalis für das Herz, Nitropräparate zur Vorbeugung gegen Herzschmerz und Herzinfarkt, zum Essen ein Ferment und einen Entschäumer gegen die Blähungen. Bei manchen chronischen Leiden besteht vielleicht sogar bei Arzt und Patient der Wunsch, sich durch Langzeitmedikation eines Antibiotikums Bakterien vom Leibe zu halten. Ist dies das Therapiekonzept gegen die Begleit- oder Folgekrankheiten von Technik und Konsum, ein Tribut für längeres Leben? Es existiert heute bereits, und ich habe es in den letzten Jahren immer häufiger in Form von Behandlungsvorschlägen für Patienten gelesen. So müssen wir die Krise einer wissenschaftlich symptomorientierten und technisierten Medizin erleben, deren Heilkunst in den Naturwissenschaften Chemie und Physik wurzelt und deren Möglichkeiten schier unbegrenzt erschienen. Die Konsumgesellschaft, in der das Anspruchsdenken des Menschen manipuliert wird, die ihn selbst eine feindliche, krankmachende, soziale Umwelt schaffen ließ, befindet sich auch in allen anderen Bereichen, nicht nur gesundheitlich, in einer Krise. Aber worin besteht die Krise der Medizin unserer Tage? Wissenschaft und Technik ermöglichten die Blüte der heutigen Wohlstandskultur, deren Gesellschaft dem einzelnen egoistisches Vorteilsstreben erlaubt, verbunden mit gesundheitsschädlichem Konsum und krankmachenden Verhaltensstörungen. Seit Ende der fünfziger Jahre etwa ist Krankheit meistens Folge dieses neuen Lebensstils, mit dem sich die Utopie von angeblich besserer Lebensqualität verbindet. Es entwickelte sich parallel dazu ein fast perfektes medizinisches Versorgungs- und Dienstleistungssystem für die diagnostischen und therapeutischen Maßnahmen zur Bekämpfung der Begleitkrankheiten unseres Wohlstandes. Die materialistisch organbezogenen Betrachtungsweisen schufen jedoch ebensowenig unbegrenzte Möglichkeiten des naturwissenschaftlichen Zeitalters wie auf wirtschaftlichem Gebiet die manipulierende Produktivität und der Konsumterror ein grenzenloses Wachstum.

Um das ursprünglich gesunde Wirtschaftswachstum weiter anzufachen, ließen kapitalistisch-materialistische Interessensysteme in Massen ausländische Gastarbeiter in unseren relativ engen Lebensraum einströmen. Sie ermöglichten den „Wohlstand für Alle". Der Konsum stieg, die Nachfrage schuf neue Bedürfnisse der Investition für neue Produktion. Der Wohlstandsmüll, die schädlichen Industrieabfälle, die unverdaulichen Ausscheidungen des unersättlichen, tausendköpfigen, energieverschlingenden und -verschwendenden Ungeheuers im Dienst von Motor und Maschinen vergifteten Boden, Luft und Wasser. Der Mensch hat letzte Hand angelegt zur Zerstörung eigener Lebensgrundlagen durch Schaffung seiner modernen Umwelt und will sich befreien von den Wurzeln in der biologischen Mitwelt. Diese ist mit ihm auch längst krank geworden. Wie bei den eigenen chronischen Krankheiten und Leiden bemüht der Homo sapiens sich bei den Mehrfachursachenschädigungen zwar um die wissenschaftliche Diagnose, kann aber nur vordergründige Symptome und Folgen erkennen, die nur sehr aufwendig zu bekämpfen sind. Die „Landflucht der Gastarbeiter" aus einem uns fremden Kulturraum führte sie, um es paradox auszudrücken, in eine Wüste des materiellen Wohlstandes mit der Fata Morgana des Glückes. Die wenigen Ausländer, die es verstanden haben, mit dem jahrelang ersparten Arbeitsentgelt daheim in ihren Dörfern und Städten inmitten der eigenen Kultur für sich und ihre Familie eine bescheidene Lebensexistenz zu gründen, waren auch gesundheitlich im Vorteil. Die andern, welche weiter unter uns weilen, werden noch schlimmer und früher als wir von den Krankheiten unserer Zeit betroffen. Sie finden sich zunehmend in unseren Wartezimmern ein. Verstehen wir wirklich noch nicht, warum diese Menschen sich an so vielen Organen krank fühlen? Uns fehlt das Verständnis für ihr Begehren nach Aufklärung ihrer Krankheitsbeschwerden durch unsere moderne Medizintechnologie, an die sie noch glauben. Der Arzt kann an den bei uns krank gewordenen Gastarbeitern die Mehrfachursachenkette ihrer mannigfachen Beschwerden als kulturell-soziale Spannungen mit seelischer Dekompensation, als nervös-vegetative Fehlsteuerungen bis zum Magengeschwür und Herzinfarkt beobachten und studieren. Krisen der heutigen kulturellen Entwicklung gibt es auf den Gebieten der Energieversorgung, der Bildung, der Ernährung, der biologischen Umwelt und unserer sozialen Mitwelt.

Mit diesen Krisen lebt der Mensch der Gegenwart und sucht Methoden zu ihrer Bewältigung, und er findet Kompromisse, mit ihnen leben zu können. Nachdem die früher akut lebensbedrohenden Krankheiten und Infektionen heute nur noch eine geringe Rolle spielen, erzeugten der steigende Wohlstand und die ungesunde Lebensweise chronische Leiden, und es entstanden ganz neue Gesundheitsprobleme. Besonders auch seelische und soziale Krankheitsfaktoren drängten sich immer mehr in den Vordergrund. Die Heilkunde kann den Kranken kaum mehr bieten als die Linderung und Behandlung ihrer Beschwerden, kaum mehr als Dauertherapierung und diagnostische Kontrolle kranker Organe oder messende Prüfung gestörter Funktionen, allerdings unter Bereitstellung der modernsten Medizintechnologien und Pharmaka. Die Medizin ist Heiltechnik geworden aufgrund einer analytischen und organbezogenen Krankheitsursachensuche. Die Grenzen der therapeutischen Möglichkeiten für Heilung sind erreicht, wo Leiden sozio-psychosomatisch verstanden werden muß. Die multifaktorielle Genese der Krankheit sieht auch den Menschen selbst als Verursacher an, sie kennt neben der ererbten Organgefährdung Fehlverhalten, bedingt durch Erziehungseinflüsse der frühen Kindheit. Spätere Faktoren sind egoistisches Gewinn- und Konsumstreben, die oft über die Wohlstandssitten und Gebräuche des täglichen Lebens anonym gesteuert werden und deshalb unbewußt bleiben. Primäre Krankheitsursachen liegen im falschen Konsumverhalten als Eßsucht, Trinksucht, Rauchsucht, Gewinnsucht, Geltungssucht, begleitet von geistiger, seelischer und körperlicher Inaktivierung und Verkümmerung. Kann sich die hochentwickelte Apparatemedizin und Heiltechnik und der Arzt als Heiler dem Wandel der Krankheit anpassen? Wird sich die Basis einer Heilkunst verbreitern, wo der Helfer die Rolle eines Gesundheitsberaters zu spielen hat, der Patient sich selber als wichtigster Krankheitsverursacher sieht und neben Selbstbestimmung, Selbsthilfe und Selbstbesinnung Wege zur Genesung weisen? Wird es in Zukunft möglich sein, beim Gesunden in gewissem Maß ein Gesundheitsbewußtsein zu wecken als echte Vorsorge gegen drohende Krankheiten unserer Zeit? Heute aber scheint es noch unzumutbar, was im Interesse jedes einzelnen läge, nämlich wenigstens 2 Wochen des Urlaubs ausschließlich zur Förderung der Gesundheit zu nutzen. In allen Bevölkerungsschichten herrscht die vom Anspruchsdenken geprägte Auffassung, daß die Freizeit zum Zwecke der Gesundheitspflege zusätzlich vom Arbeitgeber und auf Kosten der Solidargemeinschaft zu gewähren ist. Darin machen leider höhere Beamte, leitende Angestellte oder Lehrer usw. keine Ausnahme.

Das moderne Leben wird am meisten durch die Atherosklerose bedroht, und arterielle Gefäßerkrankungen stellen die häufigste Todesursache dar. In einer ererbten Konstitution kann zwar die Neigung zu diesem Leiden begründet sein, jedoch kennen wir entscheidendere Umwelteinflüsse und krankheitsfördernde Verhaltensweisen mit vielen Risikofaktoren, welche schließlich erst die Krankheitsbilder sichtbar werden lassen. Eine Schlüsselrolle spielt dabei die Überernährung mit einem Übermaß an Fetten, Zucker und Stärkeprodukten. Während noch vor einigen Jahrzehnten die Atherosklerose als schicksalhaftes, therapeutisch nicht beeinflußbares Leiden galt, wissen wir heute, daß sie sowohl durch Gesundheitsvorsorge in hohem Maße vermeidbar ist, als auch durch Ausschaltung der Risikofaktoren erfolgreich behandelt wird. Der Beeinträchtigung der körperlichen und geistigen Leistungsfähigkeit könnte der von der Atherosklerose bedrohte Mensch selbst wirksam entgegentreten. Da er aber ein schwaches Glied der Gesellschaft ist, die aufgrund eines grenzenlosen Wachstums- und Konsumdenkens eine gesundheitsfeindliche Kultur geschaffen hat, mit Krankheit als Preis für den so gewonnenen Wohlstand, müßte er aus Belehrung und Überzeugung eigene gesundheitsfördernde Gegenkräfte entwickeln. Eine geänderte Lebensführung, verbunden mit körperlicher, geistiger und seelischer Aktivierung, mit Selbstbeschränkung und Selbstbesinnung, Abschied nehmen vom gewohnten Anspruchsdenken. Den vielen Risikofaktoren, die zusammen erst chronische Leiden bei einer gewissen ererbten Disposition dazu auslösen, gälte es, die vielen biologischen Schutzfaktoren entgegenzusetzen. Nach einem geordneten Tagesablauf, verbunden mit beruflichem Engagement unter Vermeidung eines krankmachenden Streß (Dystreß), wieder Freude am einfachen Leben gewinnen! Freude an der eigenen körperlichen Bewegung in der Natur, beim Wandern, beim Sport, bei der körperlichen Arbeit im Garten und anderen Lieblingsbeschäftigungen (Hobbys). Aufgeben der Kontaklosigkeit eines sterilen Wohn- und Fernsehmilieus, Suche nach echter Geselligkeit und Entspannung, auch im Urlaub. Gesunde partnerschaftliche, gleichberechtigte und entkrampfte Einstellung zu Liebe und Sexualität. Eine ursächliche Behandlung der Atherosklerose ist nur vorbeugend durch Gesundheitserziehung und einschränkende Maßnahmen in den Ernährungsgewohnheiten vor Auftreten der Risikofaktoren oder spätestens nach deren Erscheinen durch ihre Beseitigung möglich. Deshalb begegnet uns die größte Volksseuche der Konsumgesellschaft in der täglichen Praxis in jeglicher Erscheinungsform und in allen Entwicklungsstadien. Am meisten und folgenschwersten betrifft sie ältere und alte Menschen. –

Ein Rückblick über mehrere Jahrzehnte im Dienste der Heilkunst muß sich notwendigerweise mit den Kranken dieser Epoche beschäftigen, bei denen die Lebensbedingungen und neuen Verhaltensformen in einer sich rasch verändernden Umwelt gesundheitszerstörend wirkten. Ihr Lebensablauf, langzeitig verfolgt, weist nicht gleiche Störungen und Auswirkungen von Zivilisationskrankheiten auf. Ein Hundertjähriger litt lediglich während der letzten 30 Jahre seines Lebens an schmerzhaften chronischen Gelenkbeschwerden (Arthrosis deformans). Diese konnten ihn jedoch nicht daran hindern, bis etwa Mitte 90 in seinem Garten zu wirken und auch noch zu Fuß die Praxis aufzusuchen. Der alte Mann genoß sein Bier zum Mittagessen, das er selbst auf dem Herd wärmte, las Zeitung, war auch Rundfunk und Fernsehen nicht abgeneigt und unterhielt sich gern mit Angehörigen und Bekannten, die meistens nur abends und am Wochenende freie Zeit hatten. Im ganzen gesehen war es ein arbeitserfülltes, einfaches Leben bei gutem Befinden. Im Dienste der Verkehrsbetriebe schon dabei, als in der guten alten Zeit die Pferdebahn durch die Straßen Mannheims fuhr. Der auch geistig noch sehr rüstige Patient wußte vieles über damalige Ereignisse zu berichten. In der allerletzten Lebenszeit erst ließ die körperliche Aktivität wegen der rheumatischen Beschwerden nach, und die Durchblutung von Armen und Beinen wurde schlechter. Es war kein krankes Herz das nahezu 103 Jahre und ohne Wartung durch Medizintechnik und Pharmakotherapie seinen Dienst tat, bis schließlich die Lebenskraft erlosch. Mein ältester Patient war nicht vom Schicksal der Zivilisationsseuche Atherosklerose betroffen, ebensowenig eine meiner ältesten Patientinnen, welche ich einen gleichen Zeitabschnitt betreuen durfte. Am Ende dieses Lebens stand die Erfüllung des Bibelwortes aus dem 90. Psalm: „.. und wenn's köstlich gewesen ist, so ist's Mühe und Arbeit gewesen ...", und diese Arbeit hatte sie immer freudig geleistet. Als junge Frau gebar sie 2 Kinder, verlor dann im Krieg ihren Mann und durch Fliegerangriff im 2. Weltkrieg ein Kind. Der Ehepartner aus der Wiederverheiratung starb früh an einem Schlaganfall als Folge von Bluthochdruck und einer atherosklerotischen Krankheit. Mir ist nie wieder ein Mensch mit dem unvorstellbar guten Gedächtnis dieser 90-jährigen begegnet. Die Patientin litt seit Jahrzehnten an Übergewicht, benötigte aber keine Herzmittel. 20 Jahre vorher stellte man erhöhte Blutzuckerwerte fest. Das Befinden war stets unbeeinträchtigt und gut. Sie befolgte die von mir empfohlene antidiabetische gesunde Ernährung und willigte auch in die später erforderliche Insulinbehandlung ein. Als diese Frau schließlich spürte, daß ihre Kräfte nachließen und sie anderen nicht mehr nützlich sein konnte, äußerte sie den dringenden Wunsch, bald sterben zu können. Laut Sektionsbefund wiesen weder Hirn noch Herzkranzgefäße Zeichen von Atherosklerose auf. Die Schwester dieser Patientin leitete fast ein Leben lang, bis ins hohe Alter, einen handwerklichen Modebetrieb durch gute und schlechte Zeiten hindurch. Im Krieg war ihr Geschäft wiederholt ausgebombt. Nach einem Sturz mit Oberschenkelhalsbruch mußte sie den Beruf wegen eines vielmonatigen Krankenhausaufenthaltes aufgeben. Während der extrem langen körperlichen Ruhigstellung traten nun Hirndurchblutungsstörungen aufgrund einer atherosklerotischen Verschlußkrankheit auf mit dann jahrelang langsam fortschreitender Beeinträchtigung der geistigen Leistungsfähigkeit. – Mit den heimtückischen Zivilisationskrankheiten der Atherosklerose muß sich der Arzt zunehmend bei älteren Personen beschäftigen, obwohl diese sich bereits in der Kindheit schleichend über viele Jahre entwickeln und in den verschiedensten Krankheitsbildern auch in anderen Lebensabschnitten in Erscheinung treten können. Wer sein Wirken im Dienste der Heilkunde auch in der Betreuung von in Heimgemeinschaften wohnenden sah, für die kein Platz mehr in Familie und Beruf ist, in einer neuen Gesellschaft, in der auch Kinder unerwünscht sind, wird nachdenklich. Nur wenige Alte finden sich mit dem Verlust ihres bisherigen Lebens und ihres früheren Wirkungskreises und Zuhauses ab, obgleich sie sich nicht mehr selbst versorgen können und hilfsbedürftig sind. Sie beschäftigen sich mit ihren Altersbeschwerden, finden selten die ihnen entsprechenden Partner für Gespräch oder Geselligkeit. Die verbreitete Unzufriedenheit ist Ausdruck der Freudlosigkeit des Daseins. Körperliche Befindensstörungen findet man oft als Herz-Kreislaufstörungen mit Schwindel und Herzschmerzen, als Verdauungs- und Stoffwechselstörungen, als Magen-Galle-Beschwerden mit Obstipationsneigung. Bluthochdruck und Zuckerkrankheit sind häufig.

Vergeßlichkeit, Desorientiertheit, besonders nachts, mit Schlafstörungen verschiedenster Art, Interesselosigkeit stellen sich ein. Man hat den Eindruck, daß mit der Abnahme der körperlichen Beweglichkeit oder Bewegungsfähigkeit der meist rapide geistig-seelische Abbau einsetzt. Vorbeugungsmaßnahmen sind dann nicht mehr möglich, und jede Therapie ist wenig erfolgreich. Der alte Mensch sollte tätig sein, solange es dazu noch Kräfte in ihm gibt. Die wichtigste körperliche Betätigung ist das Gehen. Mit dem Gehen kommen alle Organfunktionen in Bewegung. Das Herz pumpt die mehrfache Menge Blut durch den Kreislauf, die Gefäße können sich auf das Doppelte erweitern, die Lunge atmet dann ca. 100 Liter Luft pro Minute, in Ruhe dagegen nur 7 l. Die Muskeln bleiben kräftig, der Stoffwechsel wird angeregt, überflüssige, in Form von Nahrung aufgenommene Kalorien lassen sich leichter abbauen, arthrotische Beschwerden in Gelenken und Wirbelsäule bessern sich ursächlich. Es gibt sogar alte Menschen, bei denen trotz chronischer Mehrfachleiden der noch mögliche Weg zur Gesundheit der Fußweg ist. Man glaubt, daß das Übel des Bewegungsmangels bis zu 70% an Zivilisationskrankheiten mitschuldig ist und schon in der Kindheit beginnt. Hier ist anzumerken, daß der Nutzen unserer therapeutischen orthopädischen Bemühungen beim Haltungsverfall der Kinder als nur wenig effektiv angesehen werden darf.

Ein geistig noch sehr aktiv beweglicher Mittachtziger war vor 15 Jahren wegen eines Herzinfarktes in der Klinik. Seit der russischen Kriegsgefangenschaft, aus der er mit Dystrophie entlassen wurde, kränkelte der damals schon vorgealterte, abgemagerte und zu Wassersucht neigende Mann. In kurzen Zeitabständen erlitt er Nierenkoliken mit Abgang von Nierensteinen oder -grieß. Seine Prostatahypertrophie ließ er damals aus Angst vor der angeratenen Operation mit Hormonen behandeln. Bluthochdruck, vermehrte Blutfette und chronische Verdauungsstörungen wurden außerdem festgestellt. Der Patient konnte seit Kriegsende keiner geregelten Berufstätigkeit mehr nachgehen, und auch zur körperlichen Aktivierung, zum Gehen und zur Änderung der ungesunden Ernährungsgewohnheiten war er nicht zu motivieren. Psychosozialer Streß in beengten Wohnverhältnissen kam hinzu, es fehlte ihm an Anpassungsmöglichkeit an die Mitwelt. Die Emotionen waren geprägt von Angst, Befürchtung materieller Not im Alter, Angst um die Familie, Furcht vor Reisen, Angst vor Krankheit und Vorahnung eines frühen Todes. Die Neigung zu erhöhtem Blutdruck beunruhigte ihn ganz besonders. Schließlich verspürte er Herzschmerzen, vermehrt innere Unruhe, nächtliche Anfälle von Atemnot. Oft konnte er vor Mitternacht nicht einschlafen oder wurde wieder wach wegen des Dranges zum Wasserlassen. Als eines Morgens ein Herzanfall mit

Kreislaufkollaps bei schmerzgeprägten, angsterfüllten Gesichtszügen mit Schweißausbruch auftrat, wurde die Diagnose Herzinfarkt gestellt. Der wochenlange Krankenhausaufenthalt brachte mehr innere Ruhe, und nach der Entlassung konnte man eine Änderung des aggressiven Verhaltens zu seiner nächsten Umgebung feststellen. Das Therapieprogramm, welches der Patient nun mitverwirklichen half, lautete: neben der medikamentösen Behandlung beginnende körperliche Aktivierung mit intensivem Gehtraining unter zunehmender Belastung. Änderung der bisherigen Ernährungsweise bei Bevorzugung der ungesättigten Pflanzenfette und Öle. –

Wenn auch die Rolle der Fetteiweißstoffe (Lipoproteide) als wichtiger Faktor zur Entstehung der atherosklerotischen Verschlußkrankheiten noch weiterhin im Forschungsbereich liegt, kennt man doch heute atherogene Lipoproteide im Blut (LDL Cholesterin), die niedrig gehalten werden wollen und antiatherogene Lipoproteide (HDL Cholesterin), die bei Erhöhung schützend gegen Gefäßveränderungen wirken. – Die Herzleistung besserte sich im Laufe der nächsten Jahre, schließlich hörten auch die nächtlich-morgendlichen Angina-pectoris-Anfälle auf, der Blutdruck normalisierte sich , so daß nur noch in geringem Maß eine medikamentöse Therapie nötig war. Im Laufe eines Herbstes traten wiederholt Erkältungsinfekte mit Bronchitis auf, der alte Herr wurde wieder ängstlicher und verließ im kommenden Winter kaum noch die warme Stube. Schwindelerscheinungen stellten sich vermehrt ein, Schulter-Armschmerzen kamen besonders nachts, Hüftgelenk- und Beinbeschwerden traten hinzu, allgemeine Körperschwäche, Appetitlosigkeit mit Verdauungsstörungen. Anläßlich einer schweren Herz-Kreislaufattacke ließen sich arterielle Gefäßverschlüsse in Schulter-Arm- und Kopfregion feststellen. Noch einmal war unser Patient trotz des hohen Alters von 85 Jahren zu einem vorsichtig begonnenen und nun wieder intensiv aufgenommenen Gehtrainung zu bewegen. –

Dies ist keine neue Therapie. Schon vor 100 Jahren, nämlich von 1875–1884, führte der Münchener Prof. Oertel seine Terrainkur, anfangs mit 30 Herzkranken, durch. Nach der Übungsbehandlung galten 15 davon als gesund, 7 waren herzmäßig kompensiert und 8 subjektiv beschwerdefrei. Der erste Patient, ein übergewichtiger Arzt, litt an Herzschwäche und Atemnot. Mit ihm übte der Spezialist bei Reduktionskost und unter Blutdruckkontrollen Bergsteigen. Anfangs wurden für 157 m 3,5 Stunden benötigt, nach einem Jahr schaffte der Kollege Anstiege bis 1200 m in 5 Stunden und nach 2 Jahren 10-stündige Bergtouren. Das Körpergewicht konnte inzwischen von 78 kg auf 53 kg gesenkt werden. Seit den fünfziger Jahren führt Dr. Beckmann in Ohlstadt Terrainkuren unter ärztlicher Begleitung in Gruppenarbeit mit Patienten durch bei intensiver Herz-Kreislaufbelastung am Berg. Daneben erfolgen hydrotherapeutische Maßnahmen. „Körperliche Aktivität führt nicht zum Verschleiß des Gewebes und des Organismus, sondern kräftigt und stärkt ihn und macht ihn anpassungsfähig, der Alterungsprozeß wird verlangsamt", so formulierte es der Kölner Sportmediziner Hollmann zum Problem der körperlichen Aktivierung alter Menschen.

Aus Amerika kam jüngst die Kunde, daß dort seit einigen Jahren die Zahl der Herzinfarkte und Schlaganfälle rückläufig ist. Die Todesraten bei Herz-Kreislaufkranken gingen in den letzten 10 Jahren in den USA um 35% zurück. Man schreibt das dem nunmehr veränderten Gesundheitsbewußtsein zu. Es wird weniger geraucht, und man betätigt sich körperlich mehr, der erhöhte Blutdruck sinkt ab bei reduziertem Körpergewicht. Allerdings war die Lebensweise des verstorbenen früheren Präsidenten der USA Lyndon B. Johnson und sein gesundheitliches Fehlverhalten nicht vorbildlich. Vor seinem Herzinfarkt, den er mit 46 Jahren erlitt, rauchte Johnson 50 Zigaretten täglich, aß kohlenhydrat- und fettreich, was zu beträchtlichem Übergewicht führte. Er trank Alkohol und bewegte sich nur wenig. Danach nahm er 18 kg ab und lebte gesünder, und es kam zu normalen Untersuchungsbefunden. Aber unter der psychischen Belastung des Vietnamkrieges gab er seine politische Karriere und schließlich auch sich selbst auf. Er lebte wieder wie früher ohne Rücksicht auf seine Gesundheit. Herzinsuffizienz bei Verschluß von Herzkranzgefäßarterien waren die tödlichen Folgen von psychischem Streß, verbunden mit Genußmittelmißbrauch, Über- und Fehlernährung bei körperlicher Inaktivierung und schließlich allgemeiner Resignation. –

Wer Krankengeschichten aus unserem technisch-ökonomisch orientierten Nachkriegszeitalter als eigene Berufserfahrung dieser Periode noch lebhaft in Erinnerung hat, spürt, daß sie uns zusätzlich noch etwas mehr sagen können zu den Teilerkenntnissen aus der Forschung dieser spezifischen Krankheiten unserer Zeit. Das medizinisch-fachliche Schrifttum hierüber ist bereits unübersehbar. Bei meinem Rückblick über mehr als 3 Jahrzehnte soll die große Warnung stehen, Teilwahrheiten wissenschaftlicher Erkenntnisse aus dauernd sich in Bewegung befindlichen komplexen Systemen zu Dogmen zu erheben! Ganz und gar kann es nicht angehen, daß jemand Bagatellisierungen aufgrund seiner wissenschaflichen Meinung vornimmt, wie am Beispiel des Risikofaktors Nr. 1 für die Atherosklerose gezeigt werden soll. Ein Autor schreibt unter anderem: „Die Behandlung des Hochdrucks ist heute recht einfach. Sie muß nur konsequent durchgeführt werden. Im Mittelpunkt stehen Diuretika und Betarezeptorenblocker", ... –

Bereits heute sterben 85% der Bundesbürger an den Folgen von Zivilisationskrankheiten. Das sind im wesentlichen chronisch fortschreitende Leiden der Herz-Kreislauforgane und des Stoffwechsels. Die Ursachen dieser Erkrankungen lassen sich hauptsächlich auf falsche Verhaltensweisen zurückführen, wobei das Gesundheitsbewußtsein in der Bevölkerung geschwunden ist. Paradoxerweise erwartet die jetzige Konsum- und Anspruchsgesellschaft aber Heilung von Methoden, die nicht ursachen-, sondern symptombekämpfend wirken.

Bevor sich die Krankheiten mit der modernen Industriegesellschaft wandelten, war es vorwiegend der an Infektionen, Verletzungen und Organkrankheiten leidende Mensch, der ärztliche Hilfe brauchte. Die Forderung an die Medizin unserer Tage heißt vordringlich Wiederherstellung des körperlichen und seelischen Wohlbefindens und der Leistungsfähigkeit durch wirkungsvolle Medikamente, hochentwickelte Medizintechniken und gut ausgebildete Organspezialisten.

Das auf der Grundlage eines durch die Naturwissenschaften Physik und Chemie und durch experimentelle Forschung bestätigte TÜV-Denken beschäftigt sich aber mehr mit den Befunden als mit dem Befinden der Kranken. Durch fast perfekte Diagnosetechniken ist eine Aufklärung der Krankheitsabläufe bis in mikroskopische Zellbereiche der Organe möglich mit dem Ergebnis vieler Teilerkenntnisse als Krankheitsbefunde.

Die symptomorientierte Organtherapie wird dem hilfesuchenden Kranken nicht mehr gerecht. Er ist Manipulationen zwischen moderner Überdiagnostik und moderner Übermedikalisierung ausgeliefert.

Der Patient von heute braucht aber eine menschlichere Medizin. Ihr Preis bedeutet die Bereitschaft zur Abkehr von bisherigem gesundheitsschädlichen Fehlverhalten. Die neue ärztliche Aufgabe wäre Gesundheitserziehung zur Gesundheitsbildung. Der Zukunftsbedarf an Ärzten für die ursächliche Bekämpfung der Krankheiten unserer Zeit ist erheblich. Die Chancen für eine menschlichere Medizin liegen in der Prävention als Erkennung und Ausschaltung der Risikofaktoren. Diese sind neben eigenem Fehlverhalten in der Lebensweise, Störungen in der sozialen Umwelt und die Disharmonie von Körper, Geist und Seele.

Wichtige gesellschaftspolitische Aufgaben wären dem krankmachenden Konsumterror eine erzieherische Motivierung für Gesundheit als bessere Lebensqualität entgegenzusetzen. – Wir brauchen mehr Denkanstöße für eine menschlichere Medizin! Leider können wir für die zivilisationsbedingten

Herz-Kreislauf- und Stoffwechselleiden außer der Bereitstellung modernster Medizintechnologien und Dauermedikalisierung kaum noch mehr aufbieten als die Empfehlung vermehrter körperlicher Aktivierung, besonders in Form von Gehtraining und gesunder Ernährung, auch mit dem Ziel der Erreichung eines normalen Körpergewichtes. In den Vorstadien gilt es, alle Heilmethoden zu stärken, welche die körpereigenen Abwehrkräfte und Selbstheilungsbestrebungen fördern. Aktive Bewegungstherapie als Gehtraining, aber auch Schwimmen und andere Sportarten sind wichtige Heilfaktoren. Kleine Klima- und Bäderkuren als Gesundheitsurlaub im eigenen Gesundheitsinteresse, auf eigene Kosten, gehören dazu. Die Verbreitung gesunder Ernährungsweisen ist von größter Wichtigkeit, ebenso aller anerkannter Naturheilverfahren. Zur Verwirklichung einer Medizin, die auch als Heilkunst bezeichnet werden darf, braucht der moderne Arzt, um helfen zu können, in Zukunft in verstärktem Maß auch die Hilfe gesundheitlicher Aufklärung durch Schrift, Wort und Bild. Eingriffe und Behandlungen am schließlich nicht mehr heilbar kranken Körperorgan bei in der Regel bis zum Lebensende chronisch Leidenden zu unterlassen, wäre auch eine menschlichere Medizin.

Rückblick

Um meinen Erinnerungen nachzugehen, will ich den von mir fortströmenden Fluß unten verlassen, flüchten aus den Staus der Straße, entfliehen dem Streß zwischen Mauern und Motorengeräusch. Ich lasse den Nebel zurück im Tal und den Lärm, entkomme den Stätten so langer Tätigkeit. Erst droben, wo es dereinst begann, will ich im Geiste dann Wege wieder entdecken und zurück in den Spurrillen in die Vergangenheit finden, vorgezeichnete Wege, bereits im Dienste der Heilkunst ausgefahrene Spuren derer, die vorher fuhren, zu sichern suchen. – Ruhig und still ist es an meinem Platz auf dem Hahnberg noch so wie damals vor über 30 Jahren. Nur hin und wieder zieht die Bewegung eines Schiffchens auf dem Neckar oder eines Eisenbahnzuges am Ufer drüben entlang, jetzt allerdings ohne Rauch aus dem Schornstein. Es ist ein Spätsommertag, das im Überfluß die Bäume biegende Obst reift jetzt. Das Grün der mächtigen Eiche, deren Äste nie abgeschnitten wurden, spendet lichten Schatten, behindert nicht völlig den Durchblick ins Tal und zum Königstuhl hinüber, auf dem nun hohe Antennen in den Himmel weisen und Wort und Bild neuer Erlebnismöglichkeiten in unsere Heime zaubern. Die Wunden, die man den Wäldern ringsum nach dem Kriege schlug, hat die Natur selbst wieder ohne Narben nach langer Zeit geheilt. Freilich war bei der Wiederaufforstung auch der Mensch in ihren Diensten. Die Blätter unseres mächtigsten Apfelbaumes sind in diesem Frühjahr plötzlich verwelkt und vertrocknet. Bizarr reckt er nun noch seine starken, langen, braunen Äste wie Arme nach seitwärts und in die Höhe. Wollte er hochbetagt jetzt noch nicht sterben? Ich konnte nicht beobachten, daß ihm im Leben je etwas gefehlt hätte. Im letzten Jahr schenkte er uns noch schönes Obst. Da ich befürchte, daß auch die Obduktion keine nützlichen Erkenntnisse bringen wird, sollen an seinem Stamm bis hoch in die Krone Glyzinien ranken und mit blauen Blütentrauben und ihrem Grün den alten Apfelbaum zur Entfaltung neuer Pracht benützen. Fast ein Menschenalter leben die meisten Bäume hier. Das Vergleichsmaß ist nicht schlecht, meine ich. Gleichwohl, manchmal starb ein Baum früher, manchmal ein Mensch früher als erwartet. Mein Nachbar lebte an den Wochenenden und an den Feierabenden mit seinem Garten, pflanzte und pflegte und erntete die Freude seines Fleißes. Eines Tages, als ich ihn lange nicht mehr gesehen hatte, traf ich seine Frau, und sie berichtete mir, daß er an Krebs gestorben sei. Nach Monaten erlitt sie selbst ein ähnliches Schicksal. Wildes Brombeergestrüpp, Gebüsch, Unkraut und Gras wachsen nun wie ringsum überall. Der alte Bender schleppte sich an einem warmen Frühlingstag, es ist schon Jahre her, nochmals den Berg hoch und erzählte mir von seinem schweren Leiden, welches ihm die letzte Kraft genommen hätte. Ihm ist der jetzige Anblick seines einst gepflegten Grundstücks erspart geblieben. Mit der Sense mähte er früher das Gras auch manchmal auf unserem Grundstück und karrte Heu für sein Vieh in den Stall, in dem jetzt eine Autogarage ist. Den Mist bekamen wir als Dung für den Garten. Schon lange gibt es im Dorf keine Viehhaltung und keine Bergbauern mehr. Die Wildschweine aber lieben das Dickicht und Unterholz und finden darin Unterschlupf, sie brauchen keinen Stall, und sie sorgen für sich selber. Der Specht hämmert im hohlen Baum, niemanden stört das, und wie früher sind die Rotkehlchen zutraulich. In blauer Luft segeln und kreisen Mäusebussarde hoch oben, und man vernimmt fern ihre Schreie.

Vieles hat sich geändert, nur die Ruhe ist noch geblieben wie früher, nur die Natur, vom Menschen weniger berührt. Selbst der einsame Wanderer scheut die dornig-verwucherten Pfade jetzt, die hinauf zum Walde führen. Nur ganz allmählich fraßen sich in 30 Jahren Straßen mit Häusern und Autos die Berghänge hoch. Noch ist der Lärm der Zivilisation nicht hörbar. Das köstliche, kühle Quellwasser des Moselbrunnens aber fließt neuerdings nicht mehr für uns und auch nicht mehr in das Wasserleitungssystem. Seit dem Straßenbau rauscht es in den Kanal. Genau noch so schön, nur noch einsamer durch den Wald zu gehen ist der Weg hoch über dem Neckartal, vorbei am Hölderlinplatz mit selten schönem Blick hinunter, wo es in Stein geschrieben steht, wie der Dichter einst empfand:

> *Lange lieb ich dich schon, möchte dich*
> *Mir zur Lust, Mutter nennen, und*
> *Dir schenken ein kunstlos Lied, du der*
> *Vaterlandsstädte ländlich schönste,*
> *So viel ich sah.*

Am Philosphenweg blühen die roten Rosen durch rostende Zäune so schön wie damals in Kriegstagen. Drunten in den Straßen aber verbreiten die vielen Fahrzeuge Unruhe, und die Motoren lärmen gedämpft herauf. Es wimmelt noch von Touristen um das Schloß und die Altstadt, doch die Dächer, Fassaden und Bauten, vom Krieg verschont, beanspruchen alles Interesse. Der Stadtkern ist Fußgängerzone. Sie hat Romantik nicht mehr in die Gassen Heidelbergs gebracht, aber doch die Möglichkeit, es wieder erleben zu können. Es sind andere Menschen in einer gewandelten Zeit, ohne Übermut, eine bunte Palette der Menge sich kreuzender und dahinströmender Individualisten. Aber fast ohne festes Ziel in ihren Blicken, in meist ungepflegter Kleidung, in Jeans, T-Shirt, mit Umhängen, in Gewändern, billigem Glitzer, selten lässig, in Lumpen oder von gepflegtem Äußeren. Es ist eine blasse, unsichtbar manipulierte Gesellschaft, die am meisten angezogen wird von den Steh- und Schnellimbißstuben, von Hamburgern und Donalds, Eis und süßen Backwaren. Die Verkaufsbuden wachsen wie Pilze an der Hauptstraße, wo früher andere Geschäfte waren. Auf dem Universitätsplatz herrscht offene Rauschmittelszene. Desorientiert, dösend, taumelnd lagern Menschen in Gruppen oder halten sich nur mühsam auf den Beinen, durstig nach alkoholischem Getränk, das sie aus den mitgebrachten Flaschen trinken. – Heidelberg ist offenherzig, denn es gab in vergangenen Zeiten schon gar bunte Bilder des Treibens seiner erwünschten und ungeladenen Gäste. –

Nicht unbefangen und unberührt von der Gesellschaft, in der ich lebe und welche die Nachkriegskultur hervorgebracht hat, konnte ich im Dienste ihrer kranken Menschen stehen. Auf die soziologisch prägende Um- und Mitwelt muß deshalb immer wieder ein Rückblick fallen, wenn ich Wege der Heilkunde aus meiner Zeit aufspüre und mich der Patienten aus der nun zeitlichen Distanz erinnere. Am wenigsten konnte ich, glaube ich, bei meinen langjährigen ärztlichen Bemühungen Kranken aus jener Personengruppe helfen, die sich durch ihr Verhalten immer wieder selbst aus der Gesellschaft löste, aber schließlich dieser wieder zur Last fiel. Es sind Alkoholkranke, Medikamentenabhängige und Drogensüchtige. Der Alkoholiker findet bei der Suche nach seinem Selbst den Alkohol und bleibt im allgemeinen Alkoholiker lebenslang. Unmittelbare Krankheitsfolgen des Alkoholmißbrauchs sind Fettleber und Lebercirrhose. Allein 3000 durch Alkohol mißbildete Kinder kommen jährlich zur Welt. Vergleichsweise waren es bei den Conterganschädigungen insgesamt 3000 Mißbildungen. Die Therapie des Alkoholismus geschieht am wenigsten durch den einzelnen Arzt, mehr durch das therapeutische Netz der Selbsthilfeorganisationen. Das Bedürfnis, weiter zu trinken, wird durch jede persönliche Schwierigkeit im Leben des Kranken neu genährt, deshalb muß die soziale Umgebung durch den Arzt eingeschaltet werden. Medikamentenabhängige gibt es wohl vorwiegend durch die Mitschuld von Ärzten, die leider gezwungen sind, mehr im Dienst eines Krankheits- als eines Gesundheitssystems tätig zu sein und dann nur das Krankheitssymptom am kranken Menschen behandeln. Die Heilkunst ist hier eine Sisyphusarbeit. In der aufblühenden modernen Industriegesellschaft bekamen die Ärzte die zum größten Teil kriegsfolgebedingte Morphiumsucht, auch dank strenger Maßnahmen der Gesundheitsämter, bald unter Kontrolle. Aber das Problem der Drogenabhängigkeit Jugendlicher, vorwiegend aus Risikofaktoren in Erziehung, krankmachender sozialer Umgebung und seelischer Eigenstrukturschwäche bzw. in der Reifungskrise entstanden, ist ungelöst. Es ist ein Problem der Gesellschaft, die sich im materiellen Wohlstand, aber sittlichen Notstand befindet. Die Suchtkranken, die mit den Realitäten des Alltags nicht mehr fertig werden, bei denen Emotionen überwiegen, sind manchmal dennoch dankbar für psychotherapeutische ärztliche Hilfe. Vereinzelt konnte ich positive Erfahrungen mit Autogenem Training machen, das den Betroffenen eine Möglichkeit bot, ihr verlorenes Selbstvertrauen wieder aufbauen zu helfen.

Fehlidentifikationen und Ersatzbefriedigung sind wohl die wichtigsten psychologischen Momente des Nikotinabusus. Ursprünglich war das Rauchen mehr Genuß im gesellschaftlichen Ritual, beispielhaft dafür das Rauchen der Friedenspfeife. Heute bekundet die auf der Straße gierig und hastig ihre Zigarette inhalierende Frau Sittenverfall bzw. eine unästhetisch zur Schau gestellte Emanzipation. Bei männlichen Personen konnte ich zunehmend im Laufe der Jahre die Beobachtung machen, daß sie vermehrt das Rauchen unter Druck nachlassender körperlicher und beruflicher Leistungen aufgegeben haben. Dagegen ist eine Motivierung durch erlittene Krankheit selten. So mußte ich immer wieder machtlos zusehen, daß, obwohl es unter dem Einfluß des Nikotins zu arteriellen Gefäßverschlüssen, ja zur unumgänglichen Amputation eines Beines kam, der Patient trotzdem weiter rauchte, bis schließlich das andere Bein auch nicht mehr zu retten war. Nikotin ist ein stark wirkendes Gefäßgift, das die Blutgefäße verengt, jedoch werden auch die Organe wie Herz, Verdauungstrakt, Nieren und Atmungssystem angegriffen. Bereits 50 mg Nikotin sind tödlich. Diese Giftmenge ist in einer einzigen Packung Zigaretten enthalten, jedoch wird der vom Körper aufgenommene Anteil unter anderem weitgehend von der Rauchtechnik bestimmt. Die rasche biologische Entgiftungsmöglichkeit des Organismus kann in der Regel die Anhäufung lebensgefährlicher Konzentrationen bzw. Dosen verhüten. Neben Nikotin werden mit dem Zigarettenrauch noch etwa 20 giftige chemische Substanzen inhaliert. Studiert man die von der Forschung im Laufe der letzten Jahrzehnte festgestellten Erkrankungsrisiken für die chronischen Zivilisationsseuchen, so findet man das Zigarettenrauchen als Risikofaktor Nr. 1 bei der arteriellen Verschlußkrankheit, an 2. Stelle beim Herzinfarkt und als Nr. 3 beim Schlaganfall.

Wenn man davon ausgehen kann, daß die Krankheiten unserer Zeit sich nur langsam mit menschlichem Fehlverhalten entwickeln können und daß Krankheit mit der heutigen Konsumkultur und dem Anspruchsdenken ursächlich zusammenhängt, muß die Medizin wieder Heilkultur werden. Die neue Aufgabe ist Gesundheitserziehung, und sie darf sich nicht mehr ausschließlich mit Reparaturarbeiten am brüchigen Gebäude oder kostspieligen Restaurationstechniken an dessen Fassade beschäftigen. Das präventive Heilprinzip ist Jahrtausende alt, heute gilt es, die Heilkunst wieder vor die Heiltechnik zu stellen und beide in die Hand des Arztes zu geben, zum Wohle des Kranken, im Dienste der Gesundheit.

Das Krebsproblem in unserer Zeit

In Spurrillen der Erfahrung rollen die Räder auch auf schwierigen Wegen weiter. Wohin führt die Reise? Nur eines scheint ziemlich sicher: Die Reisenden haben Hoffnung und noch ein Ziel. Die mitfahrenden Kranken wurden durch die etablierten Heilsysteme mit dem Slogan „Krebs ist heilbar“ ermutigt. In Fachkreisen gibt es auf diesem Gebiet kaum Hemmungen, auch falsche Hoffnungen zu verbreiten. Die teuren Superdiagnostiktechniken, auch wenn ihre Ergebnisse nicht den vom Patienten erwarteten Nutzen für seine Gesundheit erbringen können, nämlich das Schicksal zu wenden, müssen für diesen Zweck herhalten. Anästhesie, Intensivmedizin, Operations- und Behandlungstechniken sind perfekt. Können wir wirklich deshalb so sicher sein, uns auf dem rechten Weg zu befinden? Oder werden allmählich Zweifel aufkommen, je länger und massiver der materielle Einsatz der Zerstörungsmittel im Krieg gegen den Krebs geht? Mußte doch das jüngst in Amerika durchgeführte milliardenschwere Forschungsprogramm, das zum Sieg über den Krebs führen sollte, erfolglos abgebrochen werden, weil seine Richtung auch in die Sackgasse wies, in der schon frühere Bemühungen endeten. Gesundheit und Krankheit bedeuten Lebensqualität. Diese ist bei der Krebskrankheit, die für eine unbestimmte Zeitspanne Lebensbestandteil des betroffenen Menschen ist, weder physikalisch noch chemisch meßbar. „Die Wahrheit muß relativiert werden" für den Hilfsbedürftigen, dessen Lebensfahrt es nun mit zu steuern gilt. Bei der Krebskrankheit können nur begrenzte Reparaturmaßnahmen an den Organen durchgeführt werden. Alle Lebensvorgänge, auch im erkrankten Organismus, sind nur in biologischen Funktionsabläufen möglich. Die moderne Medizin kennt und wagt trotzdem folgenschwere Eingriffe in diesen Bereich des Lebens. Schließlich bleibt keinerlei Alternative dazu, dem Tod als einem Ziel des Lebens entgegenzukranken. Da Leben in stetigem Todesbewußtsein von der Natur nicht gewollt ist, schwindet die Wahrnehmungsschärfe in einem die Seele schützenden Teilbereich, und zwar im allgemeinen umso ausgeprägter, je ernster und unheilbarer ein Leiden sich gestaltet. Bei fortschreitenden somato-psychischen Veränderungen wird das Erlahmen der Kräfte schließlich ignoriert bis zu einem Zustand entrückter Zufriedenheit. Es handelt sich dabei nicht um eine Verdrängung wahrgenommener Vorgänge, sondern um eine primäre, biologisch durch die Krankheitsschwächung bedingte Nichtwahrnehmung. –

Der Arzt darf sich im Interesse des Patienten bei der Krebskrankheit auf ein bestimmtes Verhalten nicht festlegen lassen. Er ist nur in den allerseltensten Fällen in der Lage, trotz wissenschaftlicher Teilerkenntnisse über das Krebsgeschehen endgültige und sichere Aussagen und Voraussagen zu machen. Außer der Bedrohung durch Schmerz und Tod bei dem unberechenbaren Schicksal eines Tumorleidens kennen wir ebenso gefährliche und noch häufigere Risiken des Lebens. Das Geschäft mit der Angst bei Krebskranken oder gar nur von Krankheit bedrohten Menschen muß man als verwerflich verurteilen, ganz gleich, ob es als Motivation für grenzenlose Diagnostik oder unnütz qualvolle Therapie in Erscheinung tritt. Dabei

> *„Täuschen wir uns nämlich darin, daß wir den Tod nur vor uns sehen: Ein großer Teil des Todes ist schon vorbei. Alles, was von unserem Leben hinter uns liegt, gehört ihm"* *(Seneca).*

Auch bewährte, aus der Erfahrungsmedizin und den Naturheilverfahren stammende Therapiemöglichkeiten müssen eingesetzt werden, obwohl sie manchmal noch außerhalb des Erkenntnisbereiches der exakten Naturwissenschaften liegen. Wie auf allen anderen Gebieten der Medizin war die Nachkriegsepoche für den dem Dienst für die menschliche Gesundheit verpflichteten Zeitgenossen beim Kampf gegen den Krebstod vom Erleben einer gesellschaftlichen, sozialen und ethisch-moralischen Umwertung geprägt. In diesen Tagen spätestens ist man verpflichtet festzustellen, daß die Zukunftshoffnungen dieser Gesellschaft weder im Wachstumsdenken, das durch die Weiterentwicklung von Naturwissenschaft und Technik beflügelt worden ist, noch in den rasanten wissenschaftlichen Forschritten erfüllt werden konnten. Seit 25 Jahren, so stellte der Report des amerikanischen National Cancer Institute fest, ist keine Verbesserung der Behandlungserfolge eingetreten. Die Ineffektivität der bisherigen Krebsvorsorge muß angenommen werden, man kann heute eigentlich nur noch von Früherkennung sprechen. Erkennungs- und Therapieaufwand sind im Verhältnis zum möglichen Heileffekt relativ groß. Es hat sich herausgestellt, daß die Vielzahl immer wieder neu entdeckter Carcinogene nur jeweils Einzelfaktoren von vielen zusammenwirkenden bei der Manifestation der Krebskrankheit sein können. Somit kommt auch der Prophylaxe statistisch nur ein geringer Stellenwert zu. Sowohl der Krebsspezialist, zu sehr im Denken des ausschließlich zerstörerischen Antiprinzips befangen, als auch die etablierten Forschungsinstitutionen konnten trotz großzügiger Förderung nicht aus der festgefahrenen Gegenwartssituation befreien. Eines der bedeutendsten Tumorforschungszentren mußte sich aufgrund wenig effektiver Leistungen einer internationalen Expertenüberprüfungskommission stellen. Es ist unwahrscheinlich, daß von dort nun die Inspiration kommt. Sicher wird sich die zukünftige Krebsforschung immer mehr mit den biologischen Steuerungssystemen befassen müssen, bis in den molekularen Bereich im Zellkern, der als letzte Schaltzentrale der Lebensvorgänge in der Zelle gelten kann.

Wenn wir nach jahrzehntelangem Umgang mit krebskranken Menschen draußen in der Praxis unsere Beobachtungen über ihre Leiden gemacht, sie eine Strecke, oft die letzte ihres Lebensweges mit dem Versuch der Lebenshilfe begleitet haben, könnte es nützlich sein, darüber zu berichten. Dabei soll wenig von wissenschaftlichen Krebstheorien, klassischen Behandlungsmethoden und statistischen Erkenntnissen die Rede sein. –

Als junger Arzt schon möchte man erfolgreich sein bei Krebsleiden, man will Krebskranke heilen. Bei kritischer Handlungsweise in diesem Bemühen wird damit eine stetige weitere Suche nach Heilwegen eingeleitet. Obwohl wir wissen, daß das „zerstörerische Antiprinzip“ erstarrten Dogmatismus bedeutet mit gut sichtbaren Grenzen für das therapeutische Handeln, darf man nach der geltenden Lehre nicht darauf verzichten. Manchmal haben allerdings radikale Operationen noch nicht einmal einen lebensverlängernden Effekt. Krebsschicksal bedeutet im allgemeinen heute immer noch chronisch fortschreitendes Leiden bis zum Tod von unvorhersehbarer Dauer und Schwere. Wir haben es meistens mit einer Alterskrankheit zu tun. Das sogenannte Krebsalter wurde allerdings früher bei sehr geringer allgemeiner Lebenserwartung seltener erreicht. Die Allgemeinkrankheit von Körper und Seele dürfte bereits mehrere Jahre vor Erkennbarkeit des Krebstumors begonnen haben. Das Geschwulststadium der seit Jahren bestehenden Krebskrankheit als psychosomatischem Allgemeinleiden ist der eigentliche Krebs. Es muß aber nicht unbedingt zur Geschwulstlokalisierung und streuenden Herden (Metastasen) kommen. Alle Erfahrungen mit Krebskranken in den verflossenen Jahren haben mich gelehrt, daß auch nach der schicksalsträchtigen Diagnose eines bösartigen Tumors der Patient nicht zu resignieren braucht. Die Lebensspanne ist zwar ungewiß, aber es gibt heute durchaus größere Risiken, vorzeitig sterben zu müssen. Der Krebs ist nun Teil des Lebens, welches zu bejahen sich trotzdem lohnt. Der Mensch benötigt nunmehr echte Lebensqualität, eine problemarme Mitwelt und einen hilfsbereiten Weggefährten, dessen Begleitung er gewiß sein kann, den Arzt seines Vertrauens. Bisher, in den verflossenen Jahrzehnten eines ärztlichen Wirkens in der Nachkriegszeit, war es kaum anders, als daß sich der Tumorpatient für die hausärztliche Betreuung in allen Phasen des Krankseins entschied. Beratungen, medizinisch-technische und spezialistische Untersuchungen zur Klärung verdächtiger Organbefunde, stationäre Diagnostik, chirurgische Eingriffe, Bestrahlungs- oder medikamentöse Therapie fanden beim Hausarzt so eine Vertrauensbasis für hoffnungsvolles Handeln.

Besteht nach dem Stand der Wissenschaft kein Zweifel mehr an der Diagnose eines Malignoms, so bedeutet dies einen Wendepunkt. Das weitere Leben wird bestimmt vom langdauernden, schicksalhaften Ablauf der meist chronischen Allgemeinkrankheit, selten von einer schnell sich vollziehenden körperlich-organischen Zerstörung, oft aber auch von jahre- und jahrzehntelangen Zuständen scheinbarer Heilung. Spontanheilungen sind nicht unmöglich, gleichwertig ist ein Lebensabschnitt des Wohlbefindens bis zum Lebensende aus anderer Ursache. Noch heute bedeutet die feingewebliche Auffindung von Krebszellen in einem Tumor, daß unverzüglich eine Ausrottung dieser Geschwulst unter Anwendung des zerstörenden medizinischen Antiprinzips erfolgen muß. Als Student hatte man gelernt, auch mit seinen Sinnesorganen zwischen gut und böse zu differenzieren. Welche damals noch ungeahnten

Erkenntnismöglichkeiten wurden uns von der Forschung inzwischen in die Hände gegeben! – Vor kurzem las ich, daß Chirurgen bei einem dreijährigen Jungen ein Bein amputieren sollten wegen des röntgenologisch und histologischen Befundes eines Knochenkrebses (Osteosarkom). Die skeptischen Chirurgen verschickten weitere 9 Gewebsproben zu verschiedenen Pathologen. Es ergaben sich acht verschiedene Diagnosen. Dem Mut bzw. dem gesunden Menschenverstand der Chirurgen, die auch andere Umstände der Erkrankung in ihr Denken und Handeln mit einbezogen hatten, ist es zu verdanken, daß die Amputation unterblieb. Nur einer von den acht histologischen Befunden war nämlich ein gutartiger. Dieser ließ sich sogar in Einklang mit ihrer eigenen Auffassung vom Krankheitsgeschehen bringen. Aus solchen Beobachtungen und Erfahrungen ergibt sich auch für den modernen Arzt die Verpflichtung, Diagnosen, die aufgrund von Laborbefunden oder Medizintechniken gestellt werden, besonders kritisch zu überprüfen. War in früheren Jahren eine Krebsoperation erst einmal überstanden, so glaubte man, nach Ablauf von 5 erscheinungsfreien Jahren von Heilung sprechen zu können. Heute wagt man diese Aussage erst nach dem doppelten Zeitablauf zu machen. Im zu spät entdeckten Krebs sah man fast ausschließlich den Grund für operative Mißerfolge. Die Statistiken, welche die Nachkriegserkrankungen berücksichtigen, zwingen uns zu großer Bescheidenheit in der Bewertung kurativer Erfolge und Fortschritte. Vor Jahren versuchte ich selbst, anhand der Krankengeschichten der von mir betreuten Krebskranken, zu bestimmten, wichtigen, allgemeingültigen Aussagen aufgrund der Therapieerfahrungen aus drei Jahrzehnten zu gelangen. Da die Durchführung dieses Vorhabens sich als zu schwierig erwies, muß ich mich hier darauf beschränken, an Beispielen miterlebter Krebskrankenschicksale durch einen Rückblick die aktuelle Problematik aus dieser Sicht in Erscheinung treten zu lassen. Der Kampf gegen den Krebstod war nicht zu gewinnen, ebensowenig wie die immer mehr um sich greifenden, anderweitigen chronischen Leiden besiegt wurden. Die Rolle des Hausarztes aber im oft dramatischen Geschehen bei der klassischen Bekämpfung des Krebses durch Stahl und Strahl konnte sich nicht damit begnügen, nur technische Information zu liefern. Seine Präsenz war unverzichtbar, auch nach Anwendung von folgenschwerer Zytostatika- und Chemotherapie. Erst auf einer vorher zu schaffenden Vertrauensgrundlage wächst Hoffnung für ein noch lebenswertes weiteres Leben. Angst und Depressionen werden dann schließlich neuem Lebenswillen weichen, wenn der Patient fragt, was er selbst zur Heilung beitragen kann.

Viscum album. Mistel

In pflanzlichen Injektionspräparaten zur Behandlung chronisch-rheumatischer und schmerzhafter Gelenkprozesse. Hochverdünnt zur Neuraltherapie. In der Krebstherapie.

Bei dem chronisch-körperlich-seelischen Allgemeinleiden haben wir es nicht nur mit intra- und extrazellulären Fehlsteuerungen mit Entartung der Zellen zu tun. Die körpereigenen Abwehrkräfte und der Allgemeinzustand müssen gestärkt werden. Der Behandlungsbeginn der Krebskrankheit sollte für den Patienten, der zu diesem Zeitpunkt oft noch über keine oder nur wenige Beschwerden klagt, nicht der Anfang eines Leidensweges sein mit dem Verlust der Lebensfreude, der dann schließlich in Schmerz, Elend und Tod endet.

Es gibt auch ein Heilmittel; ich habe es meinen Kranken nie vorenthalten, seit ich seine Heilkraft in einem hier kaum zu beschreibenden Krankheitsfall erlebt habe. Die Mistel ist kein Krebsheilmittel mit der Hoffnung auf Zerstörung der wuchernden Krebszellen und Beseitigung des bösartigen Tumors. Wir kennen bis heute noch keine solch wunderwirksame Panazee beim unberechenbaren, vielgestaltigen Krankheitsgeschehen. Viscum album, die Mistel, aber hilft den betroffenen, chronisch Allgemeinkranken, ihr Lebensschicksal nun besser zu meistern. Sie verlieren nicht die Lebensfreude, die Grundfunktionen lassen sich auf unbestimmbare Zeit bis kurz vor Lebensende aufrecht erhalten, welches in der Regel als ein plötzlich eintretender Kräfte- und Körperverfall einsetzt. Die Realität dieses Zustandes erlebt der Patient nicht, dank der vorher durch die Schwächung schon biologisch eingeleiteten Bewußtseins- und Wahrnehmenseinengung. Wenn der Appetit unter der Allgemeinbehandlung eines Mistelpräparates besser geworden ist, keine oder kaum Schmerzen bestehen, können Krebspatienten, welche zweimal wöchentlich zur Injektion in die Sprechstunde kommen, nicht als Problempatienten gelten. Hausbesuche erübrigen sich nahezu, da die Kranken bis zuletzt nicht bettlägrig sind.

Die Ideen zur Misteltherapie des Krebses gehen auf Rudolf Steiner (1861–1925) den Begründer der Anthroposophie, zurück. Schon 1920 wies er darauf hin, daß der Krebsgeschwulst kein rein zelluläres Prinzip zugrunde liege, sondern es sich um ein Versagen der formenden Dynamik des Gesamtorganismus gegenüber dem Zellwachstum handle. In der Misteltherapie sah er eine Anregung der Gestaltungskräfte zur Beseitigung des gestörten Gleichgewichtes zwischen Organismus und Zelle.

Wir glauben heute, mit den Mistelextraktinjektionen eine seit Jahrzehnten in der Praxis bewährte Maßnahme zu ergreifen, um die komplexe chronische Krankheit Krebs über die Stärkung der noch verbliebenen Abwehrmechanismen des Organismus im Sinne der Vermittlung besseren Befindens günstig zu beeinflussen. Die Wirksamkeit der Mistelbehandlung, langjährig als Praxiserfahrung beobachtet, konnte durch Tierexperiment und Klinik bis heute nicht ausreichend bestätigt werden. Auch in Zukunft wird es nicht möglich sein, vergleichende Maßstäbe anzulegen an die unberechenbar, verschieden und schicksalhaft sich gestaltenden individuellen Krankheitsabläufe. So bleiben die vielen wissenschaftlich gewonnenen Teilerkenntnisse ohne Konsequenzen für die Patienten. Erfahrungen anderer und eigene Beobachtungen berechtigen aber zu hoffnungsvollem Handeln für besseres Leben statt der deprimierenden, vorprogrammierten Maßnahmen und Bemühungen um ein etwas längeres Leben in Leid.

Unbestritten ist die Mistel eines der ältesten Heilmittel der Menschheit. Es tut ihrer Bedeutung für uns keinen Abbruch, daß sie von alters her als Kult-, Zauber- und Heilmittel Verwendung fand. Bei den Galliern hieß sie laut Plinius (23–79 n. Chr.) die „alles Heilende". Kelten und Germanen glaubten an ihre bannende und heilende Kraft. Als medizinische Anwendungsgebiete galten durch die Jahrhunderte: Krampfleiden wie Epilepsie und andere Nervenkrankheiten sowie Durchblutungsstörungen besonders im Alter. Der Mistelextrakt besitzt eine lang anhaltende, krampflösende Wirkung. – Als Reiztherapeutikum für die Neuraltherapie eignen sich hochverdünnte Lösungen, wodurch Fehlsteuerungen, z.B. auch Durchblutungsstörungen von Organsystemen, günstig beeinflußt werden. –

Wir entdecken heute neue Möglichkeiten für die moderne Medizin und den kranken Menschen als Heilkraft in der einst mit so viel Mystik und Magie umgebenen Mistel. Aber weiterhin bedeutet und signalisiert der Mistelzweig an Weihnachten Erwartung, Hoffnung und Zuversicht. –

Die Mistel ist eine immergrüne Halbschmarotzerpflanze, die auf Laubbäumen und Nadelgehölzen lebt und diesen Wasser und Nährstoffe entzieht mit Hilfe des Senkers, welcher durch Enzyme die Rinde des Wirtsbaumes auflöst und im befallenen Ast bis ins Holz eindringt. Die Fotosynthese vollzieht sich in den Blättern des kugelförmigen, strauchartigen, immergrünen Gewächses von zirka 1 Meter Durchmesser.

Die 52-jährige Frau, deren Weiterbehandlung ich nach ihrer zweiten Magenoperation übernommen hatte, mußte ich wegen Bettlägerigkeit nach diesem Eingriff zu Hause besuchen. Die Operationswunde im Oberbauchbereich war nach der Krankenhausentlassung wieder aufgeplatzt und sonderte eitriges Sekret ab. Der Leib fühlte sich hart an bei ziemlicher Druckempfindlichkeit. Die Patientin erbrach oft die vorher eingenommenen Mahlzeiten. Ein Jahr zuvor war bereits wegen Krebs eine Magenresektion im Frühstadium vorgenommen worden. Danach hatte sie sich bis vor wenigen Wochen völlig gesund gefühlt, als plötzliches Erbrechen mit Magenschmerzen aufgetreten waren mit Abgang von schwarzem Stuhl. Die erneute Krankenhausaufnahme führte zur nochmaligen Bauchoperation, von der sich die Patientin nun nicht mehr erholen konnte. Ein größerer Eingriff unterblieb diesmal wegen des vorgefundenen inoperablen Befundes. Gleich bei meinem ersten Hausbesuch übergab die schwerkranke Frau einen Arztbrief, den ein auswärtiger Frauenarzt geschrieben hatte. Der Kollege fragt an, ob ich die Patientin, die er seit gemeinsamer politischer Gefangenschaft kannte, in meine Behandlung übernehmen wollte. Aus Kenntnis der Krankheit bat er mich, zur Erleichterung des Zustandes doch noch eine Injektionsbehandlung mit Plenosol, einem Mistelextrakt, zu versuchen. Unter der Plenosoltherapie hörte bald das Erbrechen auf, die Schmerzmittel konnten abgesetzt werden und, was ich am erstaunlichsten fand, die eitrig-fistelnde Bauchwunde verheilte. Die Kranke war nun schon selbst in der Lage, zweimal wöchentlich die Sprechstunde aufzusuchen, um sich weiterhin über Monate und Jahre die intravenösen Injektionen verabreichen zu lassen. Sie versorgte auch bald wieder den kleinen Haushalt und fühlte sich eines Tages so stark, daß sie abends als Bedienung in einem Weinlokal arbeiten konnte. Auch war sie seit ihrer Genesung dem Alkohol sehr zugetan. Jahre später verzog die Tumorpatientin nach außerhalb. Unter der vierjährigen Plenosolbehandlung hatte sie sich vollkommen gesund gefühlt. Das Körpergewicht war inzwischen infolge des guten Appetits um ca. 50 kg angestiegen. Als einziges Lebenszeichen kamen noch jahrelang Weihnachtsgrüße an und „Glückwünsche zum neuen Jahr von ihrer dankbaren Frau Sommer". Ich durfte mich 9 Jahre nach der ersten Behandlung durch einen persönlichen Besuch vom weiterhin ungestörten Allgemeinbefinden überzeugen. – Sicher könnten die Wirkstoffe aus der Mistel häufiger solche Heilungen einleiten, müßten wir nicht immer wieder die geringschätzigen Urteile jener Fachleute hören, welche unmöglich auf den Erfahrungen des Praxisalltags basieren können. So unterhielt ich mich vor längerer Zeit mit einem Kollegen, der einer gemeinsamen Patientin wegen neu aufgetretener Knochenmetastasen in der Wirbelsäule Röntgenbestrahlungen verabreichen wollte. Diese hatte die Behandlung mit der Begründung abgelehnt, daß sie im Rücken keinerlei Beschwerden verspüre. Als ich dem Entschluß der Kranken zustimmte, entgegnete mir der Kollege mit der Frage, ob wir nun etwa einem therapeutischen Nihilismus verfallen und gar mit der unterlassenen Maßnahme der Röntgenbestrahlung eine Querschnittslähmung riskieren wollten? Die ältere Dame war seit der Entdeckung ihres Unterleibkrebses vor 15 Jahren bis zu der beabsichtigten Metastasenbestrahlung immer zur eigenen Mitarbeit für ihre Gesundung bereit. Nach der rechtzeitigen Operation glaubte sie damals, geheilt zu sein. Sie unterzog sich gerne den vorgeschlagenen Sicherheitsröntgennachbestrahlungen und Nachsorgeuntersuchungen. Sieben Jahre später, aus angeblich völligem Wohlbefinden heraus, fand man dann bei der Vorsorgeuntersuchung den Brustkrebs. Dieser Diagnose folgten wieder Operation und Röntgenbestrahlung nach Vorschrift. Ohne die anschließende Mistelbehandlung wäre nun wirklich eine Zeit therapeutischen Nihilismus gefolgt, hätte man den dogmatischen Standpunkt des Kollegen eingenommen. Die aufgeschlossene Patientin führte seit ihrer Brustkrebserkrankung auf ärztlichen Rat eine gesündere Lebensweise und verrichtete wieder ihre Arbeit im Haushalt und Garten. Sie erschien zweimal wöchentlich in der Praxis zu den intravenösen Plenosolinjektionen. Als nach Jahren Tumormetastasen in vielen Knochen festgestellt wurden, leitete man eine Hormonbehandlung ein. Auch die Misteltherapie wurde fortgesetzt bis zu ihrem Lebensende. Der Patientin ging es dabei relativ gut. Trotz der unzähligen Knochenabsiedelungen des Krebses traten kaum Schmerzen auf, die Beweglichkeit und alle wichtigen Lebensfunktionen blieben erhalten. Das Leben verlosch schließlich nach wenigen Tagen Bettlägerigkeit unter totaler Auszehrung bei intensiver Gelbfärbung der Haut durch den Leberzerfall.

Krebs ist in der täglichen Praxis ein biologisches Rätsel, ein Teil des Lebens der davon betroffenen Menschen mit unkalkulierbarem Risiko bis zum endgültigen Ziel des Lebens. –
Eine viel jüngere Frau stirbt unerklärlicherweise an ihrem Brustkrebs schon wenige Wochen nach der Diagnose und chirurgischer Therapie, als man sie wegen plötzlicher unerträglicher, metastasenbedingter Nacken- und Kopfschmerzen erneut stationär in der Klinik aufnehmen mußte. – Die 75-jährige Oma lebt weiter, obwohl der Krebs in ihrer rechten Brust zu umfangreicher Gewebszerstörung geführt hat, von der ein übler Geruch ausgeht. Sie klagt kaum über Schmerzen und hatte ihre Krankheit bisher vor ihren Angehörigen über sehr lange Zeit verheimlicht. Ein lokaler Abheilungsprozeß erscheint bei diesem Befund unmöglich, aber auch ein Sterben unmittelbar an der Krebskrankheit unwahrscheinlich. Bleibt dennoch die Hoffnung auf ein weiterhin erträgliches Leben mit dem Krebs unter der Misteltherapie. – Die rüstige Mittsiebzigerin, gut 2 Jahrzehnte meine Patientin, wohnt seit 5 Jahren außerhalb und freut sich zehnjähriger Überlebenszeit nach Mammaamputation. Sie ist eine der wenigen Kranken, die bereit waren, sich das Mistelpräparat Iscador selbst in ähnlicher Weise zu injizieren, wie es der Diabetiker mit dem Insulin tut. An ihrer Genesung bestehen kaum Zweifel. –

Eine exakte Prognose, wie der letzte Abschnitt des Lebens nach der Operation bzw. Bestrahlung oder Chemotherapie ertragen werden muß, ist nicht möglich. Alle heutigen Überwachungs- und Bewertungssysteme nähren Illusionen, daß man damit allein der Ausbreitung bzw. Generalisierung begegnen und bis zur Heilung behandeln kann. Dieser Teil des Lebens, der mit der Manifestierung des Krebses beginnt, sollte nicht mehr angsterfüllt sein und künftig einer Bereitschaft platzmachen, ihn als seinen inneren Bestandteil zu akzeptieren. Der Mensch ist durchaus in der Lage, mit dem Krebs zu leben, und die Kunst des Arztes hat sich mehr als bei anderen chronischen Leiden, die er oft auch nicht heilen kann, zu bewähren, wenn es gilt, die körperlichen und seelischen Abwehrkräfte gegen die Allgemeinkrankheit oder die Alterskrankheit zu stärken. Langzeitbeobachtungen aus der täglichen Praxis mit der Misteltherapie bestätigen, daß es schnell zur Besserung des Allgemein- und Kräftezustandes kommt, daß man nur in wenigen Ausnahmefällen auf Schmerzmittel angewiesen ist. Der Lebenswille und die Lebensfreude sind noch vorhanden und stehen manchmal im Gegensatz zum schlimmen objektiven Befund. Wir kennen unter dieser Therapie alle natürlichen Verlaufsformen wie Stillstand des Wachstumsprozesses, akuter, schneller Ablauf des Geschehens oder langsames, chronisches Fortschreiten, manchmal Heilung vortäuschend. Entscheidend scheint es zu sein, ob es dem Organismus gelingt, mit seinen eigenen, noch mehr oder weniger gut funktionierenden Abwehrsystemen den lebensschädigenden und lebenszerstörenden Kräften zeitweise oder endgültig Einhalt zu gebieten. Aus über 30-jähriger Beobachtung operierter und röntgenbestrahlter krebskranker Menschen, auch Inoperabler und solcher, welche eine Operation verweigerten, bedaure ich jeden Tumorkranken, bei dem nicht versucht wird, mit der Misteltherapie das unberechenbare Krebsschicksal erträglicher zu gestalten.

Die Mistel ist ein „großes Krebsmittel“, wenn wir auch immer noch nicht das Wesen des Krebses erfassen können und nur Teilursachen wissen. Die ganze Mythologie über den Krebs sei nichts anderes, so las ich kürzlich, als Unwissenheit, begleitet von übertriebenen Behauptungen, übertriebenen Maßnahmen und übertriebenen Versprechungen. Dieses Vierergespann taugt nicht auf Wegen neuer Heilkunst in alten Spuren. Erst recht nicht der therapeutische Nihilismus und Fatalismus, wenn die Waffen Stahl und Strahl stumpf oder ohne Heilerfolg eingesetzt worden waren. – Beim Hirntumor hilft die Mistel nicht, auch nicht gegen den Schmerz. Nur ein einziges Mal bei anderen Tumoren war sie sicher auch nicht effektiv gegen dieses Symptom, nämlich bei einem Kranken, dessen Krebsleiden sich fast nur in Schmerzen manifestierte. Die im

Rippenfellpunktat erst kurz vor der körperlichen Auszehrung gefundenen Tumorzellen ließen erst die Diagnose eines Carzinoms zu. Organmetastasen oder Knochenabsiedlungen konnten während der langen Leidenszeit nie nachgewiesen werden. –

Die Patienten mit Lungen- und Bronchialtumoren, die ich beobachten und behandeln durfte, lebten ihr Leben mit dem Krebs am besten, wenn auch von sehr unterschiedlicher Dauer. Ich habe sie gern betreut, und ich glaube, es waren ausnahmslos dankbare Patienten. Sie hatten das Gefühl, daß es Hilfe gab. Die Plenosolbehandlungen geschahen fast ausschließlich in der Praxissprechstunde. Außer leichten Fieberreaktionen, Abgeschlagenheit und evtl. gelegentlich einem Schüttelfrost, auf den man vorbereitet war, gab es nichts zu befürchten. Bei einer damals 60-jährigen Dame mit einem Rundherd im rechten Mittellappen, der sich anfangs unter Röntgenkontrolle langsam vergrößerte, bildete sich der Tumor unter Plenosolbehandlung im Laufe von zwei Jahren soweit zurück, daß man ihn kaum mehr nachweisen konnte. Eine ursprünglich vorgeschlagene Röntgentherapie hatte die Patientin strikt abgelehnt. Allgemein- und Kräftezustand, Appetit besserten sich schon bald, die Lebensfreude bei der heute 82-jährigen blieb ungetrübt. Sie ist schon lange nicht mehr Patientin von mir. – Ein fünfzigjähriger Handwerker kam zu mir wegen Müdigkeit, allgemeiner Leistungsminderung und Gewichtsabnahme. Man fand ein schlechtes Blutbild, hohe Blutsenkungsgeschwindigkeit, und bei der klinischen Untersuchung ein Bronchialkarzinom. Gegen ärztlichen Rat verließ er die Klinik und wurde dann in der Praxis mit intravenösen Mistelinjektionen behandelt neben den sonst allgemein üblichen roborierenden Maßnahmen. Besserung des Allgemein- und Kräftezustandes, des Blutbildes, der Blutsenkung und Gewichtszunahme. Etwa 2 Jahre danach wurde der bis dahin arbeitsfähige Mann nachts wegen einer Nierenkolik in die Klinik eingeliefert. Dort konnte man die enorme Rückbildung des Herdes bestätigen und hoffte, den Rest noch wegbestrahlen zu können. Der Patient lebte nur noch wenige Wochen. – Bei einem 70-jährigen rüstigen Mann lautete die Diagnose Lungenkarzinom. Er lehnte jedoch die operative Therapie in der Spezialklinik ab und wurde dann längere Zeit mit Plenosol behandelt. Nachdem die Kontrolluntersuchungen keinen greifbaren objektiven Befund mehr ergaben, glaubte man, ursprünglich eine Fehldiagnose gestellt zu haben. – Ein 69-jähriger Rentner lebte noch 7 Jahre mit seinem Bronchialkarzinom unter ausschließlicher Misteltherapie. Erst im letzten Jahr konnte er nicht mehr aktiver Sänger im Gesangsverein sein. Kurz vor seinem Tod machte ihm ein fieberhafter Infekt mit eitriger Bronchitis zu schaffen, weshalb ich ihn auch zu Hause besuchte. Er saß eines Tages am Tisch und verschied friedlich, während sich die Ehefrau ahnungslos nur kurze Zeit außerhalb des Wohnungsabschlusses aufhielt, um die Treppe zu reinigen. – Auch im Alter von 65 Jahren ist das Sterbenmüssen am gerade entdeckten Tumorleiden nicht vorprogrammiert. Der Patient mit einem großen Rundherd wäre ein Fall für chirurgische Therapie gewesen. Zuvor aber wollte er von den Spezialisten seine Heilungschancen in Prozenten wissen. Die unverbindlichen, ausweichenden Auskünfte bestärkten seine Entscheidung zu versuchen, so wie bisher ohne Beschwerden und ohne Operation möglichst lange leben zu können. Unter der Misteldauertherapie vergingen noch acht schaffensfrohe und erfolgreiche Jahre, als ein Herzinfarkt und nicht der Krebs den Schlußpunkt setzte.

Als Begleiter dieser Menschen, mit ihrem nach der Erkennung des Leidens noch ungewissen Schicksal, das es nun mitzugestalten galt, mußte man in drei Dezennien zu folgenden Schlußfolgerungen kommen: Dem Krankheitsgeschehen Krebs liegen gestörte, komplex ablaufende Lebensvorgänge zugrunde, nicht nur solche erfaßbarer, physikalisch-chemischer Art. Diese Phänomene des Lebens aber wurden begreifbarer durch die Empirie und Beobachtung, derweil die Wissenschaft noch nicht weiß, was Leben ist.

Rückblickend, – ich fand es nützlich, obwohl schon gefundenen Spuren folgend, – setze ich das Wort aus der Bibel:

„Lerne vor selbst, ehe du andere lehrest.
Hilf dir selber, ehe du andere arzneiest." *(Sirach 18).*

Und die Aufforderung des Spruches am Apollotempel in Delphi:

„Erkenne dich selbst".

Krankheit und Gesundheit als Selbsterfahrung, man möge es mir glauben, ich habe schon viel darüber geredet, wozu auch noch davon schreiben! Die Aufgabe war und ist: Hilfe zur Selbstfindung zu leisten in einer lebensfeindlichen Umgebung des naturwissenschaftlich-technischen Zeitalters, welche die von ihm geprägte Gesellschaft geschaffen hat. Im Dienste einer zeitgemäßen Heilkunst Leben als Bewegung aufzufassen und diese Strebung des Lebens als Gesundheitserziehung zu fördern! Über- und Fehlernährung bekämpfen zu helfen, psychosozialen Streß vermeiden durch den Versuch der Eingliederung des Menschen in den natürlichen Lebensrhythmus der Mitwelt! Interessant ist es in diesem Zusammenhang, bei Platon („Der Staat", 370 v. Chr.) über Heilbehandlung in bezug auf die damalige Lebensweise zu lesen: „Es ist schimpflich, daß man die ärztliche Kunst braucht nicht zur Heilung einer Wunde oder einer Krankheit, wie sie der Wechsel der Jahreszeiten mit sich bringt, sondern weil man durch die Trägheit und durch üppiges Leben von Flüssen und Winden voll geworden ist wie ein überlaufender See. Und dann finden sich die gezierten Asklepiosjünger veranlaßt, solchen Zuständen Namen zu geben wie Blähungen und Katarrh. Und es sind neue und wunderliche Namen für Krankheiten. Die Asklepiosjünger früher behandelten die Kranken nicht auf die heutige Art. Heute ist die Heilkunst eine Züchtung der Krankheiten. Herodikos war Lehrer der Ringkunst, wurde dann kränklich und vermengte die gymnastische Kunst mit der ärztlichen Kunst. So quälte er zuerst besonders sich selbst, später auch viele andere Menschen. Er machte sich das Sterben lang. Seiner unheilbaren Krankheit ging er zwar nach, konnte sie aber nicht heilen. So brachte er sein Leben mit Heilversuchen zu, ohne irgend eine andere Tätigkeit zu haben, litt, wenn er von seiner gewohnten Lebensweise abwich, und erreichte ein hohes Alter, da sein Wissen dem Tode Widerstand leistete. –

Asklepios hat seine Heilkunst für die Fälle bestimmt, wo der Kranke von Haus aus gesund ist und vernünftig lebt, aber von einer bestimmten Krankheit befallen wird. Diese Krankheit soll entfernt werden durch Arzneien und Operationen, und dann soll der Geheilte seine gewohnte Lebensweise fortsetzen, damit die Allgemeinheit nicht geschädigt wird. Er hat aber nicht die Absicht gehabt, Leute, die durch und durch krank sind zu behandeln, durch Diätvorschriften hier ein wenig wegzunehmen, dort ein wenig anzusetzen und ihnen ein langes trauriges Leben zu verschaffen, ihnen auch zu ermöglichen, eine gewiß ähnliche Nachkommenschaft in die Welt zu setzen. Nein, sich der Menschen anzunehmen, die in diesem Leben nicht lebensfähig sind, hat er nicht für seine Pflicht gehalten. Denn sie selber haben nichts von ihrem Leben und der Staat auch nicht."

Unsere heutigen Normen sittlichen Wollens und Handelns lassen eine solche Beurteilung und Behandlung chronisch Kranker oder Unheilbarer durch die Gesellschaft nicht mehr zu. Mit untauglichen Mitteln bekämpft man nur das meßbare, sichtbare oder erkennbare Symptom der Leiden. Es gilt, sich mehr und mehr mit der Ursachenkette zu beschäftigen. Beim Herzinfarkt sind die Glieder Fettstoffwechselstörung durch Fehlverhalten in der Ernährung, Zigarettenrauchen als Gefäßgift, Bluthochdruck als Auswirkung falscher Lebensführung bei ererbter Disposition. Bei der arteriellen Verschlußkrankheit ist das Rauchen das gesundheitsschädliche Verhalten. Dazu kommt meistens die Zuckerkrankheit als sichtbarer Ausdruck schwerer Stoffwechselentgleisung, die auch in anderen Bereichen besteht. Beim Schlaganfall spielt wieder der hohe Blutdruck eine Rolle, Herzkranzgefäßdurchblutungsstörungen, Zucker- und Fettstoffwechselstörungen sowie Übergewicht.

Die in mehreren Faktoren gründende Entstehungsweise der chronischen Zivilisationskrankheiten verlangt kategorisch eine Beeinflussung mit physiologischen Mitteln, d.h. mit solchen, die das Leben direkt fördern, statt des häufig noch fast ausschließlich üblichen Kurierens am krankhaften Symptom. Mein Bemühen in dieser Richtung war stets unermüdlich. Medikamente spielen dabei nur eine sehr untergeordnete Rolle.

Der im Anspruchsdenken erzogenen und gelenkten Konsumgesellschaft ist es nicht möglich, einen Wandel ihrer Lebensanschauung und Gewohnheiten zu vollziehen. Selbst der Leidensdruck und die ringsum verbreitete Gesundheitsmisere sind dazu nicht stark genug. Der Mensch hat sich relativ schnell damit abgefunden, mit Pillen und Kapseln zu leben. Er lebt in einem unmerklich, schier unbegrenzt erscheinenden Fortschrittsglauben, was Aufspürung und Erkennung seiner Krankheit durch die modernen Medizintechnologien betrifft, und er verlangt ihren Einsatz. Diese Zeit wird von einem Reparaturfähigkeitswahn, was die verlorene Gesundheit betrifft, beherrscht, Krankheitsentstehung aus natürlichen Ursachen, Krankheitsauflösung mit physiologischen Mitteln erscheinen unrealistisch, ja fast unzumutbar.

Durch Lebensreize können funktionelle Anstöße im Bereich der Selbstregulation für Heilvorgänge gegeben werden. Das Ziel ist nach Prof. Rudolf Affemann, Stuttgart:

> *„Jenen körperlich, seelisch und sozialen Prozeß der Genesung einzuleiten und die Fähigkeit zu erlangen, trotz eines gewissen Maßes an Mängeln, Störungen und Schäden zu leben, zu arbeiten, zu genießen und zufrieden sein zu können."*

Die Tatsache multifaktorieller Bewegungsabläufe beim biologischen Geschehen, auch in der Krankheit, ändert nichts daran, daß „80% aller Erkenntnisse über den Krankheitszustand unserer Patienten aus dem ausführlichen Gespräch und der körperlichen Untersuchung entstammen. Nur ein kleiner Rest wird durch technische Verfahren und Laboruntersuchungen erhellt."

Nach Hippokrates bilden alle Teile des Körperhaushaltes einen Kreis, jeder Teil ist dabei zugleich Anfang und Ende.

> *„Man muß die erforderliche Behandlung aus dem Kranken herausfragen und sie ihm nicht einfach unbekümmert um sein Einverständnis auferlegen. Zwischen dem äußeren und dem inneren Arzt steht nämlich der kranke Mensch selbst, der durch sein Mißtrauen den Einfluß des äußeren Arztes sperren und seinen inneren Arzt durch Entmutigung lähmen kann“ (Hufeland).*

Letztes Ziel ist schließlich, den Arzt als Therapeuten überflüssig zu machen.

Bis dahin aber gilt:

Lex suprema, salus aegroti

(oberstes Gebot ist das Heil des Kranken).

Heidelberg

Literatur

Dr. med. G. Bachmann: Schröpfkopfbehandlung

Prof. Dr. med. A. Brauchle: Von der Macht des Unbewußten. Hypnose und Autosuggestion. Reclam 1949/1936

Priv. Doz. Dr. med. H. Braun: Arzneipflanzenlexikon. Fischer Verlag, Stuttgart 1979

Dr. med. O.H.F. Buchinger: Zur Technik der Heilfastenkur. Vortrag Bad Neuenahr 1953

Byk-Gulden: Die Medizin in der Geschichte und Kultur ihrer Zeit. Konstanz 1970

Dr. med. M.O. Bruker: Der Zucker als pathologischer Faktor.

Prof. Dr. med. O. Chiari: Heilkunde im Wandel der Zeit. Rascher Verlag, Zürich 1953

Dicke/Leube: Massage reflektorischer Zonen im Bindegewebe. Hippokrates Verlag, Stuttgart 1953

Dr. med. W. Dogs: Konzentrative Entspannungstherapie, das Autogene Training nach Prof. Dr. h.c.J.H. Schultz/Befreite Seele/Dynamische Psychotherapie. Walter Braun Verlag, Duisburg 1971/1975

H. Gäbler: Arzneipflanzen in Medizin und Pharmazie. Verlag Müller und Steinicke, München 1982

Prof. Dr. med. U. Henrick: Zur psychischen Behandlung des Kreuzschmerzes.

A. Hartmann: Badereise durch fünf Jahrtausende. Mainz 1969

Dr. Chr. W. Hufeland: Makrobiotik oder die Kunst das menschliche Leben zu verlängern. Reimer Verlag Berlin 1823

Dr. med. W. Huneke: Impletoltherapie und andere neuraltherapeutische Verfahren. Hippokrates Verlag, Stuttgart 1952

Ivan Illich: Die Enteignung der Gesundheit „Medical nemesis". Rowohlt Verlag, Reinbek 1975

Prof. Dr. med. U.J. Jonanovic: Schlaf und Traum. Fischer Verlag, Stuttgart 1974

Dr. med. M. Kibler: Segmenttherapie. Hippokrates Verlag, Stuttgart 1950

Prof. Dr. med. H. Mommsen: Gesunde Kinder durch lebendige Vollwertkost. Bircher-Benner-Verlag, Bad Homburg 1980

Dr. med. E.B. Nash: Leitsymptome in der Homöopathischen Therapie. Haug Verlag, Heidelberg 1975

Prof. Dr. med. A. Pischinger: Das System der Grundregulationen. Haug Verlag, Heidelberg 1975

Platon: Der Staat. Alfred Kröner-Verlag, Stuttgart 1973

K. Pollak: Die Heilkunst der frühen Hochkulturen. Econ Verlag, Düsseldorf und Wien 1968

Dr. med. Chr. Mucha: Elektrotherapie

W. Peper: Technik der Chiropraktik. Haug Verlag, Heidelberg 1953

Dr. med. H.H. Reckeweg: Homotoxikologie, Aurelia Verlag, Baden-Baden 1975. Homöopathia antihomotoxica 1980

Prof. Dr. med. H. Ritter: Samuel Hahnemann. Haug Verlag 1974

Dr. med. Schachtschneider: Misteltherapie, Neuraltherapie Vortrag Therapiekongress 1949

Prof. Dr. med. H. Schäfer: Ermittlung der Krankheitsursachen/Plädoyer für eine neue Medizin/Die Prognose der Medizin. Piper-Verlag 1981

Prof. Dr. med. Schipperges: Die Medizin in der Welt von morgen/ Der Arzt von morgen. Verlag Severin und Siedler

Schipperges, Seidler, Unschuld: Krankheit, Heilkunst, Heilung. Verlag. Alber 1978

Prof. Dr. med. E. Schliephake: Kurzwellentherapie. Endokrinium und malignes Wachstum. Gustav Fischer Verlag, Jena

Dr. med. H. Siegen: Therapie und Praxis der Neuraltherapie mit Impletol. Staufen-Verlag, Köln und Krefeld 1953

Prof. Dr. med. H.E. Sigerist: Der Arzt in der griechischen Kultur aus A History of Medicine. Europa Verlag, Zürich 1963

Prof. Dr. med. A.D. Speransky: Grundlagen der Theorie der Medizin. Dr. W. Saenger Verlag, Berlin 1950

R. Steiner: Geisteswissenschaft und Medizin. Vortrag Dornach 1920

Dr. med. E. Stiefvater: Akupunktur als Neuraltherapie. Haug Verlag Heidelberg 1954

Dr. med. P.G. Völker: Regimen sanitatis. Vom Heilwesen im Mittelalter

Dr. med. R.F. Weiss: Moderne Pflanzenheilkunde. Kneipp Verlag, Bad Wörishofen 1976

Medizinalrat
Dr. Dr. med Fritz Geiger

Bewährte Heilkräuter-Rezepte

zur raschen und nebenwirkungsfreien Besserung und Heilung vieler Krankheiten und Leiden

1983, 152 S., 2 Abbildungen
DM 14,80 ISBN 3-88 454-865-4

Das Buch umfaßt bewährte Heilkräuter-Rezepte vor allem für Leute, die selbst keine Zeit zum Suchen, Sammeln und Aufbewahren von Heilkräutern haben, die aber trotzdem – in Verbindung mit ihren Ärzten – die richtigen, wirksamen Heil-Tees verwenden wollen.

Dr. Noel J. Pratt

Homöopathische Arzneimittelwahl

mit einem Anhang über Konstitutionsmittel von Dr. Marion Gray

aus dem Englischen übersetzt von Dr. med. Peter Fricke

1984, 204 S., 3 Abbildungen
DM 16,80 ISBN 3-88454-877-8

Das Buch wendet sich an alle, die homöopathische Arzneimittel benutzen wollen. Es gibt Antwort auf die Fragen:
Welche homöopathischen Arzneimittel beschleunigen die Heilung bei hartnäckigen Infektionen?
Was sind die wirksamsten homöopathischen Mittel gegen Allergien und Überempfindlichkeitsreaktionen?
Welche homöopathischen Arzneimittel ersetzen oder ergänzen eine Behandlung mit Antibiotika, Tranquilizern oder Kortikoiden?

Dr. med. Kurt Karrasch

Patienten-Kompaß

Wichtige Heilmittel · Selbstbehandlung · Labortests zum Selbermachen · Hoher Blutdruck · Arzt Apotheker · Krankenkasse

1983, 160 S., 8 Abbildungen
DM 16,80 ISBN 3-88 454-870-0

Der **Patientenkompass** wendet sich an Patienten, die über **Arzneimittel** Bescheid wissen wollen, insbesondere über Herz-Kreislauf-Mittel, durchblutungsfördernde Mittel, Schmerz- und Rheuma-Mittel, Abführmittel, Vitamine, Mittel gegen Erkältungen und Grippe, Hämorrhoiden-Mittel, Beruhigungs- und Schlafmittel sowie über eine sinnvolle Haus- und Reiseapotheke.

Dr. med. Hellmut Lützner und
Helmut Million

Rheuma + Gicht Selbstbehandlung durch Ernährung

1984, 116 S., 4 Abbildungen
DM 12,80 ISBN 3-88454-851-4

Dieses Buch bietet eine für jeden Rheuma- oder Gichtkranken leicht praktikable „Hilfe zur Selbsthilfe“. Das Buch ist leicht praktikabel deshalb, weil es sich auf den Bereich der Ernährung beschränkt. Hier leistet es auf übersichtliche und überzeugende Weise eine Erziehungsarbeit für die gesunde Naturkost.
Ein Buch nicht nur für Kranke!
aus „Natürlich und Gesund“

Professor J. R. Hampton

Herzbeschwerden und Herzinfarkt

ein Ratgeber für Patienten
aus dem Englischen übersetzt von
Dr. med. H.-M. Hackenberg

1984, 84 S., 4 Abbildungen
DM 9,80 ISBN 3-88 454-876-X

Das Buch gibt Antwort auf die Fragen:
Wie merkt man, wenn etwas mit dem Herzen nicht in Ordnung ist?
Was ist ein Herzinfarkt?
Wie wird ein Herzinfarkt behandelt?
Ich hatte einen Herzinfarkt – wie soll es nun weitergehen?
Wozu die vielen Tabletten?
Kann eine Herztransplantation helfen?
Was würden Sie an meiner Stelle tun, Herr Doktor?

Dr. P. J. Lewis

Bluthochdruck

ein Ratgeber für Patienten

1983, 64 S., 2 Abbildungen
DM 9,80 ISBN 3-88 454-874-3

Das Buch gibt Antwort auf die Fragen:
Was ist „Bluthochdruck" oder „Hypertonie"?
Welche Folgen hat Bluthochdruck?
Was sind die Ursachen des hohen Blutdrucks?
Welche speziellen Untersuchungen sind notwendig?
Wie wird der Bluthochdruck behandelt?

Dr. E. O'Brien und Prof. O'Malley

Blutdruck – richtig messen

ein Ratgeber für Patienten

1984, 72 S., 3 Abbildungen
DM 9,80 ISBN 3-88 454-875-1

Aus dem Jungjohann-Verlag, 7107 Neckarsulm bestelle ich per Rechnung über Buchhandlung:

________ Ex	**Bewährte Heilkräuter-Rezepte** von Medizinalrat Dr. Dr. Geiger	DM 14,80
________ Ex	**Homöopathische Arzneimittel** von Dr. N. J. Pratt	DM 16,80
________ Ex	**Patienten-Kompass** von Dr. med. K. Karrasch	DM 16,80
________ Ex	**Rheuma + Gicht – Selbstbehandlung durch Ernährung** von Dr. med. H. Lützner und H. Million	DM 12,80
________ Ex	**Herzbeschwerden und Herzinfarkt,** ein Ratgeber für Patienten von Prof. J. R. Hampton	DM 9,80
________ Ex	**Bluthochdruck,** ein Ratgeber für Patienten von Dr. P. J. Lewis	DM 9,80
________ Ex	**Blutdruck – richtig messen** von Dr. E. O'Brien und Prof. O'Malley	DM 9,80

Absender

Name

Straße Wohnort

Unterschrift